魯迅を読もう

〈他者〉を求めて

王欽

春秋社

魯迅を読もう——〈他者〉を求めて　目次

凡例

一、魯迅の著作の邦訳の引用は、原則として竹内好訳『魯迅文集』（筑摩書房、一九七六年―一九八三年）による。

一、右記『魯迅文集』に収録されていない作品の邦訳は、相浦杲ほか編『魯迅全集』（学習研究社、一九八四年―一九八六年）から引用した。

一、引用における読みにくい用語や難解な漢字には適宜ルビをつけた。

一、一部の訳文を改訳した際、『魯迅全集』（人民文学出版社、二〇〇五年）を参照した。

一、『　』は作品を、〔…〕は筆者による省略を示す。

魯迅を読もう——〈他者〉を求めて

はじめに

魯迅の名前を一度も耳にしたことのない人が、日本にどれほどいるだろうか。多くの人は、まちがいなく国語の教科書で魯迅のいくつかのテクストを読んだことがあるはずだ。しかし、現代の日本において、魯迅が人びとによく読まれているかというと、おそらくそうではない現実がある。なぜだろうか。魯迅を紹介する入門書ももちろんけっして少なくない。そうであるにも拘らず、魯迅作品を多岐にわたり享受し、そのテクストを丹念に読む人がそこまで目立たないのはどうしてなのだろうか。さまざまな理由があるだろうが、ここではわたしの仮説として、主な理由を二つ提示したい。

そのひとつは、魯迅が中国近代文学というきわめて専門的な領域に属する近寄り難い作家であると看做されがちだから、というものである。それゆえに、これまでのほとんどの魯迅論には、魯迅のテクストから、いわゆる「現代社会」に発信できる主張を全力で汲み取ろうとする傾向があった。実はここに、逆説的に思われるかもしれないが、魯迅があまり読まれていないもうひとつの理由があると思われる。ＳＮＳが極端に発達した現代社会において多くの人が、かつて魯迅が中国社会に発信した意見や主張と、例えばツイッターで散見されるありふれた議論との差を感じなくなり、結果として、魯迅の主義主張が特別なものとしては捉えられなくなってしまった背景があるといえる。

しかし、いまこそ魯迅を読むべきだとわたしは主張したい。なぜならば、魯迅についての個別的かつ具体的な議論が平凡なものになってしまった（かのように見える）がために、われわれはむしろそれを逆手にとって、邪魔者に干渉されることなく、魯迅のテクストそのものの細部に深く入り込み、その文学的魅力をたっぷりと味わえるように、ようやくなったからである。それはわれわれにとって、魯迅のテクストを改めて実直に読むことで、かつて自分の内部に刻まれた「魯迅文学」にかんする記憶をもう一度呼び起こし、これまで意識してはいなかった彼の文学的ポテンシャルを引き出せる契機であるのかもしれない。

魯迅と「近代文学」

実のところ、戦前から戦後にかけての日本には、魯迅を読みながら彼を一つの思想的な手がかりとして、日本社会を反省した知識人が数多くいた。その中で最も有名なのは、中国近代文学、とりわけ魯迅研究で知られる竹内好にほかならない。竹内は、かつてこう断じた――「魯迅は、近代文学を建設した人」、と。[1] なるほど、中国文学に限っていえば、「近代」文学と「前近代」文学の分け目は魯迅にある。この半ば周知の事実について、長い間、各論者は盛んに議論してきた。とはいえ、少なくとも魯迅が文学の新しいかたちを開拓したというのは間違いないだろう。彼を近代文学の創始者だとするならば、その作品を読むことでわれわれは「文学にとって近代とは何か」という難解なテーマについて考える上での、重要なヒントを得られるはずである。これは単に魯迅を読まなければ、中国近代文学を理解することはできないといった、教条じみた話ではない。

魯迅（本名は周樹人）は一八八一年生まれであり、五十五歳にしてこの世を去った。彼が一人の文学者として生きたその短い人生は、近代中国における最も激動の時代と重なっていたといってもよい。魯迅はまず辛亥革命と清朝の滅亡を経験し、一九一〇年代半ばから、いわゆる「新文化運動」にかかわっていた。一九二〇年代に入ると、「革命文学」論争を経て、一九二〇年代半ばの中国共産党と国民党による〝大革命〟とその失敗の時代をくぐり抜け、一九三〇年から一九三五年まで短く続いた「中国左翼作家連盟」の盟主を務め、果てには共産党系の理論家と論争する最中に世を辞した。ここで言及した近代中国に起きた数多くの歴史的事件を詳しく知らなくても構わない。魯迅は近代中国の激しい歴史の流れに巻き込まれていた文学者である、ということをまずはおさえれば充分である。

いうまでもなく、中国の近代文学において最も代表的な存在である魯迅については、すでにすぐれた研究が豊富であり、本書もそこから学んだところが数多くある。もちろん、本書にはすでにある論点をそのまま繰り返す意図はない。さらにいえば、本書は魯迅の伝記でもなければ、いわゆる彼の作品を淡々と紹介していく「入門書」の類でもない。筆者の問題意識は一点のみに集中する。それは「魯迅と向き合ったとき、はたしてわれわれは文学をいかなるものとして考えるべきなのか」ということである。言い換えると、魯迅は文学という媒介を通じて、いかにして社会的・政治的・歴史的な問題に向き合い、現実の要請に応えているのか。

中国の近代化の挫折を目の当たりにしてきた魯迅は、日本に留学する途中、医学の道をあきらめて文学を志すようになった。医学や政治理論への道に頓挫しつつ、最終的に自分が共感を寄せた共産党系の知識人とのかかわりとも距離をおいていった魯迅は、生涯、文学についてはあきらめの姿勢を見せることはなかった。とはいえ、魯迅はテオフィル・ゴーティエの掲げる「芸術のための芸術」(L'art pour l'art)といった審美的態度も終始斥けていた。

では、魯迅はどのように文学を「実践」していたのか。あるいは、彼にとって文学はどのような実践、あるいは「営み」なのか。

今こそ問うべき「文学の意義」

直前に述べた問題意識は、別に魯迅研究や中国近代文学研究といった、学問上設定された諸領域に限った話ではない。われわれは今、誰もが文学の意義について自らに問うてみなければならないだろう。今なお人々に読み続けられている文学作品は、現代のさまざまな政治的・社会的な問題に対してどのような答えを与えようとしているのか——現代に生きるわれわれは、ともすればその大きなメッセージを見過ごしがちだ。だからこそ、改めて「文学の意義」に立ち返るべきではなかろうか？　我々が文学に期待できることとは何なのかを問うだけでは足らない。むしろ、文学がわれわれに何を期待しているのかを考えなくてはならない。

もちろん今の社会において、文学はいつからか、単なるエンターテイメントにすぎなくなったのかもしれない。しかし、その事実を認めつつも、だからこそ近代文学の〝起源〟に戻り、そこに含まれている文学と社会の複雑な葛藤を開示していくべきだと思う。そもそも、文学の観念と実践の源にある尽くされない潜勢力には、つねに〝起源を問うこと〟が保たれている。

とはいえ、わたしは別に文学からわれわれが直面している社会的問題の解決策がいとも簡単に読み取れるなどといった、表面的な啓発を主張したいわけではない。実のところ魯迅ですら、文学は無力であると考えている。魯迅は多くの場面で、文学の現実に対する無力さを明言している。例えば、「一首の詩で孫伝芳をおどかして追い払うことはできませんが、大砲を一発ぶっぱなしたら、孫伝芳は逃げ出しました」と、彼は〝革命文学〟についての有名な講演で述べている。(2)魯迅に言わせれば、軍閥の孫伝芳は文学の力の前に屈したのではなく、国民革命軍の直接的な攻撃に敗れたのである。生涯を通じて、魯迅は文学のいわば「社会的効用」については半信半疑であった。魯迅の文学は、たしかに竹内好のいうように「抵抗」をあらわしていると考えられるものの、かといって魯迅は、文学が権力者及び侵略者に抵抗できる「直接的な武器」であるとは、一度も思っていなかったのである。

一方で、彼は自分の文章が「現実に直接に反応する武器であり、刺激」であるとも主張している。だから結局のところ、われわれは魯迅の作品を目の前にした時、「文学が独特な力を持っている」と容易に想像してしまうのかもしれない。文学は無力でありながら、力強い。この逆説について、かつての論者たちは、例えば「文学と政治(3)」や「文学と科学(4)」などの角度から盛んに説明しようと試みてきた。

言葉の力

では、文学に力があるとして、それは具体的にどういった力なのだろうか。ここで、ひとつの答えを提案したい。文学の力は、言葉の力にほかならない、と。——一見すると当たり前のことを言っていると思った読者も多いだろう。「文学は言葉でできているのだから、文学の力とは言葉の力であると銘打ったところで、それは当然のことを述べただけに過ぎないのではないか」、さらには「言葉の力というのであれば、ただ言葉の意味をたどって、読んでいけばいいだけではないか」、と。こうした意見はもっともである。

しかし、言葉を理解する、つまり「言葉の意味がわかる」ということはすなわち文学の力を知ることにつながるのだろうか？　そうではない。そもそも「言葉を理解する」というのは、非常に高度な作業なのだ。ここで立ち止まって考えてみてほしい。まずわたしは、言葉の力というものは言葉の意味に還元できないと考えている。たとえばフランス語に「état」という言葉がある。フランス語の辞書を引くと、まず初めに「状態」という意味が出てくる。それを知っただけでは、この言葉を理解できたとはいえない。なぜなら、その他に「国家」という意味もこの単語にはある。さらにいえば、単に意味が複数ある単語という以上に、フランス語の話者たちにとって「状態」は、どこか「国家」などの集団に結びつく概念であるということがみえてくる。

このように、文学における「実践」の中でも、日常的に使われている会話の中でも、言葉の意味は、時折安定した状態に落ち着くこともあるものの、一義的な解釈というプロセスからいったん脇道にそれ、意味作用の可能性という新たな地平へと「解放」されていくことがある。言葉は、社会的ヒエラルキー、政治権力、言語的システム、思想的慣習、そしてさまざまな既存の制度に囚われている。しかし他方で、言葉は、意味が付与されたのち、巡り会うべき他者に出会い、そこに世界が形作られ、さらにコミュニケーションが飛び交い、政治に吸い込まれ、そして正義や道徳といったものへとつながっていくのである。つまり言葉というのは、単なる「記号」なのではまったくなく、非常に強い力を有していて、われわれが個人的に考えていることだけでなく、社会や共同体そのものをも新たな地平へと誘導していく潜勢力を持っているものである。

たしかに文学は読者に何かを発信し、そして少なからず読者の理解を求めている以上、言葉の本来持っている力が、人々の慣れている意味や解釈へと引き寄せられてしまい、還元されたり、または薄められたりしてしまう恐れもつねに伴っている。ゆえに、言葉の力は実は魯迅のテクストの読み方そのものにも大きくかかわっている。作者・テクスト・読者の三者の関係やバランスについて議論し始めると、際限が無くなってしまうため、ここでは展開しない。言葉の力を知ろうとする作業にはいくらか危険が伴っているということを心にとどめた上で、あらゆる読解の使命は、まさにテクストに潜んでいる言葉の力を改めて抉り出し、その潜在能力を浮き彫りにすることにほかならない、とわたしは繰り返し主張したい。

では魯迅をいかに読むか？

魯迅のテクストにどのようにアプローチしていくか、その道筋はたくさんある。よく強調されているのは、具体的な分析方法はどうであれ、まずはテクストが置かれた歴史的文脈を仔細に考えるという方針であろう。例えば、魯迅のもっとも有名な小説『阿Q正伝』（一九二二）を適切に読む上では、われわれは少なくとも小説に描かれた辛亥革命前後の中国社会と歴史を細かく理解しなければならないし、同時に小説が書かれた一九二〇年代前後の歴史をも考えなければならない、とされている。

たしかに、それらのコンテクスト――つまりテクスト同士が織りなしている文脈や背景――をふまえなければ、『阿Q正伝』を深く読解しえないというだけでなく、そもそも物語の筋を正確に理解することも難しくなってくるかもしれない。しかし、作品の外にある知識をつけていく作業それ自体にもある危険が潜んでいることについてわれわれは注意を払わなくてはならない。テクストの周辺ないし文脈ばかりに目も向けていると、テクストそれ自体が知らず知らずのうちにコンテクストのなかへ溶け込んでしまい、もはや「テクストを読む」という当初の目的から離れていってしまう、という恐れである。すると、例えば文学作品としての『阿Q正伝』は、「中国近代史研究の二次文献」のひとつにすらなってしまう。

ゆえに、ここでわたしは敢えて大胆なアプローチを提案する。魯迅のテクストに向かい合うとき、さまざまな研究や手練手管をまずは置いておいて、彼の文面を実直に、丁寧に読んでいこう、と。

魯迅の文章はかなり難しく、多くの読者に「敷居が高い」ものだと思わせてしまっているところがある。中国近代文学史上、魯迅はいわゆる「白話」――つまり書き言葉の「文言」と対照的な「飾りのない」話し言葉――で文学作品を創作する先駆者だが、彼の使っている白話は日常会話で使われる「話し言葉」そのものとはほど遠い。日本語に造詣の深い魯迅は、時折日本語の文法や語彙をそのまま中国語に移しているため、逆説的ではあるが、日本語を知らない中国の読者のほうがむしろ彼の中国語表現を難しく感じることさえある。また、魯迅の文章の難しさはそれだけにとどまらず、余分ともとれる機能語が随所に散りばめられていたり、文章の意味をあえて拗らせているおかしな言葉遣いをしていたりすることもある。これらの技巧は、決して「日本語からの移し」といった言葉で充分に説明できるものではない。

そのような難局に対峙した時、例えば同時代のほかの歴史的資料《アーカイブ》や文献を援用しながら、ただでさえ難解な文面を、さらに難しさで糊塗していく作法は、的外れであるとわたしには思われてならない。テクストを読解するさい、勝手に想像を膨らませたり、難しい表現や歪な表現を見て見ぬふりしたりするのも禁物だろう。よって、本書がこれからなしていく読解は、魯迅のテクストを歴史学的な研究に合わせる「解釈」(interpretation) というより、できるかぎり魯迅のいわば粗忽や不注意を措定しない「釈義」(exegesis) に近い。

魯迅は、近代中国語が生み出される最中の時代（十九世紀末から二〇世紀初）を生きた。現代中国語に慣れ親しんだものにとって、魯迅の時代の文学作品の言い回しや言語表現にはおかしく見えるものが少なくないのかもしれない。そのせいか、これまで多くの読者は魯迅のテクストの文面の難しさを安直に見逃し続けてきたというのも事実である。先に述べたように、もし文学作品を単なる「歴史研究のためのアーカイブ」として扱うのだとすれば、テクストに現れてくる難解な箇所（あるいは歴史研究の直接の根拠として不要である箇所）を放置しても、なるほど差し支えはないのかもしれない。だが、魯迅のテクストに関していえば、難しい文面を吟味する——時には力を入れて深読みする——ことで初めて見えてくるようになる奥深さが実に多くある。

魯迅と共に文学の世界へ

多くの研究者が繰り返して強調したように、魯迅のテクストをアカデミーの檻に閉じ込めてはならない。その通りだとわたしも思う。そして、魯迅は現代の読者にも豊富な思想的示唆を与えてくれるということも、わたしは多くの研究者と同じように信じている。ただし、このような示唆は、どこか魯迅の激しい主張にのみ向けられたまなざしであるとはいえないだろうか。魯迅の文学にとって大切なことは、むしろ気づきにくい静かな細部に宿っているのである。これらの「面白おかしく、でもちょっととっつきにくい」細部を魯迅の不手際として片づける人は、恐らく魯迅の表面的な主張を鸚鵡返しすることしかできない。皮肉なことに、魯迅の意見や主張をそのまま文字通りに受け取ろうと、ある種の「忠実な受け身の姿勢」を取ればとるほど、魯迅のテクストをかえって裏切っていくことにも繋がる。例えば、魯迅は「自分の議論は当時の時代とともに滅びるべきだ」と繰り返して述べている。では彼の言葉通りに、魯迅の議論は時代と共に滅びるべきだとわれわれも忠実に考えるべきだろうか？　もちろんそうではない。

つまり、こう考えられる。魯迅の言葉や具体的な主張というものは、彼の文学に潜んでいる言葉の力やダイナミズムを包んでいる「殻」といってもよい。本書はその殻を破って、その中にある言葉の力を明かし、文学が言おうとすることを聞き、魯迅の文学における独特なリズムやニュアンスを読者とともに味わっていくことを狙っている。

また、魯迅は生涯を通じて〈他者〉を求めつづけていた、といってもよい。彼の個人的な経験からして、その他者とは彼の出会ったさまざまな人、多種多様な文学的・哲学的グループを指している。魯迅は、独得の文学を実践することで――言い換えると、人々の持っている価値や、日常生活で（意識的にも無意識にも）措定している仮定、そして人々の行動や言説が置かれた社会的枠組みそのものに至るまで、さまざまな現象を、文学的に描き出す世界の中で再現し、組み替え・移転・変形・転倒などの作業を与えることで――他者を、「他者としての未来」あるいは「未来としての他者」を受け入れようとしていた。こうした魯迅にとっての〈他者〉も、本書の議論の重要なキーワードである。

本書に収められている諸論は、魯迅のテクストを精読するものである以上、ある程度互いに独立しているといってもよい。ただ、順番に読んでいけば、諸篇を貫いている内在的な問題意識がよりいっそう明確になる。そして、もちろん魯迅の全てのテクストを扱っているわけではないが、本書が取っているアプローチの仕方が魯迅のほかのテクスト、さらには魯迅に限らない文学作品にも広く当てはまるように工夫をした。具体的には、魯迅だけにずっとしがみつくのではなく、同時代の中国国外を含めた作家の作品も、併せている。もし読者が本書からわずかなヒントを得、魯迅のテクストからダイナミズムを読み取ることができたならば、あるいは言葉の力をもって既存の観念や体制を起爆するダイナマイトを自分なりに作り上げることができたならば、著者としてはこれ以上嬉しいことはない。

第一章

文学の(不)可能性に向かって

『いい物語』を読む

たとえ断片的な書物であっても、書物というものは、それを引き寄せるひとつの中心を持っている。それは固定した中心ではなく、その書物の圧力や、その構成の持つ種々の状況によって、移動する。またそれは、固定した中心でもある。それが真の中心なら、それは、つねに同一でありつつ、ますます中心的な、かくれた、不確実な、否応ないものになりつつ移動するのだ。書物を書く人は、この中心への欲求と無知によって書いている。この中心に触れたと感ずるのは、これに達したという錯覚でしかありえない。

——モーリス・ブランショ(1)

文学とは何か。

これは、あらゆる文人が意識的に文学作品を書き始めるそのときに必ずといっていいほど姿を表す問いである。それと関連して、彼らは次の問いにも意識を向けているはずだ——文学的に、、、書くというとき、はたして文人はなにを書くべきであり、どのように書くべきなのか。いうまでもなく、これまで数え切れないほどの文学理論や文芸批評は、さまざまな角度からこうした存在論的難問に取り組んできた。

中国文学に関していえば、〝文学〟と呼べるテクストは『詩経』にまで遡ることができるだろう。そして、古代のいわゆる文芸批評をもとにして、近代ヨーロッパの生み出した〝文学〟とは異なる意味での〝中国文学〟を規定しようとする努力も、十九世紀末以降には多く出現した。

興味深いことに、魯迅も深くかかわった、一九一〇年代に起こる近代中国文学のターニングポイントとでもいうべき「白話文運動」の代表的知識人としての陳独秀（一八七九－一九四二、のち中国共産党初代書記長）と胡適（一八九一－一九六二）は、それぞれが一九一七年に発表したマニフェスト（『文学革命論』と『文学改良芻議』）のなかで、「文学とは何か」ではなく、むしろ「良い文学は何か」というテーマについての議論を展開している。彼らは最初から「良い文学」を目指していたのである。

例えば、胡適は『文学改良芻議』（一九一七）の冒頭で、このように述べている。

今日言われている「文学改良」は、八つのポイントから着手すべきだと思う。それは、一、内容が充実していること。一、古人の文章をマネしないこと。一、文法を意識すること。一、無病呻吟《むびょうしんぎん》しないこと。一、常套句を使わないこと。一、典故を使わない事。一、対偶［古代中国文学のレトリックの一種］を使わないこと。一、通俗的表現を回避しないこと。(2)

いわゆる「白話文運動」の主旨は、胡適の「八つのポイント」に凝結されているといえる。ただし、胡適は文学をいかに「改良」すべきかについて論じているのだから、彼の議論は逆に「文学」そのものに焦点を当ててはいないといってさえよいだろう。ここに明記されている「八つのポイント」は、そのまま当時の中国文学に対する批判になっている。先に引用した短い段落からもわかるように、陳独秀と胡適は古代文学の陳腐さを斥けており、ともに文学が現実の社会に向き合おうとする側面、つまり文学の社会的効用を唱えている。「内容の充実」にせよ、「典故の斥け」にせよ、彼らの主張において強く意識されていることは、「今の」社会に生きる人々の思いや悩みに、文学がいかに応答できるのか、ということにほかならない。

こうして陳独秀と胡適は、文人は古典中国語を使うことをやめ、俗語(=白話)を使わなければならない、と主張する。言うならば、彼らは文学に正しい役割を取り戻させようともしている。[3] 彼らのこの判断が正しいか否かを検証することは脇におくとしても、当時の進歩的知識人たちにとっての最大関心事は、文学が受け継いできた伝統や文化にきっぱりと別れを告げることによって、中国の伝統や社会の枠組みから脱出する方策を、象徴的に求めることであった。多くの知識人が文学の社会的効用にこだわる所以は、ここにあるといえるだろう。いわば、ここで文学は社会全体のアレゴリーになっていたのである。[4]

一方で魯迅は、もちろん陳独秀や胡適の主張に同調してはいるのだが、彼らのようにマニフェストを書くことは決してしなかった。当時、陳独秀らが精力的に保守層の知識人と論争していたのとは対照的に、魯迅は何篇かの短編小説を『新青年』に寄稿する以外はなにもしなかった。なるほど、『狂人日記』をはじめ、魯迅の小説は最終的には大きな社会的反響を生み出した。しかし、そのとき彼は「良い文学」に対して定義を下すことも、方針を示すこともなかったのである。

なぜならば、魯迅にとって、文学とは恐ろしいものだったからである。

どこにも存在しない「文学」そのもの

一九二五年十二月三十一日の夜、魯迅は彼の評論集『華蓋集』のための「題記」を書いた。彼によると、文集のタイトルになる「華蓋」とは、古代の文献に記載されている星の名前であり、凡人の頭の上に来ると悪運をもたらすものである。この年に、魯迅は北京女子師範大学の学生デモを支持し、学長及び教育部に抵抗し、一連の評論（原文は「雑感」）を書いた。その結果として、彼は政府関係者の知識人に批判されるだけでなく、教育部から退職令を出されるまでに至った。年末に、これまでの一年間に自分が書いてきた評論を編集しながら、魯迅は以下のように嘆いている。

> 今は一年の終わりの深夜であり、更けてこの夜も尽きようとしている。私の生命、少なくとも一部分の生命は、すでに、これら無聊《ぶりょう》の文を綴ることに費やされてしまった。そして私が得たものといえば、私自身の魂の、荒涼とかすり傷だけだ。しかし私は、それらをはばかりもしないし、かくそうとも思わない。それに、私はそれらを相当にいとおしんでもいるのだ。なぜなら、それは私が風砂のなかを輾転《てんてん》として生きてきた傷痕だからだ。(5)

自分自身が書いてきた数多くの評論を、魯迅は「無聊の文」に過ぎないと評している。しかし、後の章で『吶喊・自序』を読む際にも詳しく展開する論点だが、魯迅は自分の書いたものを「痕跡」として、そして自分の生活からけっして離れてはならないものとして、愛しているのである。一方で、彼はあくまでも自分の書いたテクストを「創作」とも「文学」とも呼ばないことを固く決めている。というのも、先に引用した文章の直前で、彼は自分の評論をはっきりと「創作」と区別しているのである。

> 私に、こんな短評はもう書かないように、と忠告してくれる人もいる。そのご好意はまことにありがたいし、また、創作の貴さをしらないわけでも決してない。だが、こんなものを書かねばならぬときには、たぶん、やはりこんなものを書かねばならない。私は、もし芸術の宮殿に、そんな煩わしい禁令があるのなら、入らぬほうがましだと思う。それよりも砂漠に立って、飛ぶ砂、転がる石を見、楽しければ大いに笑い、悲しければ大いに泣き、腹がたてば大声でどなる、たとえ砂礫にたたかれて、満身かすり傷でざらざらになり、頭が破れ血が流れても、いつも自分の凝血をなでさすって、縞模様でもできたかぐらいに思っている。そのようなことは、中国の文士諸君のお伴いをして、シェークスピアのおそばでバターつきパンを食べることより楽しくないとは限らない[6]。

もちろん、魯迅の皮肉《アイロニー》から、彼のいわゆる「芸術の宮殿」に対する軽蔑を読み取ることはさほど難しくないだろう。彼にとっては、「創作」に至らなかった自分の評論こそが、現実に起こっている事件に直接的に対応している。それにも拘らず、魯迅がここであえて「創作の貴さ」という表現を用いているのも、見逃してはいけない点である。なるほど、たしかにいま引用した箇所で、魯迅は自分の評論を弁護しようとするために、「創作」を戯画化《カリカチュアライズ》して、それを現実の社会問題や政治問題には背を向けた「芸術の宮殿」に置いているかのように見える。

しかし、引用した二つのくだりを比較しながらあわせて読んでみると、魯迅の「創作」に対する異様に複雑な感情が明確に現れてくる。簡単にいうと、つぎのようになる。自分の書いたものは「創作」ではないにせよ、現実と密接な関係がある限り、有意義な営みだといえる。しかし時間が経ってからよく考えてみると、そうした評論は有意義であるどころか、「つまらないもの」にほかならない。そうであるのに、それらは自分の生活の痕跡なのだから、保存され、愛されるべきものだ、と魯迅は述べる——この迷走する議論のなかで、「創作」というものは正面から扱われることなくおざなりにされてしまったといってもよい。いずれにせよ、魯迅は決して単純に「創作」を否定しているわけではない。

一九二七年六月十二日、魯迅は広州で軍官学校の学生に向かって「革命文学」についての講演を行う。当時流行っていた、いわゆる「革命文学」の文学潮流に対して、魯迅は以下のように批評している。

だがこの革命の地にいる文学者は、おそらく文学と革命は大いに関係がある、それでもって革命を宣伝し、鼓舞し、煽動して、革命を促進し、革命を達成することができると言いたがるでしょう。ただ私は、このような文章は無力なものだと思います。なぜなら、立派な文芸作品は、これまでその多くが他人に命令されたり、利害を顧みたりせず、あるがままに心の中から流れ出たものであるからです。もしもある題目をまずかかげておいて文章をつくるのならば、八股文［明代から清代にかけて中国社会において官吏登用試験で定められている公式化した文体］と少しも変わらず、文学としてはなんの価値もない、まして、人を感動させうるだろうかなどと言えるわけがありません(7)。

すでに「はじめに」で述べたことだが、魯迅にとって、文学とは無力なものである。さらに言うと、その無力さとは、文学は人々が期待している効果を生み出すことなどできず、なおかつ、根本的に政治に対して役に立たないということを示している。あらかじめ文学に特定の目的を設けたうえで実践しようとする人々、あるいは、文学を手段として現実政治に影響を与えようとする人々は、いくら「革命文学」を唱えようとしても、みずからが文学も革命も理解していない事実を示してみせるだけに終わる。

先の引用箇所を読むかぎりでは、魯迅はあたかもいわゆる「良い作品」を革命や政治から守ろうとしているかのように見える。しかし直後、議論の流れは急に違った様相を呈する。

革命のためには、「革命する人」が必要ですが、「革命文学」のほうはせかなくてもよろしい。

革命する人がものを書けば、それこそが革命文学です。だから私は思うのです、革命のほうが、むしろ文章にかかわるのだと。(8)

言い換えると、魯迅が主張しようとしているのは、当時盛んに唱えられていた「革命文学」は「文学」ではなく、目下最も重要なのは「革命」を行うことであって、「革命文学」などというものを創ることではまったくない、ということになるだろう。作者のアイデンティティが革命者でなければ、彼の書いたものは「革命文学」にはならないといった議論、ここにはある種の「本質主義」に陥ってしまう危険がある。つまり、作品の性質を作者の政治的立場に還元してしまう恐れである。魯迅がこの危険に気づかなかったはずはないだろう。ゆえに「革命文学」に関する引用からわたしが特に注目したいのは、魯迅の議論における、さきにも確認したような「文学」または「創作」の位置付けの難しさそのものである。

一方で、もしも魯迅の主張するように、「文学」が「あるがままに心の中から流れ出たもの」でなければならないとするならば、彼が現実の必要に応じて書いたエッセイや評論もまた、「文学」と呼ばれる可能性がある。しかし、魯迅は自分のエッセイや評論を「文学」とは認めていない。彼は終始自分の書いたものさえも、はたまた「芸術のための芸術」というポリシーを掲げる一派の文人の作品さえも、さらには「革命文学」と呼ばれる作品さえも、真の意味での「文学」とは認めていないのである。

では、結局のところ魯迅にとって、真の意味での「文学」など、どこにも存在しない空虚なものになってしまうのだろうか。だとすると、「魯迅文学」を読むとき、われわれははたして何を読んでいるのだろうか。

文学への誘い――「暗く沈んだ夜」に潜る

魯迅は「新文学運動」の旗手と見做されている、とわたしは述べた。しかし、彼自身に言わせると、「良い文学」どころか、「文学」そのものすら、どこにも存在しない。以上の前提をふまえると、魯迅が一九二五年に書いたひとつの短いエッセイは、いっそう特殊な位置づけであるといえる。『野草』（一九二七）所収のあるエッセイに名付けられたタイトル――それは、『いい物語』であった。[9]「魯迅文学」の世界に立ち入る時、この短いテクストは思いがけずしてわれわれの水先案内となる可能性を秘めている。というのも、魯迅はこのエッセイを通じて、文学の独特のあり方についての重要なヒントをわれわれに与えているからである。

あらかじめ断っておくと、魯迅は『野草』[10]に収められた諸篇を「散文詩」と呼んでいる。しかし、このエッセイは散文詩というよりは、実のところ小説ないし寓話（allegory）に近い。『いい物語』のそのほかの特徴として、『野草』全体にただよう薄暗い雰囲気がこのエッセイにはほとんど見られないということも挙げられる。その上、例えば『影の告別』（一九二四）や『墓碣文』（一九二五）からうかがわれる哲学的な思索も、このエッセイにほとんど見られない。そのためか、長らくのこと、魯迅の『いい物語』は著者が想像した美しい景色を読者に示してみせる明快なテクストとして読み親しまれてきた。
しかしこのテクストは、こうした素朴な第一印象で片付けられるようなものではまったくない。むしろ、複雑かつ微妙なニュアンスの数々が、一見すると読みやすい（かのような）文章上に無数に含まれているのである。そうした機微を入念に吟味しなければ、このテクストの醍醐味を味わうことはできないとわたしは強調したい。

まず、タイトルそのものが意味するところから考えてみよう。いうまでもないことだが、一般的に作品のタイトルの役割は、作品の内容を読者に提示することにある。例えば、『影の告別』は主に「影」という登場人物による別れの言説からなる作品であり、『墓碣文』はある墓碣文をめぐる物語である、といった具合である。それでは、『いい物語』とはどのようなものなのだろうか。

実のところ、このテクストの中には、タイトルに対応する内容がないといってもよい。さらには「いい物語」が存在しないだけでなく、物語らしいものさえも存在しないのである。というのも、後で詳述するが、このテクストはまさしく「いい物語」の、再現不可能性をめぐって紡がれている。

冒頭から丁寧に読んでみよう。まず注意すべきは、『野草』に収められた諸篇には一人称あるいは三人称で始まるものが多いのに対して、『いい物語』の最初の段落にはそうした人物が現れていないということである。つまりこのテクストは、客観的描写からはじまるのである。さらに厳密にいえば、まだ姿を現してはいない語り手による周辺領域についての客観的描写から始まるのである。

> ランプの焔は次第に低くなって、石油が残り少ないことを告げている。そのうえ石油が上質で

ないから、火屋《ほや》はくすぶって暗い。爆竹のかまびすしい音は近くにあり、たばこの煙は身辺に立ちこめる。暗く沈んだ夜だ[11]。

中国社会では、旧暦の年末年始に爆竹や花火を行う風習がある。したがって、ここに描かれている季節は旧暦の年末年始だとわかる。「火屋」や「たばこ」という言葉から、場所は屋内とイメージできる。「近く」と「身辺」は同義語であるが、両者はともに語り手の位置を提示している。そして、「爆竹のかまびすしい音」と「たばこの煙」のそれぞれは、語り手の聴覚と視覚を曖昧にさせているものとして想像できるだろう。

この段落には一人称の「私」は現れていないものの、読者はまちがいなく周囲の世界から語り手の世界へと導かれ移行してゆく。すると、最後にある「暗く沈んだ夜」とは、事実の描写であると同時に、語り手の感覚でもあるとわかる。「暗い、沈んだ」という表現は、夜の様子を形容しながら、語り手の感じたものを表してもいる。そこで「内部／外部」の区別、「主観性／客観性」の区別は曖昧になってゆく。

それだけではない。すでに述べたように、人々は旧暦の年末にも年始にも爆竹をするので、ここに示される時間がはたして年末なのか年始なのかも曖昧になっている。このエッセイが実際に書かれた時間を確認しても無駄である。問題となるのはテクストの内の時間だからである。

もしも「爆竹」に時間的な曖昧さが示されているのだとすれば、変換自在な「煙」からは空間的な曖昧さを読み取れるといえる。さらに、「爆竹」が生みだす煙とタバコの「煙」の混ざりあいは、部屋の空間的な内と外との区別さえも曖昧にしている。

さらに、明るさと暗さは混ざりあってゆく。なぜなら、油が不足しているゆえに弱くなっている灯火――これはまさに、「ともっている」ゆえに「暗く」見えている。真っ暗闇ならば、「暗く」見えることなどない。明るさそれ自体が暗さを可視化していることがここで如実に読み取れるだろう。

したがって読者は、いまだ登場することのない語り手の存在に心を惹かれながら、ふだん当たり前のように見えるさまざまな区別に対する注意や関心から、ひととき解放されてゆく。(12) 繰り返しになるが、このような状況を規定し、しかもそこに置かれている語り手をも規定するのは、「暗く沈んだ夜」にほかならない。冒頭の段落では、すべての曖昧さはこの「夜」に収斂してゆく。主観性と客観性を兼ねそろえるどころか、両者の区別を曖昧にさえするこの「暗く沈んだ夜」は、その先に描かれていく奇妙な風景を支える不可欠な条件となっている。

実体の世界から倒影の戯れへ

最初の段落における一人称と三人称の不在が示唆しているように、語り手が「暗く沈んだ夜」を好んで選んだのではまったくなく、むしろこの状況は彼が思いがけず陥ったにすぎない。ある意味、ここで語り手は受動的に「暗く沈んだ夜」に沈み込んだとさえいえる。「暗く沈んだ夜」がもたらした状況の中で、語り手の一人称はようやく実際の姿を現しはじめる。テクストは次のように続く。

私は眼を閉じて背をそらせ、椅子にもたれる。『初学記』を支えている手を膝におく。
私は朦朧とした意識の中で、ひとつのいい物語を見た。[13]

実のところ『野草』の諸篇には、「私は夢を見た」という表現で始まるテクストがいくつもある。そのせいか、多くの研究者が、この「眼を閉じ」る瞬間は、語り手が夢を見はじめる瞬間を示していると解釈している。もしもそうであるならば、『いい物語』もまた、夢の話になるだろう。[14] しかし、語り手自身がはっきりと述べているように、彼がいい物語を見たのは夢の中ではなく、「朦朧」とした意識の中である。冒頭で提示された曖昧さはここでもまだ続いているのである。

語り手の叙述を文字通り読み取るならば、われわれは彼が『初学記』を読んでいると推測できる。しかし、なぜ魯迅はここで『初学記』に言及しているのだろうか。論者の中には、『初学記』の内容とその先々に描かれてゆく風景とのかかわりを強調するものも少なからずいるが、その関連づけはいくぶんか強引なものだと言わざるを得ない。[15]『初学記』は、古代のデータベースとでもいうべき「類書」に属し、経典や哲学書や詩歌などの数多くのテクストのなかから重要な部分をより集めて分類することで編纂された唐代の小さな百科事典《エンサイクロペディア》である。しかし、ここでは『初学記』の中身よりも、むしろこの名前こそが何かを示唆しているといえよう。

「初学記」とは、文字通り読者を学問の世界へと導いていくツールである。また「類書」とは、さまざまなテクスト——文学的にせよ歴史的にせよ政治的にせよ——を知的カテゴリーに準じて位置づけるものである。つまるところ、『初学記』というデータベースを構成する諸々のテクストは、もともとはなにか特定のカテゴリーに属する知識ではなかったものの、現在改めて整理され、秩序づけられたものである。ゆえに、学問への第一歩を踏み出す上で役に立つ書物となっている。天文、地理から政治、習俗まで、人々の日常生活のいたるところまでを網羅的に規定し意味づけることによって知的システムを確立するのである。

秩序立てられた『初学記』とは対照的に、語り手のこの先の描写は、むしろさまざまな表象を知的秩序の枠組みからいったん解放してゆこうとしているように見える。引き続き、焦らずにテクストの文面に沿いながら、ゆっくりと進んでいくことにしよう。語り手は自分が見た(16)「いい物語」について、つぎのように補っている。

この物語はとても美しく、ゆかしく、たのしい。たくさんの美しい人と事とが、満天の錦雲のように入り乱れ、数えきれない流星のように飛びかい、と思うと、無限にひろがっていく(17)。

ここで魯迅は、一見ただの装飾にすぎないと読める形容詞や比喩を、巧みに積み重ねている。だが、「いい物語」の内容はまるで明らかにされていない。読者はこれから語り手が「いい物語」の内実を開陳してゆくと期待をするかもしれない。しかし、この期待は裏切られてしまう。語り手は突如、自分の記憶を語り始める。

むかし小船で山陰道を通ったのをかすかに覚えている。両岸には、はぜの木、若稲、野草の花、鶏、犬、雑木林と枯木、わら家、塔、伽藍《がらん》、農民の男女、いなか娘、干してある着物、僧侶、蓑《みの》笠《がさ》、空、雲、竹……などが紺碧の川にさかしまに映〔っている〕。[18]

「かすかに」という表現が示しているように、厳密にいえば、語り手がここで描き出しているのは彼の確かな記憶そのものではない。記憶の曖昧さは語り手が彼の記憶を完全にコントロールできていないことを意味しているといえるかもしれない。ともかく、能動的な動作である「覚える」という語彙が登場したとしても、ここまで続いてきた語り手の受動的な姿勢が崩れ落ちるわけではまったくない。

そうして描かれている風景は、語り手の意志からある程度自立しはじめ、独り歩きしはじめているともいえる。この風景は語り手の意志から完全に切断されていないにも拘らず、である。

一方で、自分の曖昧な記憶を語るとき、語り手はあくまでも水面に映った事物の影を睨んでいる。現れているさまざまな表象は、重層的に虚像化されている。まず、語り手は彼の描いている風景を実際に見たことすらないかもしれない。よって、列挙されている事物は彼の記憶に対応しているかどうかは定かではない。しかし、実体のない倒影は、映された事物の存在を読者に共有こそしないものの、倒影としては確実に存在している。すると、倒影と事物の関係、風景と記憶の関係、記憶と叙述の関係——それらの関係はすべて曖昧であり、互いに独立しながら、ぼんやりとつながっているということになる。

独特のかたちで存在しており、独り歩きし始める倒影たちは、水面で変形しながら互いに結合してゆく。先に引用したくだりに続いて、魯迅はこのように書いている。

櫂《かい》をあやつるたびに、めいめい日光のきらめきを受けて、水中の浮き藻や魚といっしょに揺れ動く。もろもろの影と物は、みんな解きほぐれ、さらに揺らぎ、ひろがり、互いに融けあう、と思うと、すぐまた縮んで元のかたちに戻る。輪廓は日光を縁どりした夏雲の峰のようにぼかされ、そこから水銀色の焔がふきでる。私の通った川はみなそうだった。[19]

ここに描かれている倒影の様子は、別に珍しいものではない。しかし、見逃してはならないポイントが三つある。

第一に、倒影それ自体は実体を持ってはいないが、実際にそこに存在しているものとしての「浮き藻」や「魚」と連動していることが挙げられる。言い換えると、実体のある存在と実体のない存在との区別、あるいは事物とその倒影との区別は、それでもなお維持されている。

第二に、しかし、倒影として存在しているものの「影」は、そのまま「別のもの」となっている点である。「実質的なもの」と「実質的でないもの」との区別は、ここで曖昧になっている。しかも、倒影の世界には、〝実体の世界〟においては想像できないようなダイナミズムがある。倒影は映される事物のかたちを再現する一方で、そうした事物のかたちの安定性を揺るがせもする。倒影は偶然のきっかけでみずからのかたちを変化させ、互いに結合し分離してゆく。

『初学記』においては、さまざまな事物が知識として秩序づけられ、カテゴリー化されていた。それに対して倒影は、安定したかたちも実質的存在も失い、カテゴリー化されるべくもない。

第三に、語り手は倒影の戯れを（かつて）「私の通った川」にまで拡大してゆく。すると、以上に描かれている風景は一回きりのものではなく、むしろある種の普遍性を持つようになるといえる。しかし当然のことながら、いくら普遍性を帯びているとはいえ、このような風景はあくまでも水面の倒影、そして語り手が船に乗って河を渡る経験に限られている。すなわち、いまだにこの風景はわれわれの日常経験の域を出ることはない。もう一度大切な点を確認し直そう、倒影の世界には「たしかな実体も安定したかたちもない」。しかし、倒影の世界と〝実体の世界〟との区別は「あくまで維持されている」。たとえ、プラトンを読んでいなかったとしても、わたしたちはどこかわかっている――学問や知識の対象となるものは、言ってしまえば「事物とその本質」であって、事物の「影」ではないということを。ゆえに、倒影の世界はむしろあらかじめ学問の範疇から――ある意味では常識の範囲からも――排除されているといえる。

「水面」が「文学の平面」となるとき

語り手はここからようやく「いい物語」についての語りを開始する。実際、「暗く沈んだ夜」にはまり込んだ語り手が見たその風景は、前述の記憶の風景と酷似している。ここで魯迅はほぼ同じ描写をそのまま繰り返しているかのように見える。ただし、今回の描写は先のものよりさらにいっそう具体的になっている。

いま私の見た物語もこうだった。水中の青空の上にすべての事物が入れ乱れて一篇を織り成し、絶えず動き絶えず広がる。この物語の結末が見えない。

　岸辺の枯れた柳の下の、数本の痩せた立葵は、村の娘が植えたのだろう。大きな赤い花と、まだらに赤い花とが、どちらも水中に揺れ動いたと思うと、急に砕けて細長く伸び、ひとすじの臙《えん》脂《じ》の水になるが、ごちゃまぜにはならない。わら家、犬、塔、いなか娘、雲……なども揺れ動いている。大きな赤い花は全部細長く伸びて、今度は勢よく流れる紅の錦の帯になる。帯は犬に織り込まれ、犬は白雲に織り込まれ、白雲はいなか娘に織り込まれ……一瞬にしてまた縮んでいく。だが、まもなくまだらに赤い花の影も砕けて伸び、塔や、いなか娘や、犬や、わら家や、雲に織り込まれていく[20]。


　実に美しく抒情的なくだりである。さらにこの風景は「私の通った川」に限られない、それどころか永遠に続く風景である。「この物語の結末が見えない」と語り手は述べる。したがって、ここで描かれている風景と、さきに語り手が描いた風景との差異は、単なる「記憶」と「想像」の差異に回収されうるかのように見える。とはいえ、すでに指摘したように、厳密にいえば、こうした「描写」は必ずしも語り手の「記憶」に対応しているとは限らない。今回の風景も、語り手が能動的に「想像」したものでは決してない。それではこの風景は語り手にとって、はたしてなにを意味しているのだろうか。そもそも、なぜ魯迅は似たような描写を繰り返しているのだろうか。

　最初の描写で、水面に映っている事物の影はすでに独り歩きをしはじめている。とはいえ、倒影の世界であるから、あくまでも〝実体の世界〟からは区別されている。両者の境界線はぎりぎりまで保たれているのである。また、今回の描写において最も目を引く点は、「水面に映る」といった表現がどこにもないということである。その代わり、「すべての事物が入れ乱れて一篇を織り成し、絶えず動き絶えず広がる」と魯迅は書いている。ここでいう「すべての事物」は、必ずしも事物の倒影だけを指し示しているわけではない。次段落の冒頭は、この不思議なポイントを裏付けている。

　岸辺の枯れた柳の下の、数本の痩せた立葵は、村の娘が植えたのだろう。大きな赤い花と、まだらに赤い花とが、どちらも水中に揺れ動いた……

　ここで生じている本物の樹木からその倒影へのひそやかな移行は、注意深く読まなければ見逃してしまうかもしれない。しかし、より厳密に言えば、魯迅が書いているのは「大きな赤い花とまだらに赤い花の倒影」ではなく、「大きな赤い花」と「まだらに赤い花」それ自体である。先の描写では、倒影の世界と〝実体の世界〟はしっかりと区別されていた。だがいま繰り返された二回目の描写では、その境界が静かに失われてしまっている。

　魯迅がここであえて曖昧な記憶に関する描写を差し込んだ理由は、まさにこの区別の消失を静かに読者に提示したかったのだとわたしは主張したい。ふつう、表現や話が繰り返されるとき、われわれにはそこにおける微細な差異に気づくことが求められる。そのことをふまえて考えてみると、『いい物語』の最初の、日常的経験をもとにした一回目の描写は、その後の二回目の描写にて仕掛けられる不思議な現象へわれわれを導くために、まず類似した事例を提示しておく――こうした機能を持っていたことがわかる。

事物とその倒影の区別がなくなると、そこに存在するすべてのものは、この想像上の水面の境界において、まるで編み物（texture）のごとく変形され、転倒され、そしてお互い自由に結合する状態となる。刻一刻と新たなかたちを取りながら、そのたびごとにそのかたちを失いゆくこのダイナミックな状態には、秩序も原理も知的カテゴリーも存在しない。すべての存在者は、永遠に戯れゆきながら、時間的にも空間的にもけっして定住することはありえない。そうすると、この水面はもはやただの水面ではなくなる。

わたしはこの水面は、文学の平面になっていると考える。もしも文学の役割が、言葉それ自体の特別な存在（つまり、言葉から意味作用をいったん取り外し、言葉を「もの」と化していくことでえられる存在）を、あえて言葉によって表現しようとすることであるならば、あるいは意味作用がいったん宙吊りになる世界、すなわち可能性に戻ってゆく世界を描こうとする試みであるならば[21]、ここに描かれている風景はまさしく文学のポテンシャル（あるいはポテンシャルとしての文学）そのものを大いに示唆しているように思われる[22]。

「いい物語」の再現（不）可能性について

それゆえに、この「いい物語」は具体的なかたちとして描写（＝固定）されうるはずもなく、そうされるわけにもいかない。語り手は倒影の戯れの例を提起し、それによって文学の平面における存在者の戯れの豊かさを、かろうじて示してみせる。その一方で、それを知的に把握して再現することは到底できないと、以下のように述べている。

いま私の見ている物語は、明瞭になってきた。美しく、ゆかしく、たのしく、しかも鮮明になった。青空の上には、無数の美しい人と美しい事がある。私は、そのことごとくを見、そのことごとくを理解した。

私がそれを、凝視しようとすると……

私がそれを凝視しようとしたとき、はっとして眼がさめると、もう錦の雲はすでに皺より、もつれ、誰かが大きな石を川へ投げ込んだように、水は波立って全篇の影はこなごなに砕けた。下に落ちかけていた『初学記』を私は無意識につかんだ。虹色の砕けた影がまだいくつか眼前にあった。(23)

語り手はここで、石を川に投げ込むことで水面に映っている影のかたち変えるという、日常生活にありふれたことを引き合いに出している。しかし、大切なポイントは、忘れずに何度でもおさえよう。倒影の戯れはあくまでも語り手が本当に書こうとすることに類似した事例にすぎない。われわれが水面上の倒影をいくら探求しようとしても、語り手の目の前にあるとされている「いい物語」へと近づくことはかなわない——むしろこのテクストの中心に据えられているのは「いい物語の再現不可能性」なのだから。魯迅にとっては「文学」そのものがあたかも存在しないかのようであることを思い出してもよい。これまで多くの論者が語り手の描写を「いい物語」そのものとして誤読してきたことはきわめて示唆的な事実だろう。

　引用した部分に戻ろう。文学の平面に向かうための手がかりがまるでまだ足りないと感じているかのように、語り手はひそやかにその平面の次元を水面から天空へと移行させる。「青空の上」は文字通り、前述の「水中の青空の上」の略語ではないのである。無数の美しい人、無数の美しい出来事、「いい物語」それ自体がこの平面上にある。さらに語り手からすれば、目の前の風景はだんだん「はっきりとする」ようになってくる。

　言い換えるならば、これまで曖昧な状況に置かれた語り手にとって、「周囲の現実」（実体）はさらにいっそう曖昧さを増していく一方で、さまざまな表象が変形しながら戯れている「風景」（影）のほうは逆に、鮮明になってゆく状況が生じているのである。ここでは、洋の東西を問わず長いあいだ引き継がれてきた「実体」の「影」に対する優位、「現実」の「非現実」に対する優位、さらにいえば「アクチュアリティ」の「ポテンシャル」に対する優位、「ノンフィクション」の「文学《フィクション》」に対する優位が、微妙に転倒しているのである。

　そして、ここにきてはじめて語り手はようやく能動的に何かをしようとする。彼は仔細に「見」ており、「理解している」。しかし、その直後、彼は目の前の風景を「凝視」することはできないと言っている。仔細に見ているのに凝視できない――なぜだろうか。それは、「凝視」には、睨まれる対象を固定するという意味が含まれているからだろう。

ある文学作品が潜在的に秘めている力を、ひとつの表象に固定することは不可能であることはいうまでもない。この「いい物語」を「凝視」できないということ、これは——問題点が多いとはいえ、さしあたりの表現を借りると——文学の〝本質〟を突いているに等しいといってもよい。つまり、先の引用で魯迅は、美しい文学的な描写によって読者を楽しませているのではない。文学とは何かという根本的な問いに取り組んでいるのである。[24]

　文学は言葉の意味作用をいったん宙吊りにし、可能性に開かれた世界を再現することを目指している。だが、あくまでも意味のある言葉を使わなければならない限りにおいて、意味作用を宙吊りにした上で可能性を探る再現（representation）、つまり言葉を使うことによって、日常的な使用に溶けてしまう言葉をその使用から取り出し、単に存在しているものとして再び現前させることは、あくまでも不可能な領域にある。先に見た語り手の描写は、たしかに美しくて巧みである——「帯は犬に織り込まれ、犬は白雲に織り込まれ、白雲はいなか娘に織り込まれ」る、等々。しかし、これ以上先に進むことはない。なぜなら、例えば白雲と犬の結合そのものは、言葉の次元での「再現」に収まるはずがないからである。

　にも拘らず、この再現の不可能性こそが、逆説的に文学のポテンシャル、あるいはポテンシャルとしての文学を守っており、いつでも既存の言葉の意味作用を無に帰する可能性を保っている。逆説的にいえば、文学においては再現の不可能性が再現の可能性の条件を与えているのである。

　その点にかんして、『初学記』が再び現れることは興味深い。もう一度引用しよう。

私がそれを凝視しようとしたとき、はっとして眼がさめると、もう錦の雲はすでに皺より、もつれ、誰かが大きな石を川へ投げ込んだように、水は波立って全篇の影はこなごなに砕けた。下に落ちかけていた『初学記』を私は無意識につかんだ。虹色の砕けた影がまだいくつか眼前にあった。

落ちそうになった『初学記』を語り手が捕らえる場面は、なにを意味するのだろうか。先行研究で指摘されているように、これは魯迅が過去の遺物となった伝統生活における美を捉え直し、恢復しようとする意欲を示しているのだろうか。それとも、闇深い現実社会に抵抗するための、ユートピアへの想像なのだろうか(25)。どちらでもないと思われる。こうした既存の読解に対して、わたしは別の解釈を提案したい。

すでに見たように、『初学記』では物事がカテゴリー化されているのに対して、語り手の「記憶」に関する描写では、倒影の世界はすでに知的カテゴリーから自由になっている。だからといって、魯迅は生々しい、「前知識」的な世界、すなわち農村社会へと戻り、伝統生活の古き良き部分を取り戻そうとしているのかというと、そういうわけでもないだろう。というのも、語り手が『初学記』をすこしばかり手放したときにこそ、倒影の世界が、そして文学の平面が目に見えるようになるからである。いくらかの誇張が許されるならば、『初学記』と「文学の営み」がむしろ対峙されているのである。後者においては、「もの」としての言葉がいったん既存の意味作用から解き放たれているのに対して、前者においては言葉の意味作用が強化され、秩序づけられているからである。

とはいえ、文学は決して任意の想像によるものではない。「勝手気ままに書けば文学になる」などというのは、文学をまったく知らない人間の戯言にすぎない。

そうではなく、むしろ文学の世界は、日常生活で見逃されがちで、日常的な営みからは排除される「倒影の世界」を彷彿とさせるのである。『いい物語』において倒影の戯れが有限的に浮き彫りにさせるのは、文学の平面上の、すべての存在者の無限の戯れである。したがって文学の平面を「凝視」し、固定しようとする際、「私」はもはや『初学記』のルールに従って行動しようとしているといえよう。「私」が最後まで『初学記』を手放せなかったのは故なきことではない。学問の方法によって文学的表象の戯れを捉えようとしたとたんに、「いい物語」の風景は分解し始めるからである。

しかし、語り手は直ちに「現実」に戻るわけではなく、彼の目の前には「虹色の砕けた影」がそれでもなお残ることになる。風景はすぐに消えてしまうのではなく、時間をかけてだんだんと溶けてゆくのである。なぜこのように書かれているのだろうか。それは、魯迅がこの後にもうひとつの動作を導入しようとした企みをもっているからである。

まず、テクストの最後の部分を引用して読んでみよう。


このいい物語を私は心から愛する。砕けた影の残っているうちにそれを呼びもどし、完成し、書きとめねばならない。書物を投げすて、身をかがめて筆を手にとる――だが砕けた影はどこにもなく、暗いランプがあるだけで、私はもう小船のなかにはいない。

ただ、このいい物語を見たことがあるとなんとなく覚えている。暗く沈んだ夜に……(26)

『いい物語』はこれで終わる。残っている欠片も、結局は消えてしまった。この最後の部分で、魯迅ははたして何をいいたいのだろうか。そもそもなにが起きているのだろうか。平たくいえば、『初学記』を文学の平面と対峙させることによって、魯迅はすでに文学の性質を文学的にあらわしたはずである。そうであるにも拘らず、なぜわざわざ最後の部分を書き加える必要があるのだろうか。テクストを丁寧に読みながら、ありうる解を模索してゆこう。

「凝視」することで目の前の風景を固定化し知識化することに失敗した「私」は、まだそれをあきらめてはいない。テクストの最後、語り手は非常に能動的になる。彼は欠片を捉えようとし、それをもとにして「いい物語」を取り戻し、それを「完成」させ書き残そうとする。つまり今度は、彼は文学の平面における表象を知的に整理しようとするのではなく、ただ単に言葉で再現しようとするのである。

しかし、すでに見たように、文学の平面における戯れは永遠に続くものであり、そもそも完成されるはずがないものである。「いい物語」、すなわち文学の〝本質〟は、すでにつねに文学的再現からは逃れてしまうさがを抱えている。言い換えると、互いに戯れあい変形の最中にある表象は、意味作用からいったん解放された言葉の自由さを提示しているにも拘らず、さらには可能性としての世界を提示しているにも拘らず、いやそれゆえに、文学はいつも現勢化《アクチュアライズ》された言葉の表現から、言語的に刻まれた再現から、言葉のポテンシャルを守りとおさなければならないのである。

したがって、われわれは語り手の二つの動作——すなわち「凝視」と「書くこと」を区別しなければならない。「凝視」するとき、彼は「いい物語」を具体的な対象として固定しようとする。結局のところ、彼はそれに失敗したが、目の前の平面はまだ消えてはいない。すなわち真のクライマックス――同時にそれはアンティ・クライマックスでもあるのだが――はまだ来ていない。なぜなら、これまでに彼がやろうとしてきたことは、あくまでも彼の頭のなかに浮かんでいることだからである。

それに対して、彼が『初学記』を捨てて筆を取ろうとするとき、つまり彼が「いい物語」を言葉によって現勢化しようとするとき、目の前の風景は消えてしまい、彼の乗っている小舟もなくなってしまう。彼は失敗したし、失敗しなければならない。結局のところ、彼に書けるのは「いい物語」ではなく、あくまでも「いい物語」の痕跡にすぎないといってもよいだろう。文学の〝本質〟を文学的に書き損ねた語り手は、もとの世界に戻る。かくして「暗く沈んだ夜」が再び姿を現してくるのである。

文学の呪い――「暗く沈んだ夜」の再来

最後の「暗く沈んだ夜」は、「いい物語」における繰り返しを読者に匂わせてくれるものかもしれない。しかし、ここでもひとつの微細な差異に注意しなければならない。テクストの冒頭とは違い、ここで語り手は「暗く沈んだ夜」に受動的に落ち込むのではなく、「暗く沈んだ夜」を能動的に思い出すのである。「このいい物語を見たことがあるとなんとなく覚えている」と、彼は言っている。この差異はなにを意味するのだろうか。

実際のところ、その文面からして語り手の表現は奇異である。「このいい物語を見たことがあるとなんとなく覚えている」(原文は「我総記得見過這一篇好的故事」)という文章は、どう考えても不自然である。なぜなら、「いい物語」の風景はついさっき消えたばかりだからである。それは努力なしには思い出せないほど遠い昔のことではもちろんあるまい。もしも語り手が消失したばかりの「いい物語」を話しているのだとすれば、「なんとなく」も「見たことがある」も不適切な言葉遣いと言わざるを得ない。すると、ここで「このいい物語」が指しているのは、つい先ほど消えたばかりの「いい物語」ではなく、テクストでは触れられていない昔、すなわちかつて「暗く沈んだ夜」が訪れたときに見たものにほかならない。かつて同じ「いい物語」を見たことがあるということを、語り手は何となく覚えているわけである。

仮にそうであるとするならば、魯迅がわれわれに示してみせているのは、語り手がいままで何度も同じパターンを受動的に繰り返してきたという、やや薄気味悪い事実になるだろう。それと表裏をなすように、『いい物語』の最後の省略記号は、テクストのはじめに戻ることを示唆するのではなく、むしろテクストの外部を提示しているよう思われる。

つまるところ、文人は何度でも、文学の〝本質〟を書くという、敗北することが決定的に運命づけられた戦いにそれでもなお挑みつづけなければならない。それは、「文学とは何か」という問いが永遠に文人に付き纏ってゆくことにほかならない。さらに、文学の営みとは文学者の意志で成し遂げられることではなく、むしろ逆に、受動的に受け入れざるを得ないことであって、なおかつ文人がその〝本質〟を突き詰めて完成させるなどありえないことなのである。

文学は、かくも恐ろしいものである。

そして、先取りしていえば、文人における受動的な態度とは、魯迅のテクストにおいて繰り返し強調されるきわめて重要なテーマにほかならない(27)。

これまでのわれわれの読解を整理しよう。『いい物語』というタイトルは、まさしくテクストの中心をなす〃空虚〃そのものを指している。偶然のきっかけによって「暗く沈んだ夜」にはまり込んだ語り手は、まわりの事物の輪郭が曖昧になっているなかで、「いい物語」に受動的なかたちで遭遇し、文学のポテンシャルを垣間見るに到る。彼がこの「いい物語」を描こうとするやいなや、彼の目の前の風景は消えてしまう。したがって語り手に書くことができるのは、「いい物語」を見るに到るプロセスと、「いい物語」の痕跡あるいは欠片を織りなす表象にすぎない。魯迅は「いい物語」の中心的な〃空虚〃を提示することによって、文学のポテンシャルを守っているのである。

もちろん、いわゆる「暗く沈んだ夜」がなにを指しているかについては大いに議論する余地が残るだろう。それを残酷に満ちた現実と読解する論者もいれば、近代社会そのものと解釈する論者もいる(28)。

それはともかくとして、「暗く沈んだ夜」が外部から迫ってくる状況であるのは間違いない。次の章で『吶喊・自序』を読解する際に再び強調することになるが、魯迅にとって、書くことは、受動的なリアクション以外の何ものでもない。魯迅が極めて多くの場面で述べているように、外部の刺激を受けてやむなく書き始める文人には、美しい芸術の宮殿を築きあげる余裕などなく、そもそも文人は美的価値を目指すべきでもない。とはいえ、このことはけっして魯迅が徹頭徹尾文学を功利的に理解していたということを意味しない。むしろ、魯迅にとっての文学のポテンシャルとは、表現の美しさにかかわる美的価値にも、社会的効用や実用的価値にも収まりきらないものでなければならない。文学の無力さは、美的価値や実用的価値の有無に一存されるのではまったくなく、あくまでも、可能性としての世界に、すなわち世界を変えていく可能性にかかわっているのである。魯迅はこのような強固なメッセージを『いい物語』に託してそのテクストをとおして文学的に提示しているのである。

このように、この章でわたしは『いい物語』を「文学とは何か」という根本的な問いに取り組むためのテクストとして読解してきた。明確な結論を出すことはない代わりに、『いい物語』はむしろ読者を魯迅のほかのテクストへと導いているといえるだろう。『いい物語』に描かれている表象の戯れのように、魯迅のテクストはいつも変転のダイナミズムに満ち満ちている。すると探究すべきは、魯迅における文学の〝起源〟ということになるかもしれない。いうまでもなく、それは実証的に確定できる歴史的な原点というよりも、むしろ魯迅のエクリチュールの根底を流れているようなものである。これについて、われわれにとって最も有力な手がかりは、『吶喊・自序』にほかならない。次章では『吶喊・自序』を読んでみよう。

第二章

エクリチュールと記憶の弁証法

『吶喊・自序』を読む

一九二三年の出版以来、数多くの研究者が魯迅の最初の小説集『吶喊』の読解を試みてきた。『吶喊』所収の名高い小説にはたとえば『狂人日記』(一九一九)があるが、ほかの『孔乙己』(一九一九)、『阿Q正伝』(一九二二)といったテクストであれ、あるいは作品集としての全体であれ、中国近代文学において『吶喊』がもつ意義の計り知れなさ、さらには当時流行のいわゆる「文学革命」にたいする歴史的な重要さは、いまさら議論する必要はないほどに確固たるものだろう。

一九二二年末に書かれた『吶喊・自序』(以下『自序』)は、魯迅が小説を書きはじめるに至るまでに経験したさまざまな出来事や彼の創作動機などを理解するために不可欠な手がかりとして、すでに多く論じられてきたものである。なかでも、たとえば「鉄の部屋」のイメージ(第四章でも詳しく取り上げる)や「幻灯事件」、彼が文学へと身を投じる決断といった、『自序』に含まれるさまざまなテーマはいくたびも読解されてきた。

しかし、忘れてはならないのは、汪暉が指摘するように、このテクストは一見するとわかりやすいものの、けっして一筋縄ではゆかない内実をそなえているということである。[1] この序言自体が小説のようなテクストになっており、複雑な内部構造を有しているからこそ、研究者たちは個別に異なる細部を強調することによって、はじめてそれぞれ違ったかたちの全体にかんするイメージを読み取ることができたにすぎない。[2]

この意味で、これまで多くの論者によって強調されてきたさまざまなテーマが、実際のテクストでは、いったいどのような法則にしたがって配置されているかを究明することは、魯迅の文学創作を真に理解するうえで必須の作業であると思われる。というのも、このテクストには、ある種の文学的、形式的な配置が仕掛けられており、そのことで語り手の個人的な生活についての記述は非個人的なものと化し、あくまでも小説を書く動機へと変容されているからである。この文学的かつ形式的な配置については、魯迅自身は『自序』の第一段落においてすでにヒントを与えてくれているように思われる。

そのようなわけで、本章ではこの短いながらも重要な段落を精読することで、そこに凝結している「記憶」と「エクリチュール」[3] の関係の複雑さの様相をあきらかにし、魯迅文学の起源を再び論じ直すことを目的としたい。思うに、この起源はただ一回きりのものとして生起したものではけっしてなく、そのたびごとにたえずわれわれに文を書くことの可能性そのものを考えるよう要請しつづけるものである。この要請にしたがうならば、われわれはたえず近代文学の原点へと戻り、社会や政治や歴史といったいわゆる非文学的なものを、文学的エクリチュールの創出する独自の空間に招き入れることによって、さまざまな社会分野に文学の視点から批判的に関与せざるをえなくなるのである。

魯迅文学の起源としての『吶喊・自序』

もしも中国近代文学の原点が『吶喊』にあるといえるならば、形式的あるいは内容的にも、序言としての『自序』は中国近代文学の原点の起源そのものであるといえるだろう。内容からして、魯迅はたしかにこのテクストをとおしてみずからの創作動機やその文脈を平易なかたちで語っている。他方で『自序』は、その形式からして魯迅がもろもろの小説を書きあげたあとで書いたものであるとはいえ、「序言」としての位置と機能がテクスト自体に構造的な優先度の高さを与え、自らを小説集『吶喊』にたいして内部であると同時に外部に置いているのである。

つまり、こういうことである。ヘーゲルは『精神現象学』の序言で、「序言」の役割を「はしご」として説明している。ヘーゲルによると、読者はこの「はしご」をのぼって、本の全体的な構成や内容を把握するのだが、それから本文に入ると、もはやその「序言」は不要なものになってしまう。したがって、奇妙なことに、『自序』は『吶喊』に属しながらも、ほかの小説たちとは異なって、あたかも『吶喊』の外にあるかのように見えるのである。実に奇妙な構造だといわなければならない。

それだけでない。さらにいっそうおかしなことに、『吶喊』の創作動機を物語ると自覚しているはずの――あるいは読者にそう期待されている――このテクストは、最初の部分ではあえてその読者の期待に応えないかたちを取っているのである。というのも、魯迅がここで描いているのは、「夢」と「記憶」をめぐる曖昧な情景だからである。

汪暉を含めたほとんどの論者はここに現れる「夢」と「記憶」をあたかも同じものであるかのよう

に扱い、両者の区別を見逃している。あるいは少なくとも強調はしていない。しかしこの意識的かつ無意識的な混淆それ自体はきわめて意味深いものに思われる。なぜなら、『自序』のはじめで明確に言及されているこの二つの語は、決定的な差異を内包しながらも、まるで置換可能であるかのように並列されているからである。

私も若いころは、たくさん夢を見たものである。あとではあらかた忘れてしまったが、自分でも惜しいとは思わない。思い出というものは、人を楽しませるものではあるが、時には人を寂しがらせないでもない。精神の糸に、過ぎ去った寂寞の時をつないでおいたとて、何になろう。私としてはむしろ、それが完全に忘れられないのが苦しいのである。その忘れられない一部分が、いまとなって『吶喊』の由来となった、というわけである。(4)

文章の意味と文体の難しさで知られている魯迅の書いたもののなかで、この段落は比較的読みやすい部類に入るにちがいない。たしかに、語り手はここで一般的な意味での「理想」や「望み」としての「夢」について書いている。そのあと、魯迅は自分が日本に留学した際に抱いていた「夢」を暴露している。たとえば、彼は次のように言う。

私は甘い夢をみていた。卒業して国に帰ったら、父と同様のあしらいを受けて苦しんでいる病人を救い、戦争のときは軍医になり、かたわら、国民の維新への信念を高めようと考えた。(5)

ここで、「夢」はただちに言語と文字によって表現されうるものだと言い換えることもできるだろう。そうすると、ここでの「夢」を、たとえば魯迅が『野草』で文学的構造に入れている「夢」と連関させて論じるのは適切ではないと言わざるをえない。事実としても、形式的にも、ここで言われている「甘い夢」は魯迅文学に先立つものだからである。

いずれにせよ、『自序』は語り手がほとんど忘れている、しかも惜しむことなく忘れてしまった「若いころ」に抱いていた「夢」によってはじまっている。ここで「夢」が指しているのは、病人を救ったり、文学活動に関与するといった、論者たちの言う「啓蒙」にかんする営みである。それらの「夢」は、実現されるべき「夢」であるかぎりにおいて、ほとんど忘れられてしまったのである。

つまり『自序』に描かれているそうした「夢」は、すべて破れた「夢」であって、魯迅の経験した挫折なのである。もちろん、当時の「文学革命」に身を投じている人々は、若いころの魯迅自身と同じように、いまだに「寂寞」を経験してはいない「甘い夢をみている青年」(6)にちがいない。少なくとも、魯迅の目にはそう映っている。「私も若いころは」という一文からはじまるこの序言において、語り手はこの「も」によって、青年から、そして青年たちが現在抱えている「甘い夢」からも、現在の自分を区別しているのである。

したがって、次の一文で突然「思い出」へと移りゆくときに、はじめて「夢」と「記憶」の差異は浮き彫りになる。つまり「夢」は「記憶」そのものではなく、「記憶」の一部の内容あるいは対象である。より正確に言えば、「夢」は「完全に忘れられない」過去の一部分になっている。したがって、「夢」と「記憶」の関係についていえば、記憶は破れた夢を含んでいるといってもよい。ここで注意したいのは、魯迅が用いている「私としてはむしろ、それが完全に忘れられないのが苦しい」という極めてぎこちない言い回しが「夢」と「記憶」の関係を複雑にさせていることである。つまり、彼が言っているのは、自分がいまだに夢の一部分を覚えているということではなく、むしろ、いくら忘れようとしても忘れられない夢の一部分があって、しかもこの覚えておらずにはいられない部分が「過ぎ去った寂寞の時」という歴史へと化し、自分のなかに「寂寞」を生み出してしまった、ということである。

すなわち語り手にとって、戦うべき対象は忘却ではなく、記憶そのものなのである。彼は忘れようとするが、忘れることができない。記憶はジレンマになっている。

したがって、「記憶」はここで主体的に思い出されるものではなくなり、むしろ主体の内面から発せられる異様なものになっている。また、主体の経験した過去に属しながら、主体の内部に属しながら、あたかも外部から主体に迫ってくるかのように現れているのである。同時に、絶えず主体に回帰してくるこの忘れられないものは『吶喊』の「由来」となり、魯迅の文学創作の起源になってゆく。周知のように、医学を勉強し病人を救う夢も、外国文学を翻訳し中国の文芸を改革する夢も、政治的、文化的な啓蒙を行う夢も、魯迅の経験した挫折にほかならない。繰り返しになるが、忘れられないのは、ありのままの「甘い夢」ではなく、破れた夢のかけらにほかならないのである。

ところが、上記のように、忘れられない「記憶」をそのまま破れた夢に還元すると、われわれは一つ大事なことを見逃してしまっている可能性がある。あるいは、われわれの議論が、行き過ぎてしまっているかもしれない。改めてこのテクストの冒頭に戻ってみよう。すでに述べたように、語り手は最初の部分に、「夢」と「記憶」のそれぞれを書いている。同時に両者が密接している。そのせいか、たとえば汪暉といった研究者たちは両者を混同している。

しかし、仔細に読んでみると、「夢」という語彙がふたたび現れるのは、テクストの「第四段落」である。「私は甘い夢をみていた」と。すると、第二段落と第三段落において、語り手はなにを言っているのだろうか。

それは、忘れられないけれども「何にもならない」「過ぎ去った寂寞の時」、つまり「記憶」そのものなのである。そうすると、あとから生起する「夢」にくらべて、寂寞をもたらす記憶のほうこそが、語り手の過去から現在までの人生を貫くものとして、連綿とつづいているといえないだろうか。破れた夢は、この意味で、すでにじゅうぶん語り手を苦しませてきた記憶を、さらにいっそう強めたのである。

周知の通り、魯迅はけっしていわゆる人生の「勝ち組」ではない。むしろ「負け組」に属しているというべきだろう。同時代の日本語作家、たとえば森鷗外や夏目漱石とくらべれば、若い魯迅の舐めた辛酸と味わった挫折は目立つ。父親の病気のせいで、彼は小さい頃、質屋《しちや》と薬屋のあいだを転々していた。そして留学先の日本に滞在しているときは、日本人の生活からも中国留学生の生活からも彼は意識的に距離を取っていた。日本において、彼は実のところ最初から最後まで自分自身の居場所を見つけることができなかったのではないかと思われる。仙台でも彼は日本人の同級生にいじめられ、そして後に説明する、あの有名な「幻灯事件」に遭遇した。文学へコミットしようと決意し企画した文学雑誌『新生』も夭折した。そうしたなか、むりやり帰国させられ、母親に騙され、見知らぬ女性と結婚させられた。家族を扶養しようとした魯迅は、一九〇九年に帰国して中学校の教員になった。七年間の留学は、何も実らなかったといってもよい。かくして、代表作『狂人日記』を発表したとき、魯迅はすでに三十八歳になっていた。当時、同じ新文化運動に参加していた代表的な人物でいうと、胡適は二十八歳であり、銭玄同は三十二歳であった。

こうした挫折経験はなるほどたしかに魯迅文学の起源になっているかもしれないが、重要なのは、挫折の経験それ自体は文学的経験ではなく、むしろ身体的ないし生理的経験である、ということである。それゆえ、生きていくために語り手はやはり、なんとかしなければならなかった。ここで物を書く衝動は、けっして能動的になにかを書こうという意欲に由来するものではなく、むしろただ単に生きてゆくという生理的欲求によって生み出されるものにほかならない。彼はこう述べている。

ただ自分の寂寞だけは、除かないわけにいかなかった。それはあまりにも苦痛だったから。そこで、いろいろの方法を用いて、自分の魂を麻酔させにかかった――自分を国民の中に埋めたり、自分を古代に返らせたり。その後も、もっと大きな寂寞、もっと大きな悲しみを、いくつも自分で体験したり、外から眺めたりした。すべて私にとって、思い出すに堪えない、それらを私の脳といっしょに泥の中に沈めてしまいたいものばかりである。とはいえ、私の麻酔法はききめがあったらしく、青年時代の慷慨悲憤はもうおこらなくなった。(7)

破れた夢にかんする経験によってもたらされた寂寞は「巨大な毒蛇」のように語り手の「魂にまつ

わって離れなかった」[8]から、彼はこの寂寞を取り除かければならない。それはほかの「甘い夢」を見るためでもなく、抽象的な理念に忠誠を誓うためでもなく、ただ単に生き残るためであり、苦痛を鎮めるためである。生きていくために、彼は記憶に抵抗しなければならないのである。

ヴァルター・ベンヤミン（Walter Benjamin）がプルーストを論じるさいに取り上げる二種類の「記憶」にしたがうならば、ここに現れているのはなにかを主体的、能動的に思い出すことによって体現される、知性や理性の支配にしたがう「意志的記憶」（mémoire volontaire）ではもちろんないのだが、だからといって「非意志的記憶」（mémoire involontaire）[9]――つまり、測り知れないかたちで主体にめぐりあう記憶、現在と過去を偶然的に結びつける記憶――でもない。後者については、たとえば――とても陳腐な例であるが――歩いているとき聞こえるポップ・ソングは、思わずあなたに初恋を思い出させる。

魯迅の言う「記憶」は、以上のどちらにも属しない。なぜなら、語り手にまとわりついて忘れられない記憶は、彼を生理的に圧迫し、彼を無力にさせるものであって、プルーストにおける「非意志的記憶」ほどのんびりしたものではないからである。この意味で、われわれは、このような記憶に直面するときになにをなすべきかということについてのアレゴリーとして、『自序』を理解してもよいのではないだろうか。

生きていくために文を書くこと

すでに見たように、語り手が取った手段は、自分を麻痺させ、記憶に直面することを回避することであった。すると彼がふたたび文学的営みにコミットするまで十年間続けていた「古い碑文を写」すことは（「抄古碑」）、竹内好の読解によるならば、魯迅文学の暗澹たる原点になっているといえる。例えば、竹内は次のように述べている。

私は、この時期が魯迅にとって一番重要な時期であると考える。彼はまだ文学生活をはじめていない。彼は、会館の「幽霊の出る部屋」で古文書に埋れている。外面に現れた動きは何一つない。「叫び」がまだ「叫び」となって爆発しない。それを醞醸《うんじょう》する重苦しい沈黙が感じられるだけである。その沈黙の中で、魯迅は彼の生涯にとって決定的なもの、いわば回心と呼びうるようなものを掴んだのではないかと私は想像する。魯迅の骨格が形成された時期として、私は他の時期を考え得ない。後年の彼の思想の移り行きは、その経過をほぼ辿ることが出来るのだが、その根幹になっている魯迅そのもの、生命的な、原理的なもの、それは、この時期に暗黒の中で形成されたとしか考えられない。(10)

しかし『自序』の描写にしたがうと、竹内の評価とは対照的に、抄古碑の時期に顕著になるのは、記憶を抑圧し、回避し、「自分の魂を麻痺させる」ことにすぎないのである。ただし回避や麻酔は、魂にまとわりつく忘れられない記憶にたいする唯一の対応にはけっしてならないどころか、そもそもそれはふさわしい対応ですらない。

この場合、「回心」のような小難しい言い方をするよりも、精神分析のアプローチに訴えたほうが、魯迅のこの時期における「重苦しい沈黙」から「叫び」への転換をいっそう効果的に説明できるように思われる。というのも、精神分析の視点からすると、起こったことについての記憶は、けっして抑圧されることなどなく、さらには抹消されることなどありえないからである。抑圧されたものはかならず予想できない変形されたかたちでわれわれに回帰してくるのである。たとえば、まさに語り手の麻酔法に「ききめがあった」とき、もうひとつ「忘れられない」ことが現れているのはきわめて徴候的である。魯迅は次のように述べている。

> 思うに私自身は、今ではもう、発言しないではいられぬから発言するタイプではなくなっている。だが、あのころの自分の寂寞の悲しみが忘れられないせいか、時として思わず吶喊の声が口から出てしまう。せめてそれによって、寂寞のただ中を突進する勇者に、安んじて先頭をかけられるよう、慰めのひとつも献じたい[11]。

かつて挫折した夢によってもたらされた「寂寞の悲しみ」を忘れられないからこそ、語り手の自己麻痺によって抑圧されたはずの「夢」はふたたび回帰し、彼の麻酔法は無効にされた。言い換えるならば、まさしく抑圧され、無視されたときにこそ、挫折した夢についての忘れられない記憶が、彼に応答を要請するのである。したがって、過去の記憶に直面せざるをえないとき、魯迅は応答しなければならず、行動しなければならず、そして最終的には、文を書かなければならないのである。この意味で、たしかに汪暉が指摘したように、魯迅の創作は「きわめて受動的なもの」であるといえる(12)。

しかし一方で「能動的」なものもある。それは、汪暉の強調するような「夢」そのものではなく、むしろまとわりついている記憶に抵抗する行為としての、生き残るための方法としての「エクリチュール」である。

ここで、エクリチュールと記憶は同じ構造あるいは語法を有しているといってもよい。すなわち両者はともに語り手にたいしてある種の強迫的な命令、外部から主体に迫ってくる命令、主体にはコントロールできない命令、そうでありながら同時に主体の内部から発せられる命令、自律的かつ他律的な命令をくだしている。記憶が忘れられないものであるのと同様に、エクリチュールという行為は単に書くことであるというよりも、書かなければならない、または書かざるをえないということなのである。この意味で、いわゆる「主将の命令(13)」は、たとえば当時の『新青年』編集者たちの「命令」を指しているばかりではなく、自分の内部から発せられる命令、あるいは文学から発せられる命令を指しているといってもよいだろう(14)。エクリチュールは記憶にたいする抵抗であって、たえず戻ってくる記憶に応答する手段だからである。

したがって「エクリチュール」と「麻痺法」は、記憶にたいする二つの対抗手段になっている。後者はけっきょくのところは無効になってしまい、しかも強迫的に再帰する記憶が語り手を前者へと移行させる。だが、この二つの方法はけっして同じものではない。そこで、わたしは次のことを何度でも強調したい。魯迅文学の原点は麻痺や回避にあるのではなく、自己を麻痺させても克服することがかなわない、たえず回帰してくる記憶に抵抗する手段としてのエクリチュールにあると思われる。この意味で、魯迅において文を書くとは、プラトン以降の多くの哲学者の主張とは異なり、覚えるために発明された、逆に忘却をもたらすパラドキシカルな道具であるというよりも、むしろ記憶を積極的に忘れようとする方法になっているのである。

一九三三年に書かれた有名なエッセイ、『忘却のための記念』で、魯迅はふたたびエクリチュールと記憶と忘却の関係に触れ、書くことに潜む身体的ないし生理的な切迫感を強調している――

> 私はとうから、なにか短い文でも書いて、数人の青年作家を記念したいと思っていた。それというのは、ほかではない。二年このかた、悲憤がしきりに私の心に襲いかかり、今になっても止まないのである。私は、文を書くことによって、身をゆすぶり、悲哀をふりはらって身軽くなりたかったのである。はっきりいえば、私はかれらのことを忘れたかったのだ[15]。

魯迅にとって、当時「左聯」（「左翼作家聯盟」のこと）に属していた五人の若い作家の死はあまりにも重い記憶であり、その記憶は、変えられない客観的、実証的な事実として、彼の息を詰まらせている。もしも『自序』に現れる「巨大な毒蛇」のイメージがやや抽象的であるのならば、ここで触れられている若者の犠牲と彼らの血は文字通り、記憶の重荷と化して語り手にのしかかっているのだろう。したがって、呼吸するために「風穴」を探さなければならない彼は、あたかも唯一の手段にアピールするかのごとく、文を書くことにたどり着いたのである。

若いものが老いたもののために記念を書くのではない。そしてこの三十年間、私が見せつけられたのは青年の血ばかりだった。その血は層々と積まれてゆき、息もできぬほどに私を埋めた。私はただ、このような筆墨をもてあそんで数句の文章を綴ることによって、わずかに泥のなかに小さな穴を掘り、そこから喘ぎをつづけるだけなのである。これは、いかなる世界であろう。(16)

この重要な段落は、二つのポイントを示している。第一に、文を書くことがここでは忘却する方法になってしまっている。ただしそれは、犠牲者と彼らの血を忘却することではけっしてない。なぜなら、「墨で書かれた虚言は、血で書かれた事実を隠すことはできない」(17)からである。そうではなく、文を書くことによって忘却しようとするのは、歴史的実証主義からして明確な意義や価値が付された、変えられない過去のことである。それと関連して、第二のポイントは、文を書くことは客観的事実からなる記憶に穴を開け、「泥の中に小さな穴を掘」って呼吸する可能性を作り出すということである。

記憶を動揺させることによって、エクリチュールは記憶に抵抗する。エクリチュールは過去に起きた事件を石のように動きがたい客観的存在の状態から解き放ち、書くたびごとに新たな意義や価値を過去に与え、それによって過去を現在に関連させようとするのである。そうすると、絶えず回帰してくる耐えがたい記憶は、現在に生きる人々にとって、生産的で「穴」に満ち満ちたダイナミックなテクストへと変容してゆく。『吶喊・自序』で具体的な出来事や場所に言及するさい、魯迅があえて固

有名を使っていないことは、まさしくエクリチュールのこの役割を如実にしめしているのかもしれない。(18)

すでに見たように、魯迅にとって記憶とは身体的あるいは生理的なものであって、生きることを脅かすものである。記憶の重荷のせいで、彼は行動しなければならないのであって、文を書かなければならないのである。ところが、エクリチュールは記憶に抵抗しながら、記憶にたいして測り知れない形式や表現／分節（articulation）をも与えている。この複雑さは、一九三四年に書かれたエッセイ、『韋素園君を憶う』の冒頭に現れるある衝撃的なイメージに結晶化している。

私にも記憶がないわけではないが、ただ、きわめて断片的なものなのだ。私の記憶は、ちょうど庖丁でそがれた魚の鱗のようなものだという気が自分ではする。まだからだにくっ付いて残っているものもあるし、もう水中に落ちてしまったものもある。水をかき廻せば、いく片かは浮きあがってきて、きらめくかもしれない。けれども、それには血痕が付着しているので、なまじ鑑賞家の眼を汚しては、という気が自分ではする。

いま、友人たちが韋素園君を記念したいという。私もなにか発言せねばなるまい。たしかに、それは私の義務である。してみれば、たとい何が浮かんでくるかわからぬにせよ、身外の水までも一度はかき廻してみるほかあるまい。(19)

ここで記憶は、そがれた魚の鱗のように水の底に落ちながら、痛みを感じている人の感受性にかかわっている。それはいかにも生き生きとした血なまぐさいイメージである。記憶がつねにすでに現在にかかわり、現在を生きている生命にかかわっているのである。

しかし重要なのは、断片的な記憶は書かれることによって「浮きあがってきて、きらめく」ということである。しかも、はたして「何が浮かんでくるか」は、書き手にとっても「わからぬ」ものにほかならない。言い換えると、文を書くことは記憶には予想できない意義や価値を付与し、記憶に抵抗しながら記憶を形づくってゆくのである。エクリチュールの媒介によって、もとより既存の事実しか意味しない耐えがたい記憶は、改めて潜勢力をもつものとして現在あるいは未来へとつながってゆく。

可能性や価値を記憶に与えることは、けっして意図的に記憶を歪曲することを意味しない。記憶にかんする二種類の表象——つまり書くことによって作り出される記憶と客観化される記憶——の対峙や衝突さえも意味しない。むしろ、記憶にエクリチュールを入れてゆくことは、張旭東が指摘するように、魯迅においては文学空間を創出し、結局「記憶についての叙述構造は形式的にいえば一つの虚構になっている」ことを意味するのである。(20)

同じ事件について、魯迅がしばしばいくつか異なる叙述を呈しているのも、この虚構的な叙述構造に由来しているからだといってもよい。後に述べるが、『自序』と『藤野先生』(一九二六)に現れる「幻灯事件」についての異なる叙述は一つの好例である。われわれは竹内好のように、二つの叙述のどちらがより「真実的」であるのかを判断する必要はまったくない。大切なのは、こうした叙述を可能にさせる文学的条件そのものだからである。

この点について、魯迅が一九二七年に『朝花夕拾《あさかゆうじゅう》』のために書いた「小引」は、示唆を与えてくれる。魯迅はこのエッセイで、幼いころに食べた果物の記憶に残る味に触れて、以下のように述べている。

私は以前、菱の実、そら豆、まこもの芽、まくわ瓜など、子どものころ故郷で食べた蔬菜類がしきりに思い出されて、それがどんなにうまかったか舌なめずりせんばかり、ひどく望郷の思いに駆けられたことがあった。ところが久しぶりに、いざ口にしてみると何のことはなかった。ただ記憶では今も昔のままが残っている。それらは私を一生欺きとおし、絶えず私に思い出をせまるかもしれない。(21)

記憶と事実の乖離という郷愁的なテーマは、『村芝居』（一九二二）、『傷逝』（一九二五）といったテクストでも反復されているが、興味深いことに、このテーマが再現されるたびごとに、魯迅が強調しているのはいわゆる「真実」ではなく、現実によって幻滅されたはずの「記憶」そのものなのである。小説の『傷逝』の最後の部分、「新しい生命の道へ第一歩を踏み込まねばならない。真実を心の傷に深く秘めて、黙々と前進しよう。忘却と嘘を我道案内にして……」を想起してもよいだろう。(22)

同棲している二人の若者が生活上の不如意のせいで別れた後、女の子の「子君」は自死した。このことを聞いた「涓生」が悲しみながら自らの手で書いたものは、『傷逝』（「過ぎ去ったことを悼む」こと）というテクストにほかならない。興味深い形式的な仕掛けがあるからこそ、多くの研究者が述べてきたように、主人公の涓生がここで言うところの「真実」は本当の「真実」などではなく、むしろ死んだ子君の声を覆い隠してしまう一つの嘘にすぎない(23)――たしかにそうかもしれない。しかし注意すべきは、書き手（としての涓生）にとって、執拗に嘘にこだわることは、記憶とエクリチュールの関係について一つの重要な決断を下すことを意味しているにほかならない、ということである。語り手ははっきりと言う。「生きている以上、あくまで新しい生命の道へ踏み込まねばならぬが、その第一歩は――いっそこの悔恨と悲哀を書き綴ることだ(24)」と。

彼は、生き残るために、前へ進むために、文を書かなければならないのである。つまり、嘘をついたにせよ、『傷逝』の中で涓生が自分なりに編み出している子君についての記憶は、生きている者の生命にとって必要なもの、書き残されなければならないものにほかならないのである。この意味で、涓生の叙述に潜む真実と嘘を峻別し、あるいはまた涓生と子君の生活を吟味する読解は、この小説を貫くエクリチュールそのものの意義を過小評価している点で的外れだと言わざるをえない。

ただし、『朝花夕拾・小引』の語り手は、記憶と事実の差異をすでに意識した上で、「嘘」とでもいうべき、記憶にしか残っていない味を強調するにとどまらない。さらに彼はあえてその味を以後も絶えず「思い出」そうとする。それはなぜだろうか。この点について、次の一文は示唆的である。

この十篇は記憶から抜き出したもので、事実と多少ちがうかもしれぬが、ともかく今の私の記憶ではこうなっている(25)。

言うまでもなく、ここで言われている「十篇」は『朝花夕拾』の諸篇を指している。真に記憶から「抜き出した」エッセイなのだとすれば、あたかもエクリチュールは透明な媒介としての言語を利用し、公開的かつ流通可能なかたちで、記憶の内容を忠実に、十分に、完全に表現できるかのように見えるのである。言い換えれば、文を書くことは、あたかもある種の抄録または翻訳になっているかのように見える。

しかし他方で、語り手が述べるように、これらの「記憶から抜き出したもの」は客観的事実ではなく、むしろどのような抄録も翻訳もかならず「原文」からはずれていくように、必然的に客観的事実としての記憶対象から距離を保っている。しかも、このような距離は偶然の失敗や錯誤に由来しているものでもなく、客観的な正しさに準ずる改正や批評を望んでいるものでもない。というのも「ともかく今の私の記憶ではこうなっている」からである。すなわち、文を書いている現時点からすれば、こうした記憶についてのエクリチュールは唯一のものであって、真実そのものなのである。あるいは客観的事実からずれている抄録は、ここで記憶そのものになっているといってもよい。もしも記憶にしか残っていない果物の味が実際の味によって抹消されえないのだとすれば、文を書くことによって、独特かつ可能性にあふれた文学的空間へと記憶を解き放ってゆくことができるようになるだろう。

このとき「事実と多少ちがう」という指摘は、エクリチュールの反論にはならない。歴史的実証主義者が口を挟む余地はなかろう。

過去を現在へとつなぐエクリチュール

『自序』に描かれている、魯迅が『吶喊』を書き始めるまでの経験に戻ろう。すでに述べたように、魯迅のほかの文章で違うかたちで書き直されることになるこうした経験は、第一段落の配置からして、エクリチュールと記憶のダイナミックな関係のもとで組織化され、表現されている。

したがって、例えば竹内好が『藤野先生』の叙述から魯迅の「回心」を読み取ろうとする事件は、『自序』では明白に当時の文学革命の動機の一環になっている。いうなれば、『自序』で語られているすべての事件は、文学革命という唯一の帰結点にたどり着くのである。[26] たとえば、父親の病気と長い治療期間がもたらした生活の貧困は語り手の留学の動機になり、漢方医学に騙されたと思った彼は西洋医学を勉強しようとしたが、学校で「幻灯事件」に遭遇したことで彼は文学の営みにコミットすることを改めて決断した。そして、以来、文学上の一連の失敗はつまるところ「鉄の部屋」の隠喩に集約されるのだが、「鉄の部屋」の示しているジレンマに陥っている彼は、あたかも友人の金心異の反論を待っているかのごとく、やすやすと相手に説得され、当時の文学革命に投身しようとするのである。

つまり、『藤野先生』や『父親の病気』(一九二六)の叙述とは異なり、『自序』に描かれている個人経験には余計な細部がほとんどなく、すべての叙述を緊密につなぐ因果関係に力点が置かれている。言うまでもなく、魯迅は「寂寞のただ中を突進する勇者に、安んじて先頭をかけられるよう、慰めのひとつも献じたい」という、そのようなつもりでそう書いているのである。一人称の「私」で始まる『自序』は、タイトルとなる『吶喊』で終わる。全体としてこのテクストは、「私」がいかにしてほぼ必然的に『吶喊』にたどり着いたかを物語っているほかない。

だからといって、否だからこそ、それはけっして『自序』の叙述がたとえば『藤野先生』のそれよりも真実味を欠いていることを意味しない。むしろこれらの叙述は――つまり記憶にかんするエクリチュールまたは刻印は――いずれも「真実的」なのである。というのも、文を書くことは、記憶を再び可能性へと回帰させることであり（これを「可能化」（possibilization）としよう）、記憶対象の客観化と固定化への抵抗そのものだからである。歴史に対する読解の権利を独占しようとするイデオロギー装置は、まさに過去に起きた事件に唯一かつ絶対な意味を付与し、それを権威ある政治的言説にせしめる。それにたいして、エクリチュールのほうは、記憶に介入するたびごとに、過去に穴を穿ち、現在および未来へとつながる通路をつくりだし、閉ざされているようにみえる過去から現時点で生き生きとしている生命や生活に、共振可能な潜勢力を読み取ろうとするのである。

こうして考えてみると、エクリチュールの介入は、真実にかんしていながら、きわめて脆弱な実践である。真実であるというのは、それが現在の歴史と生命の要請にこたえているからである。他方で、それが同時になぜ脆弱であるのかといえば、エクリチュールはけっして一回きりの実践ではなく、むしろ歴史を特定の意味構造や語法に固定させることを拒絶し、どのようなときにあっても未来のエクリチュールに訴えてかけているからである。エクリチュールを経由することによって、語り手が経験した挫折は単なる決まった客観的事実ではなくなり、むしろ変更可能な書き直しを経由してわれわれを測り知れない読解の可能性へと導いてゆくものになる。まさに「未来のどの瞬間も、メシアがそれを潜り抜けてやってくる可能性のある、小さな門だったんだ[27]」、というベンヤミンの言葉はここにも当てはまることになるだろう。

この意味で、もしも過去に起きた事件が歴史的な刻印としてすでにある意味を付与されているのだとすれば、エクリチュールは事件を線的《リニア》歴史の流れから救い出し、開放的な意味の地平へと解き放ってゆく。文学的に述べるならば、書くことはつねにすでに書き直すことであって、エクリチュールの起源は書き直しにこそあるともいえるのである。

魯迅は『自序』の中で、エクリチュールをもって彼にまとわりついている「巨大な毒蛇」を、忘れられない記憶を、文学革命のための「吶喊」に変えている。張旭東はこの点について次のように述べている。「記憶は自分の強迫と暴力を持っているが、文学からして魯迅は過去の暴力を把握し、記憶を表現方式の一つへと力強く変える[28]」と。この意味で、記憶をめぐるエクリチュールは「時間と歴史、道徳と文化の乱暴な支配[29]」から記憶を解放し、新しい生命や新しい歴史の到来を迎えようとするのである。エクリチュールが文学的になっているゆえんは、記憶との戦いをとおして、過去に起こったことをもういちど「可能化」することにある。

中国近代文学の起点において、この起点の起源そのものにおいて、すなわち『自序』のはじめにおいて、文化的かつ政治的なラディカリズムを有するエクリチュールは忘れられない記憶とその記憶の代表する、一般には文学に属していないものを文学的空間に入れこみ、現在とつながる通路や可能性を与えているのである。

ただし、繰り返しになるが、この姿勢それ自体は文学的なものではなく、むしろ身体的あるいは生理的なものである。エクリチュールをもって実証的歴史に抵抗するなかで、生き残るために書かざるをえず、文字に依りながら、書き手は彼にまとわりついている彼を窒息させる記憶を、生命の新たな可能性へと解放してゆくダイナミックな叙述に変容させようとするのである。そこで、個人生活の次元で魯迅に苦しみや寂しさしかもたらさなかった記憶は、進行中の文学革命につながってゆくことになる。しかも、魯迅が『忘却のための記念』の最後に書いたように、「たとい私でなくても、いつかきっとかれらを思い出し、再びかれらについて語る日がくるであろうことを」[30]。

もう一度強調するが、書くことは一回きりのことではけっしてなく、いまこのときのエクリチュールは同時に次のエクリチュールを要請し、呼びかけているのである。それは訂正や名誉回復のためではけっしてなく、未来の新しい生命のため、新しい歴史のためであって、過去を思想的なエネルギーへと変化させるためである。

いまこのときの、そのたびごとのエクリチュールはつねに、いまこのとき、そのたびごとの生命と生活の要請に応えているため、そしてまたエクリチュールはそれ自体が緊迫性をもっているため、魯迅においてそれはけっして鑑賞されるべき芸術品などではなく、現時点に生きている生命と一緒に枯れていく「野草」でなければならないのである。

一九二五年に出版された評論集の『熱風』の「題記」で、魯迅は自分の時評を出版することについて以下のように嘆いている。

私の時事に対応して書いた浅薄な文章も、本来なら放っておいて消滅するにまかせればよいはずのものだ。だが、何人かの友人たちが、現状は当時とたいして変わってはいないのだから、やはり、まだのこしておいてもよいのではないかと言って、私のために編集してくれたのである。これは、まさしく私の悲しみとするところだ。私は思う、すべて時弊を攻撃した文章は、時弊とともに滅び去るべきだ。なぜなら、白血球が腫瘍をつくったときと同様に、それ自身も排出されてしまわないかぎり、その生命の存続は、同時に病菌がなお存在していることをも証明していることになるからである。(31)

実際、これは自分の著作にたいして魯迅がつねに抱いていた願望であるだけでなく、エクリチュール——すなわち、いつも生命にかかわっているものとしてのエクリチュール、生き残るために、呼吸するために必要不可欠な手段としてのエクリチュールに内在している要求でもあるといえるだろう。したがって、パラドキシカルなことに、書くことが終わったまさにその瞬間において、あるいは書くことのプロセスのただなかにおいて、刻まれた文字はその瞬間、すでにして忘却されるべきものになってしまうのである。文を書くことは記憶にダイナミズムや可能性を与える一方で、いったん文字として、客観的に固定されたものとして現れるやいなや、われわれはそれを忘却できるばかりでなく、忘却しなければならなくなるのである。なぜなら、書くことは覚えるためではなく、忘れるためのものだからである。

しかし、このときのエクリチュールはつぎにはじまるエクリチュールを呼びかけているがゆえに、そしてエクリチュールはすべて不穏で、脆弱で、開放的であるがゆえに、ここで言うところの忘却は単に客観的事実を忘れることを意味するのではなく、逆にむしろ創造的な忘却を意味しているといわなければならないだろう。すなわち、この忘却はエクリチュールを他の可能性へと、測り知れないことへと、偶然性へと解き放ち、結果、書くたびごとにエクリチュールは歴史にたいして、すでに確立された意味にたいして自己否定の契機を構造的に突き立ててゆくわけである。

エクリチュールの（不）可能性について、再び

一九二六年末に書いた『「墓」の後に記す』で、魯迅は自分の著作について以下のように述べている。

これは私の生活中のささやかな遺跡にすぎない、と。もしも私の過去が、ともかくそれを生活といえるならば、それなら私も、ともかく仕事はしてきたといえるだろう。だが私には、泉のように湧く思想はなく、雄大な文章も華麗な文章もない。宣伝したい主義もないし、何より運動を起こす気にもなれない。ただ私は、失望は大小にかかわらず苦しいことを体験しているので、数年来、私にものを書かせたいという人があれば、意見も大してちがわず、また私の力で片付くかぎり、つとめて筆を執って、来者にごくささやかな喜びを与えてきた。(32)

魯迅にとって、「遺跡」として書かれた文字は、隠喩的に述べるのではなく、文字どおり、過ぎ去った生命に等しいものなのである。ここで文を書くことは、なにかを他人に伝えようとする動機に由

来するものではけっしてない。むしろ現時点の生命の要請に応える役割を果たしたとたんに、「遺跡」としての文字は価値を失い、過ぎ去った生命の証ばかりになってしまう。魯迅が自分の文章を「墓」と名付けるのは、それゆえである。彼はこうつづく。

私の生命の一部分は、このようにして使い果たされた。つまり、こんな仕事をしてきた。だが、私は今でも、自分が何をしてきたのか、結局わからない。たとえば、土木工事だとする。精出してやってはいるが、台を築いているのか、穴を掘っているのか、わからない。(33)

『自序』にしたがっていえば、書かれた文字は書き手と記憶との戦いの痕跡にすぎないといってもよいだろう。先に引用した二つの段落を、魯迅が翌年に書いた『野草・題辞』の一節とともに読んでみよう。エクリチュールの起源というモティーフが、ここでは別のかたちで変奏されているからである。

過ぎ去った生命はもう死滅した。私はこの死滅を喜ぶ。それによって、かつてそれが生存したことがわかるから。死滅した生命はもう腐朽した。私はこの腐朽を喜ぶ。それによって、今なおそれが空虚でないことがわかるから。(34)

この有名な一節を含め、これまで『野草』にかんする論考は、『吶喊』を論じたものより数があるかもしれない。われわれにとって注意すべきは、これらの段落が示しているつぎの点である。つまり、書き手を窒息させる忘れられない記憶をエクリチュールが創造的に書き直し、その記憶を現在と未来の可能性へとつなげてゆくエネルギーへと変転させた結果、記憶はようやく書き手にとって直視できるもの、忘却されうるものになるのである。

その一方で、エクリチュールと記憶のこの弁証的な関係はあらかじめ措定されたプログラムの産物ではなく、ただ生き残るためになさざるをえないことによって生み出された偶然的なものでしかない。魯迅がここで言う「台を築いているのか、穴を掘っているのか、わからない」ということは、まさにエクリチュールにおける偶然性を露呈させている。したがって、逆説的に言えば、エクリチュールは切迫的な記憶に対応し、過ぎ去った過去からちいさな穴を掘る主体的な行為でありながらも、他方でそれは偶然性に満ち満ちた、規定できない行為、主体の意志には関わらないような行為でもあるのだ。

興味深いことに、書かれた文字は「死滅した生命」あるいは「腐朽」として、「空虚」に抵抗したことを示しているが、魯迅はここではあえて否定的な言い回しをしている。つまり「生存した」ことに対応しているのは、たとえばかつて「充実した」ことではなく、「空虚でない」ことだけなのである。空虚でないことは、必ずしも充実であることを意味しない。だとすれば、ここで「空虚」と「充実」はいったいなにを指しているだろうか。

ヒントを与えてくれるのは、『野草・題辞』のはじめにある有名な一文である。「沈黙しているとき、私は充実を覚える。私は口を開こうとする、そしてたちまち空虚を感じる」と魯迅は書いている。[35]

学生の反抗運動を支持し、残虐な政府に手配され、北京から厦門、そして広州へと転々してきた魯迅のなんとも言えない心境を、この簡潔な一文から読み取るのは難しくないだろう。しかし、われわれにとって重要なのは心境というよりも表現それ自体である。ここで「充実」と「空虚」は明白に対立している。言い換えると、「口を開く」前に、言語で表現する前に、あるいは文を書く前に、主体の感受性において「充実／空虚」の二項対立が成立している。一方で、死滅した生命において、遺跡としての文字において、存在しているのは充実でも空虚でもない「空虚でない」ことだけである。

魯迅は『野草・題辞』のはじめにおいて、エクリチュールがまだ開始されていない状況と、すでに終わっている状況を描いているといってもよいだろう。

思うに、エクリチュールが内包しているさまざまな緊張関係――主体性と非主体性の緊張関係、能動性と受動性の緊張関係、意志と偶然性の緊張関係など――はここに凝集され、『自序』と呼応している。したがって、本章の後半では、『自序』から読み取れるエクリチュールと記憶の弁証法を、試しに手がかりとしてみる。その上で、『野草・題辞』におけるこの二つの段落の再読を試みることで、論考の締めくくりとしたい。

魯迅は同じく一九二七年に執筆した『どう書くか』で、『野草・題辞』の冒頭について以下のように説明している。

むろん、語るべき問題は、宇宙からはじまって、社会、国家に至るまで、いくらでもある。そのほかにも、文明や文芸など、形而上の問題もある。古来、たくさんの人が語ったし、将来も、無数の人が語るだろう。だが私は、そのどれについても語らない。〔…〕私は石の欄杆にもたれて、遠く眼をやり、自分の心音にきき入る。はるか四方から、はかり知れない悲哀と、苦悩と、零落と、死滅が、この静寂のなかにまぎれ込んで、それを薬酒《やくしゅ》に変え、色と、味と、香とを増やすような気がする。そんなとき私は、何か書きたいと思ったが、書けなかった。書きようがなかったのだ。私のいう「沈黙しているとき、私は充実を覚える。私は口を開こうとする、そしてたちまち空虚を感じる」ということは、これを意味しているのだ(36)。

『野草・題辞』の文脈とは異なり、魯迅はここで自分の文章を引用したあと、露悪的な皮肉を終わりにつけたしている。

そのあげくは、だいたいあまり香ばしくない。足に針の刺すような痛みがおこる。考えるいとまもなく、私はピシャッと手で痛みのするところをたたく。たたきながら、蚊が刺しているな、とだけ感じる。哀愁やら、夜色やら、すべて九天のかなたへ飛び去ってしまう(37)。

と彼は書いている。魯迅はここでアイロニーに満ちた書き直しによってこの一文を現時点の文脈に置き、哲学的思考を象徴する「世界苦」から距離をとっている。一九二七年四月一五日に起こった国民党による反共クーデターを考えてみれば、やむなく沈黙の状態に置かれていた魯迅がなぜ「書けなかった」ことに対して皮肉っているかは推して知るべしことだろう。

だが、それだけではない。『どう書くか』に描かれる情景をもとにして、『野草・題辞』における

「充実／空虚」に戻ってゆこう。魯迅は『どう書くか』で、書くことができない、あるいはまた、書きようのない場面を描いている。内部の「心音」と外部の「悲哀」や「零落」などから成り立っているこの場面が「静寂」であるのは、音がないからではなく、むしろ心音であれ、零落であれそれらがすべて非言語的なものだからである。書き手の心音から区別された外部の悲哀や零落は、まさしく他者から発される叫びであって、他者性そのものであるかもしれない。われわれはこの他者性がいかに書き手の心音とつながっているかを知るよしもないのだが、少なくとも、両者はともに書き手の感じている「充実」に寄与しているといえるだろう。

これはエクリチュールがまだ始まっていない場面であり、しかもエクリチュールの不可能性を示す「原光景」である。つまり、言ってしまえばここでわれわれはふたたびエクリチュールの起源に遭遇したのである。ただし、『自序』に現れる忘れられない記憶とは違って、ここでの起源は心音と他者性に分けられている。一方で、『自序』では語り手の記憶が彼の内部にありながらも、異物たる巨大な毒蛇かのように迫ってくるのと類似して、外部の他者性としての叫びはつまるところ主体的な「静寂」から生じる心音へと融けこみ、両者は互いに区別することのできない「薬酒」になりゆくのである。

しかし、『自序』においては記憶が内部から外部へと「他者化」していくのにたいして、『野草・題辞』の冒頭は主体性を優先し、外部の叫びを内部の心音へと変容させている。動きの方向は逆である。したがって、一人称の「私」が原文で三回現れているばかりでなく、つまるところは「充実」も「空虚」も「私」の感覚に収まってしまうという構図なのである。

言うまでもなく、ここでもっとも重要な動作は「口を開く」ことである。さらに正確にいえば、口を開こうとする身体的な瞬間である。この瞬間は「充実」を「空虚」に変えている。『どう書くか』にも描かれているように、ここで言う「口を開く」は「書く」に書き換えてもよいだろう。すでに述べたように、エクリチュールの自己規定からすれば、文を書くことはけっして主体の意志にしたがってなされることではなく、むしろ主体がなさなければならない、なさざるをえないことである。逆に言うと、書くことが徹底的に主体の自己表現しようとする意志に還元されゆく場合、書くことは不可能になってしまうのである。

無論、われわれは歴史的状況を参照し、魯迅がここで言うところの「書かなかったこと」を実証的に解釈する可能性はある。しかし、エクリチュールの起源にかんして言うと、重要なのは語り手がまさに書くことの不可能性をこそ書いている、ということである。つまり、彼は自分の「充実」の感覚を書くことができなかった一方で、自分の感覚の外で書いている、といってもよいのである。それは、エクリチュールの要請がつねに他者から迫ってくることを示すにほかならない。

したがって、魯迅が示しているのは、エクリチュールそのものの不可能性よりも、むしろ完全に主体の意志にコントロールされた「エクリチュール」の不可能性である。

この意味で、『野草・題辞』の冒頭は、主体においては表現されえない「充実」を提示しようとしているというよりも、むしろ主体から発する行為であるエクリチュールにはすでにつねに他者性が潜んでいることを――否定的なかたちであるとはいえ――露呈させているともいえるだろう。

エクリチュールの不可能性を記したあとで、『野草』の語り手は第二段落でエクリチュールの完了、を書いている。「過ぎ去った生命」として、「遺跡」として、書かれた文字あるいは作品は、書き手の意志や思想を表現するものでも書き手の感じる「充実」を分節するものでもなく、ただ単にかつて生きた生命の腐朽にすぎないのである。魯迅にとって、これらの価値のない遺跡は、みずからが記憶に抵抗した証明になっているのである。これ以上でもこれ以下でもない。したがって、生命のためのエクリチュールは、けっきょくのところひとつの動作ないし強度へと凝結されてゆく。

動作としてのエクリチュールそれ自体は、表現されることも記述されることも言語で分節されることもありえないのだが、つねに書き手にたいして、書くことを、書き直すことを要請している。エクリチュールにおいて、そしてエクリチュールをとおして、書き手は絶えず自分を記憶との戦いに置きながら、規定することのかなわない、計り知れない他者との関係に置きつづけている。この意味でエクリチュールは書き手自身を変える実践（praxis）であって、書き手を他者へと解き放つ実践そのものになっている。

エクリチュールと無言の間

ここでふたたび、「私は口を開こうとする、そしてたちまち空虚を感じる」という一文に戻ろう。むろん、魯迅は自分が口に出せないものを文字に託して表現しているわけではない。彼はただ言葉にできないこの状態を描いているだけである。もしも主体的な意志をあらわそうとするこの瞬間において、言葉が逆に妨げになるのだとすれば、動作としてのエクリチュールはこの意味で書かれた内容や意味を乗り越えてしまうのである。すでに遺跡として残っている文字にエクリチュールの動作ないし強度を読み取ろうとすれば、われわれは「空虚でない」ことに焦点を置かなければならない。では、具体的にどうすればいいのか。

『吶喊・自序』に描かれている、魯迅の留学経験にかんするもっとも有名な一節を読んでみよう。それはいわゆる「幻灯事件」にほかならない。魯迅はある日の授業で、日露戦争中にロシア人のスパイを働いた一人の中国人が捕まえられ、首を斬られるシーンを映写している幻灯を見た。彼によると、こうだ。

その度に私は、この教室で、同級生たちの拍手と喝采とに自分も調子を合わせるほかなかった。あるとき私は、思いがけずスライドでたくさんの中国人と絶えて久しい面会をした。まん中に手をしばられていた男、それをとり囲むおおぜいの男、どれも体格はいいが、無表情である。解説では、しばられているのはロシア軍のスパイを働き、見せしめに日本軍の手で首を斬られるところ、とり囲んでいるのは、その見せしめの祭典を見に来た連中であった。(38)

この幻灯がはたして存在しているかどうかは、長きにわたって議論されてきたが、ここではこの実証的問題はいったん脇において、魯迅のエクリチュールに集中することにしよう。注意すべきは、同じシーンが『藤野先生』で以下のように描かれていることである。

授業が一段落してもまだ放課にならぬと、ニュースを放映してみせた。むろん日本がロシアとの戦争で勝った場面ばかりだ。ところがスクリーンに、ひょっこり中国人が登場した。ロシア軍のスパイとして日本軍に捕えられ、銃殺される場面である。それを取りまいて見物している群集も中国人だった。もうひとり、教室には私がいる。(39)

もちろん事実の描写にかんしていくつか異なるところがあるとはいえ、重要なのは『吶喊・自序』で魯迅はすぐさま、「病気したり死んだりする人間がたとい多かろうと、そんなことは不幸とまではいえぬのだ。むしろわれわれの最初に果たすべき任務は、かれらの精神を改造することだ。そして、精神の改造に役立つものといえば、当時の私の考えでは、むろん文芸が第一だった。(40)」という、きわめて一般的な結論を下しているのにたいして、『藤野先生』ではあえて明確な結論を下さないことにある。そしてこの差異は、たとえば竹内好の批評――つまり魯迅が医学の道をやめ文学へと「転向」するきっかけはこの「幻灯事件」にあるのではなく、『藤野先生』で披露された日本人学生にいじめられた経験にあるという判断――に証左をあたえているにちがいない。

しかし、アメリカの研究者、マーストン・アンダーソン (Marston Anderson) によると、まさしくこの「幻灯事件」においてこそ、魯迅が味わった屈辱はひとつの頂点に達したというのである。この点に関して、アンダーソンは、たとえば次のように論じている。

魯迅は二種類の傍観者に気づいている。魯迅は彼らに関与しながら、彼らの幻灯に対する反応に深刻に異様な感じを持っている。民族的アイデンティティは彼を幻灯中の中国人の観客に近づかせる一方で、彼らの精神的麻痺に意識した魯迅は、苦痛を堪えながら自分と彼らの道徳的かつ物理的な距離――すなわち、魯迅を彼の同胞者たちから離れさせた距離を感じなければならない。しかし、日本人の学生の観客に現前している彼にとって、この環境にいる自分は仕方なく幻灯が示した光景に喜ぶふりをしなければならない。彼は、自分が実は批判されるべきそれらの中国人の観客よりもっと非難されるべきだと思わざるを得ない。そこで、このシーンは傍観者の疎外と共謀の二重性を凝縮しているといえよう。つまり、魯迅は中国人として幻灯が映している行動の狙った民衆の一人でありながら、一方で、彼は生き残るために幻灯の創作者たちの歓びをも共有しなければならない[41]。

言い換えると、アンダーソンは「幻灯事件」の光景を、現象学的に還元しようと試みている。魯迅のアイデンティティは、ほかの日本人学生とともに教室に置かれている自分と、それから中国人としての自分とに分割されている。それだけではない。このアイデンティティの分裂は、二重の屈辱をもたらしている。まずもって魯迅は中国人でありながら、日本人学生とともに拍手や喝采をしなければならないのである。

興味深いことに、竹内好を含めた多くの日本人研究者は、日露戦争が当時のアジア人の大半に「白人に対するアジア人の勝利」として認識されていたことを指摘している。日露戦争の終結後、辛亥革命のリーダーであった孫文は、乗船時に、あるベトナム人に日本人であると勘違いされて感謝されたというエピソードも残っている。

しかし、日本の勝利に拍手や喝采を送る日本人のはざまに置かれた中国人が実際のところ感じていたのは、「白人に対するアジア人の勝利」というよりも、むしろ自分とは関係ないはずの戦争に巻き込まれながら無益な犠牲となった中国人の同胞たちへの同情と、そこから生じる屈辱にほかならなかったのだということを、われわれは魯迅の文章から見て取れるだろう。

第二に魯迅は、まさに幻灯で首を斬られようとするスパイを睨む、中国人の観客たちのまなざしをとおして、まるであたかも自分がこのスパイであるかのように、周囲の日本人学生に睨まれていることを意識したのだった。彼は幻灯を見ながら、自分が見られていることに気づいたのである。そして、見られているスパイも彼を見ている観客もまた中国人にほかならないにも拘らず、彼らが無関心に彼の死を鑑賞するのと構造的には同じ仕方で、魯迅もほかの日本人学生も同じ教室にいながら、彼は彼らによって軽蔑され、いじめられるのである。

したがって、「幻灯事件」にかんして言えば、『藤野先生』の描写は「もうひとり、教室には私がいる」という点において決定的に『吶喊・自序』の描写とは異なっている。この一文は、魯迅が自分自身を分裂したアイデンティティから、さらには二重の屈辱から救い出そうとする姿を浮き彫りにしているからである。この幻灯を見させられるとき、彼は自分の態度を日本人学生と同一化することはできない。

そうはいっても、中国人の観客と同一化させることができるかというと、それもかなわない。ナショナリズムの言語にかぎって言うならば、魯迅はまさに「無言」を貫くしかないのである。同時に、彼はアンダーソンが述べているように、画面の中で見られるあの中国人に同情しているのかもしれないが、かの人のアイデンティティはロシア人のスパイであるのだから、彼は自分の同情を言葉にすることもできない。

この意味で、魯迅はなにかを言おうとしながらも、それに相応しい言葉を見つけることがなかなかできないといってもよいだろう。そう、まさしく「私は口を開こうとする、そしてたちまち空虚を感じる」。ただし、「無言」をめぐって描かれたこの場面は、同時に新たな言説可能性を、われわれに示唆してくれるともいえよう。

もしもエクリチュールが行動なのであれば、魯迅は「行動者」になろうとするだろう。それは、彼が結局のところ「医学」と「文学」という二択において後者を選んだわけではけっしてなく、みずからを二重の屈辱から救い出すために不可欠な行動を選んだということになる。なぜならば、既存の政治的言説や理論が、彼を無言の窮地までに追いやってしまったからである。彼がたったひとりで教室にいることを意識したのはもはや、自分が中国人であることを意識していたというよりも、自分が中国人としてあの場にいながらもその状況に相応しい言葉を失っていることを意識していたといえる。

魯迅は新しい言葉、新しい表現、新しい言語を見つけなければならなかった。そして彼にできたのは、まずもって自分自身が無言であることを書き残していくことにほかならなかった。エクリチュールは、この意味において、まさしく彼の言う「ちがった道をえらび、ちがった場所でちがった人と交じ」ることなのである。[42] 書くとは、極端に言ってしまえば、忘れられないことを忘れようとするのと同じように、書けないことをあえて書くということになるだろう。

　すると次に問うべきは、はたして文学的なエクリチュールが魯迅においてはどのようなかたちを取ってゆくのか、ということになる。

第三章
啓蒙の声を「翻訳」する
『狂人日記』を読む

すべての詩はノンセンス詩であるが、しかしそれは、みずからがノンセンス詩であることを知っているノンセンス詩なのである。

——ポール・ド・マン(1)

かつて柄谷行人は日本の文言一致運動をヨーロッパの文芸復興運動と比較しながら、俗語と文言の複雑な関係について以下のように述べた。

ダンテの『神曲』、あるいはデカルトの書物や、ルターの聖書の翻訳とかは、今でもイタリア語・フランス語・ドイツ語で読めますが、それは言語があまり変わらなかったからではなく、実は、それらの作品が各国語を形成したからです。西洋においても、「言文一致」というのは、新たな文章表現の創出です。それは、その時代の人間がしゃべっていた言語ではない。

たとえば、デカルトはフランス語で哲学書を書いたと言われているが、彼の使うフランス語は俗語そのものではなく、「ラテン語を翻訳し、あるいは話し言葉をラテン語の文法に似せることによってできた[2]」新たな言語と言わなければならないだろう。新たな言語の創出とそれによる文学的実践は、近代的なネイションを作り出すことにつながっている、と柄谷は強調する。

同じことは、二〇世紀のゼロ年代と十年代の中国で起こった「白話文運動」あるいは「新文化運動」にも当てはまると思われる。中国伝統文化と訣別しようと覚悟した当時の知識人たちが成し遂げたのは、実のところ、話し言葉をそのまま書き言葉にするのではなく、新たな言語の創出にほかならなかったからである。ここではこのテーマについて詳しく説明する余裕はないが、すでに指摘されているように、当時社会に強い影響を及ぼしていた魯迅の小説は、けっして俗語で書かれたものではない。というよりもむしろ、魯迅が用いているのは、俗語でも文言でもない、新たな「白話文」にほかならなかった。そして、柄谷の取り上げたデカルトのケースと同じように、魯迅においては、その独特の「白話文」の起源は、彼の外国文学の翻訳実践にあるにちがいない[3]。

文言と俗語を同時に駆使し、中国語の文法に力を入れて、言語の本来の構造を揺るがすことで新たな言語を作り出していったのは、魯迅が「新文化運動」に関与する前からすでに行っていたことだといってもよい。この意味で、魯迅の創作は最初から彼の翻訳実践とかかわっていたといえる。

その魯迅が一九一八年に発表した『狂人日記』は、近代中国文学の嚆矢と看做されている。もちろん、近代中国文学の起源を、たとえば清朝の小説や明朝の私的日記にまで遡る研究者は少なからずいるものの、『狂人日記』が近代中国文学史において占めている位置の重大さは疑いようのないものである。というのも、このテクストにおいてはじめて、魯迅は自分の翻訳実践によって練り上げた「新たな言語を使った創作」に乗り出したからである。

これまで繰り返し、このテクストのさまざまな細部に焦点を当てて、有意義な解釈が行われてきた。たとえば、『狂人日記』ははじめてアングロサクソン語系の文法を用いて白話小説を実践した作品だと主張する論者もいれば、近代中国思想における「人間」のありさまを克明に描いた小説だと唱える論者もいる。(4)さらに、近年では魯迅が『狂人日記』を書く以前に受けた思想的の影響も盛んに議論されている。(5)論者によると、魯迅は日本に留学したとき、当時日本の論壇で流行していた知識人や文学者の言説——とりわけ高山樗牛の紹介したニーチェの言説——をとおして近代ヨーロッパ思想を知り、「狂人」というイメージにも触れたという。しかもそのとき魯迅は厳復（一八五四—一九二一）による独特の翻訳書とでもいうべき『天演論』を読むことで、ある種の社会進化論に詳しくなったのも、いまさら強調するまでもない周知の事実である。

これまで行われてきたいくつかの綿密な実証研究が示しているのは、『狂人日記』は一連の思想的かつ文学的な「翻訳」を経由して書かれた作品である、ということである。しかも、それはとくに『狂人日記』に限定される話ではない。たとえば『吶喊』に収録されている何篇かの小説は、実のところ、魯迅が当時読んでいた外国文学からヒントを得たうえで書かれたものにほかならない可能性を、現在では数多くの研究者が数多の文献に当たりながら検証している。もちろん、それはけっして魯迅がほかのテクストを剽窃していることを意味するのではなく、『狂人日記』や『薬』といった作品構想をほかのテクストに遡れることを実証的に確定していく手筈である。

たしかに、魯迅がどのような影響を受け、どのような反応を自分のテクストで示したのかを究明することは文学研究上きわめて有意義な営みに思われる。ただしそこには危険性もあるだろう。

簡潔に言うと、現在の多くの論者にとって、魯迅を読むことが、すなわち魯迅のテクストにおける特定の思想やイメージを、魯迅に影響を与えたとされるほかのテクストに還元しようとすることに尽きてしまう、という事態が起こりうる危険性である。あえて挑発的な言い方をするならば、つまるところそのように魯迅を読むことには、魯迅を読まないでいるに等しくなってしまう。

ここでわれわれは問いかけてみる。『狂人日記』を読むためには、やはり魯迅に影響を与えたかもしれないほかのテクストを参照しなければならず、そうしなければそもそも適切に読むことは不可能なのだろうか、と。あるいは、われわれはすでに『狂人日記』の概要については文字通り十分に把握したからこそ、たとえば余技として、このテクストの思想史における位置を議論しはじめようとするわけなのだろうか、と。

この二つの質問に直接答えるかわりに、わたしはもう一つ別の問いを立てたいと思う。現在の多くの論者がほぼ無条件にあらかじめ斥けてしまっている『狂人日記』読解があるとすれば、それははたしてどういったものなのだろうか。

大雑把とはいえ、即座にこの最後の問いに答えるとすれば、それはこのテクストを当時盛んに行われていた「新文化運動[6]」のマニフェストとしてとらえる読解にほかならない。すなわち、魯迅は『狂人日記』において中国伝統文化の看板である儒教思想とそれに基づいて築き上げられてきた社会制度を批判し、伝統の桎梏からみずからを解放しようとする主人公の悲劇性と進歩性を唱えている、とされてきた。もちろん、このような読解は、いまの多くの研究者にとっては安易で浅いものにしか見えないだろう。しかし、はたして単に容易で浅いと捉えてよい問題なのだろうか。

ここでわれわれが改めて探究すべきなのは、『狂人日記』に潜んでいる、当時進行中の、中国の啓蒙運動とでもいうべき「新文化運動」にたいする魯迅の態度そのものだと思われる。無論、このテーマ自体はなにも新しいものではない。長いあいだ、『狂人日記』は魯迅が中国啓蒙運動へ関与した証として理解されてきた。しかし一方では、一九八〇年代末にアメリカの研究者、李欧梵が独自の読解(7)を発表して以来、このテクストから魯迅の啓蒙運動への躊躇いを見出す論者も少なくはないのである。

本章は、一見すると怪訝に思われるかもしれないが、「翻訳」という概念を手掛かりとして、『狂人日記』の複雑な構造を究明し、「新文化運動」における魯迅の根本的な姿勢を解き明かすことを試みたい。なぜなら、翻訳実践をとおして新たな言語を創出するのとは別の意味で、「翻訳」という問題がこのテクストにおいてきわめて重要な役割を果たしているからである。

〝狂人日記〟の由来

すでに触れたことだが、『狂人日記』が初めて『新青年』という当時の進歩的知識人の思潮を牽引する雑誌に掲載されたとき、同時代の読者たちはこの小説を、とりわけ主人公の狂人の言説と彼の推論した「食人」の歴史を、魯迅の中国伝統文化や社会制度にたいする批判として理解した。(8)つまり、当時の多くの読者は、『狂人日記』に描かれている「食人」を最初から最後まで一つの隠喩《メタファー》として読んでいたのである。

　そして、抑圧的な制度や共同体と「食人」のあいだにあるこの隠喩的な関係から、彼らは以下のような結論を引き出した。主人公の狂人は――もちろん、議論の流れを踏まえるならば狂人自身も一つの隠喩とされるべきなのだが――近代中国文学においてはじめて伝統文化の抑圧から離脱（しようと）した「個人」の声を表出している、と。当たり前のことではあるが、逆説的にも、同時代の読者はだれ一人として、狂人による「食人」の言説を文字通りに受け取ってみようとはしなかったのである。

　たしかに、『狂人日記』よりも半年前に発表された、文壇に甚大な影響を与えた（魯迅の弟の）周作人の『人間の文学』を勘案するならば、自分の所属している共同体や歴史から意識的に逃げようとする狂人ほど「人間らしい」個人はいないだろう。

　しかしそうだとすれば、なぜ魯迅は小説の主人公をあえて「狂人」として設定しているのかが説明しにくいことになるだろう。深刻な社会批判や歴史批判を「狂人」の言説に託すとは、ある意味では自己撞着ではないだろうか。フィクションであるにせよ、主人公が狂っているという事実は、彼の言説の信憑性を弱くするにちがいないからである。

　結論を先取りすると、魯迅は狂人の言説をとおして、当時の中国で雰囲気として流行していた社会進化論に抵抗しながら、進行中の「新文化運動」にあえて支持を示していたのではないか。つまるところ、魯迅のメッセージは、単純と言えばそれまでなのだが、それと同時にラディカルでもあると思われる。

ここから先の議論では、「翻訳」は一般的な理解、すなわち言語間の翻訳という理解よりも、さらにいっそう本源的な意味で使われてゆくことになる。そして、なによりも重要なことに、「翻訳」はここでは「隠喩」と緊密にかかわっている。ゆえにまずは「翻訳」という言葉について丁寧に考えておかなければならないだろう。

かつて、アメリカの哲学者、ポール・ド・マン（Paul de Man）は、ベンヤミンが一九二三年に著した有名なエッセイ『翻訳者の使命』に現れる花瓶の比喩を解釈するにあたって、隠喩《メタファー》と換喩《メトニミー》の重要な違いを提示している。この違いは、ベンヤミンのテクストにおける「本当の翻訳」といわゆる「ブルジョア的翻訳」の差異を理解する上で不可欠なものであるだけでなく、『狂人日記』を読むにあたってもヒントを与えてくれるように思われる。ド・マンは以下のように書いている。

> そこにあるのは事物が連続する換喩的、継起的パターンであって、類似によって事物が統合される隠喩的統一のパターンではないのです。お互いに合致するのではなく、お互いに続くのです。隠喩ではなく、換喩なのです[9]。

つまりド・マンによると、換喩と隠喩の違いは概ね以下のようなものである。隠喩は相似性や全体性のイリュージョンに訴え、もともとは互いに異質である要素《エレメント》にたいして無理やりに秩序を与える。その一方で、換喩はたとえば単に「原文」と「翻訳」のあいだに生じる疎外や断絶をはっきりと提示し、両者の無関係な関係性を、あるいは両者のただの「隣接」を露呈させている。したがって、ド・

マンによると、「翻訳」はまさしく「断片の断片であり、断片の破壊であり――つまり器は絶え間なく壊れ続け――断片が器を再構成することは決してない」のである。[10]

それでは、『狂人日記』にかんしていえばどうなるだろうか。ここでわれわれにとって重要な問題は、このテクストを翻訳なしで、つまり隠喩化なしではたして理解できるのだろうか、ということである。そもそも、狂人と彼の言説を「隠喩」ではなく「換喩」として理解することとはどういうことなのだろうか。

ここで注意すべきポイントは二つある。まず魯迅が『狂人日記』で終始使っている語彙は「抑圧」でも「殺人」でもなく、「食人（吃人）」である。[11] たとえ論者がそれを隠喩として理解しようとしても、文字通りの「食人」こそがあくまでもこのテクストを貫くひとつの解消されえない刻印になっている。

第二に、多くの論者が指摘したように、『狂人日記』においては狂った主人公と対照的な「普通の人」は、概ね二種類に分けられている。すなわち、（1）伝統文化や制度に従っている人と（2）近代ヨーロッパの思想や文化（またはいわゆる「新文化」）に影響されている人である。

繰り返しになるが、魯迅の小説を何篇も掲載した雑誌『新青年』は、その当時、文化的にはラディカルな雑誌であり、編集者も執筆者も読者も主に進歩的知識人であって、近代ヨーロッパの思想や文化に偏った人々であった。彼らは疑いもなく、右記の二番目の「普通の人」に当てはまる。無論、魯迅は彼らのことを想定しながら『狂人日記』を執筆した可能性がかなり高い。しかも、同時代の読者の反応を見ればわかるように、こうした知識人は『狂人日記』を読んで、「食人」を「抑圧」や「殺人」へと容易く翻訳しようとしたのである。彼らは魯迅のテクストを手掛かりとして、当時行われていた儒教批判や社会批判に関与してゆくのである。そうすると、魯迅のテクストは「生々しい好例」を彼らに与えたに過ぎないといえる。というのも、儒教倫理や規範にたいする批判は、『狂人日記』が発表されるよりも何年前からすでに始まっていたからである。

そこで一つの疑問が浮上する。もしも儒教批判がすでに大いに行われていたならば、同じメッセージを改めて発する必要はもはやないのではなかろうか。だとすれば、なぜ魯迅はあえて『狂人日記』を書いたのだろうか。繰り返される儒教批判の流れに、『狂人日記』のような読みにくい小説をくわえる必要がどこにあったのだろうか。すると、やはり同時代の読者たちの読み方は甘すぎたのではないかと思われてくるのである。単に時代の流行に乗っかったのではなく、むしろ魯迅はなにか儒教批判とは異なるメッセージを『狂人日記』によって示そうとしていたのではないか。

このような考え方こそが、まさに数十年以上にわたって、このテクストが研究上では再読されつづけてきた理由であり、その厖大な読解の歴史を支える衝動にほかならない。

魯迅はみずから小説を書き始める以前、弟の周作人とともに外国文学の翻訳に多くの時間を費やしていた。一九三五年に書いた、「新文化運動」についての文献『中国新文学大系小説二集』に寄せる序言で、魯迅は当時の彼の翻訳と彼の小説の関係について以下のように述べている。

『新青年』は、実は論説の刊行物であったから、創作は、あまり重きを置かれなかった。比較的活発であったのは、口語詩だけであった。劇曲と小説は、依然、大抵が翻訳であった。ここで創作の短編小説を発表したのが、魯迅であった。一九一八年五月から、「狂人日記」、「孔乙己」、

「薬」などが、続々と現れて、とうとう「文学革命」の実績を示したし、当時、「表現の深刻と形式の特異」が認められたため、一部の青年読者の心をかなり激しくゆさぶった。しかしながら、この衝撃は、従来、ヨーロッパの大陸文学の紹介を怠ったせいであった。一八三四年ごろ、ロシアのゴーゴリ（N. Gogol）は、すでに「狂人日記」を書いていた。一八八三年ごろ、ニーチェ（F. Nietzsche）も、早くもツァラトゥストラ（Zarathustra）の口を借りて、こう言っていた。「君たちは、虫から人間への道を歩いてきた。君たちのうちにはまだ虫が多い。かつて君たちは、猿であった。そして、いまなお、人間は、どんな猿にもまして猿である」(12)。

ここで魯迅自身は、あたかも多くの論者が『狂人日記』から見出した要素にみずから証拠を差し出しているかのごとく、狂人の言説を一つの隠喩として把握しているようにみえる。少なくとも、彼は自ら『狂人日記』の発想をニーチェやゴーゴリの作品にまで遡っていると述べているのである。ただし、われわれはそこから一つの事実を見逃すわけにはいかない。すなわち、魯迅はここで『中国新文学大系』という叢書の多くの編集者の一人、それも「新文化運動」の代表的な参加者の一人という位置を自覚的に占めながら、「新文化運動」において社会的な関心を集め、人々に影響を及ぼした自分のテクストをこのとき回顧している、、、のである。一九三〇年代という時点において、むかしの同志とともに「新文化運動」の遺産を整理するにあたって、魯迅は自分自身の小説が過去にもたらした社会的な影響を考えながら、そして当時の「普通の読者」の受け取り方に従いながら、自分の小説が果たした歴史的役割を思考している可能性が十分あるように思われる。

魯迅のもう一つのテクストが、わたしの仮説を支持するだろう。一九三〇年代に書かれたこの序言とは異なるが、友人宛ての私的な手紙で、魯迅は創作について、とくに『狂人日記』について、「たまたま『通鑑』を読んでいて、中国人はやっぱり人食い民族であったと悟り、それでこの作品を書いたわけです。こうした発見はなお寥々たるものです」[13]と自分の考え方を吐露している。

ここで魯迅はあきらかに「食人」を隠喩として話しているのではない。そうでなければ、多くの人々はいまだに中国人が食人の民族である事実（＝中国人が伝統文化や制度に抑圧されている事実）に気づいていないという判断は、きわめて不可解なものになるだろう。畢竟、現実において多くの人々は儒教倫理や習俗の抑圧性に気づいているばかりか、それらを大いに批判していたからである。するとここから、魯迅は公的な場面では狂人の言説を「隠喩」として解釈しながらも、私的な場面では「食人」の文字通りの意味を主張していると導き出されるだろう。

にも拘らず、文字通りの「食人」というのも不可解なものではないだろうか。当時の歴史的文脈からすれば、文字通りの食人はありえない、という事実は火を見るよりも明らかだからである。正直、正気な読者であるかぎりにおいては、狂人のように「食人」を文字通りに受け取ることはまず不可能なことにちがいないのである。

では、魯迅のこのある種の執拗さにたいして、われわれはどう立ち向かえばよいのだろうか。

ここで、わたしは一つの節度ある読解を提示しておきたい（この理由は後に述べる）。思うに、魯迅が小説（と手紙）のなかで、ラディカルなかたちで文字通りの「食人」を強調するのは、読者に警告を与えようとしているからである。それもいち早く、狂人と彼の言説を隠喩として読んではいけない、という警告を。

したがって、狂人と彼の言説を文字通りに受け取ることが不可能であることは、特段、われわれの認識上の至らなさでもなんでもない。この不可能性はむしろ、一つの見逃されやすい重要な事実をわれわれに示してくれているのである。それは、理解することは、つまるところ翻訳の営みを経由しなければできない、ということである。

語源からすると、「翻訳」（translatio）はもともとあるものを一つの場所からほかの場所へ運ぶことを意味している。構造主義者でなくてもわかるように、ある言語的表現（単語にせよ、センテンスにせよ、意味作用のユニットにせよ）を理解し、解釈するために、われわれはつねにこの表現を別の表現で「翻訳」しなければならないし、この表現を別の表現に「移行」させなければならない。言説を生きているわれわれは、コミュニケーションのために、つねにすでに「翻訳」のプロセスのただなかに置かれているのである。そうしなければ、われわれはただ機械のように同じ表現を単に繰り返しているに過ぎなくなってしまうからである。

魯迅は「狂人」という簡単な仕組みをもってして、われわれを狂気と理性の限界、言語によるコミュニケーションの可能性と不可能性の限界にまで追いやっているのである。そのようなわけで、われわれはこの限界の縁に立たされていながら、この限界でこそ『狂人日記』に接近してゆくほかなくなるのである。

さっそく狂人の「日記」に入ってゆく前に、ひとつ注意すべきポイントがある。それは、「日記」

の前に一つの「序言」があるという素朴な事実である。この古典中国語で書かれた「序言」の作者は匿名の語り手である。狂人の友人と自称する彼は、ある日、狂人を見舞いに彼の家を訪れたが、あいにく留守だったため、彼の兄に話しかけることになる。この兄の話によると、弟はすでに治っており、どこかへ役人の「候補」として出かけてしまったそうだ。

一見すると、「序言」は「日記」それ自体の経緯を紹介しているように思われる。ところが、同時代の読者からすれば、白話で書かれている「日記」と古典語で書かれている「序言」は、あきらかに「新しい世界」と「旧い世界」のそれぞれを代表しているといってもよいものになる。そこまでは言えないとしても、「序言」を書いた語り手と狂人の兄と治った狂人とが、同じ正気の世界に属していることはたしかである。

この点に関しては、伊藤虎丸が興味深い読解を示している。彼によると、狂人が結局のところ治癒したのは、彼がようやく主体的意識を獲得したことを意味しているという。伊藤は狂人の狂っている時期と治っている時期とを比較しながら、以下のように論じている。

この時の「独り醒めた意識」は確かに鋭いけれども、それはいったん現実世界から引き離されたままで、まだこの世界に自己の（責任ある）位置、持場を持っていないからである。この「醒めた意識」が、現実世界に（その変革に）対して真に責任ある参与をなし得る主体となるためには、先に経験した、それまで住んでいた世界から引き離されて「独り醒めた意識」とされた最初の自覚だけでは不十分なので、もう一度、「独り醒めた意識」となった自己自身からも自己を引き離される、第二の回心（進化論という思想内容が変わるのではない）が必要だったのである。[14]

たしかに、これは当時の魯迅自身の思想を理解するためにはきわめて示唆的な読解である。ただし、後に述べるように、伊藤の読みは「序言」の語り手の存在を無化した上で成り立つものであるから、ある重要なポイントを見逃してしまっているようにわたしには思われる。その結果、伊藤は「序言」と「日記」のあいだにある緊張感を、完全に魯迅の内的な「回心」——いうまでもなく、この概念は竹内好から借りられたものである——に還元してしまっているので、魯迅がこの小説をとおして「新文化運動」の参加者に発信しようとしていることをむしろ逆に過小評価してしまっているのではないだろうか。

いずれにせよ、まずは「序言」を読み直すことにしよう。興味深い文章なので、そのまま引用しておく。

某君兄弟、いまその名を秘すも、共に余が往時、中学校にありしころの良友たり。隔て住むこと多年、音信ようやく稀なりき。さきごろ、たまたまその一人の大病せし由をきく。あたかも故郷に帰るに際し、道を迂回して訪れつるに、会いしは一人のみ、病者は弟なりと。遠路の見舞いかたじけなし、されど当人は病すでにいえて、任官のため某地に赴けり、かく言いもて大いに笑い、日記帳に冊を取り出して余に示して曰く、これを見給え、当時の病状を知り給わん、旧友に献ずるは支障なし、と。持ち帰りて一読するに、けだしその病の「被害妄想狂」の類なりしを知る。

語るところきわめて錯雑し、順序次第なく、荒唐の言また多し。月日は記さざれど、墨色と字体とも一様ならざれば、その一時になりしにあらざるや必せり。間にやや脈絡を具うる箇所あり、いまこれを抄して一篇となし、医家の研究材料に供せんとす。日記中に語の誤りあれど、一字も訂正せず。ただ人名は、すべて世に知られざる村民、実名を憚るべきに非ずといえども、あえて変名とせり。書名は本人の全快後に題せるものなれば改むることなし。民国七年四月二日しるす。[15]

一見すると、この「序言」は「日記」の内容とは関係ないようにみえる。したがって、長いあいだ、研究者たちは「序言」を無視して『狂人日記』を読んでいた。

一方で、そうではない読者も少なからずいたのは事実である。たとえば、かつて魯迅の弟の周作人は、この「序言」の意義はただ単にノンフィクションの書き方を真似することによって「被害妄想狂」の信憑性を読者に示すことにあると述べていた[16]。いずれにせよ、この「序言」は長い間「日記」の飾りのように読まれていた。

一九八〇年代後半になると、李欧梵は、『狂人日記』を読むにあたって、まさに読解の重点をこの「序言」に置くことで啓蒙の不可能性をそこから見出そうとした。李欧梵は伊藤と同じように、小説の真の結末はまさしく「序言」に書かれた狂人の「全快」にあると主張するのである。そうすると、「日記」そのものの結末は狂人の叫んだ「子どもを救え」という言葉の後に到来する、啓蒙にたいする躊躇いを示すいくつかの省略記号にあるのだ、と李欧梵は論じてみせるのである。言い換えると、李欧梵によれば、狂人が治ったのはけっきょくのところ狂人の試みようとした「啓蒙」が失敗したことを意味するほかない[17]。

とはいえ、李欧梵の読解が見事に「序言」と「日記」の対峙や衝突を露呈させているにも拘らず、われわれは必ずしも『狂人日記』の主旨を彼の措定した「啓蒙の不可能性」という方向で読み込んでゆく必要はないように思われる。むしろ、みるべきは、魯迅が小説の中に複雑な仕組みをつくることによって、進行中の「新文化運動」がどれほど難しい営みであるのか、そして参加者はどれほど覚悟しなければならないのかを示唆してくれていることであると思われるのだ。

「序言」を読めばすぐにわかるように、語り手はおそらくは古典中国語に慣れ親しんだ知識人なのだろう。当時激しく対峙していた「保守的知識人」と「進歩的知識人」の二項対立からすれば、彼は疑いようもなく「保守」の陣営に属しているといってもよい。

興味深いことに——そして、伊藤も李欧梵も強調していないのだ——「序言」の語りによると、狂人の「日記」そのものは彼の手で編集されたものである。「間にやや脈絡を具うる箇所あり、いまこれを抄して一篇となし、医家の研究材料に供せんとす」と彼は書いているからである。つまり、彼はもともと荒唐無稽なものに手を入れ、秩序づけて、無意味な「日記」を意味あるテクストへと変容させたのである。

この意味で、物語のはじめで、いや、むしろ物語が始まる前に、狂人の言説はすでに「翻訳」されていたといえるだろう。狂人の「本当の言説」は——このようにいうことができるならば——原点においてすでにして失われていたのである。われわれが読んでいるこの「日記」は、すでに「医家の研究材料」に値するよう整えられたものなのである。

しかし、ある意味では編集された「日記」でさえも荒唐無稽であり、錯雑であって、狂っている。ただし、このたびの「日記」の無意味さは、狂気の徴候として、荒唐無稽を示すサンプルとして、すでにして明確に意味づけられている。たとえば、狂人が医者を食人の共謀者として誤認しているとわれわれはすぐさま見て取る。

そうすると、「正気」と「狂気」の区別は、知識人の立場には無関係のように見える。保守的知識人にとってはそうであり、進歩的知識人にとってもそうである。さらにいうと、保守的知識人からすれば、白話を使いながら社会進化論まがいの理屈を唱える狂人はまさに「新文化運動」という狂った事件の徴候であるのにたいして、進歩的知識人からすれば、狂人のふるまいは近代医学のいう「被害妄想狂」の徴候にほかならないのである。つまり、狂人と彼の言説を「新文化運動」の隠喩として理解するにせよ、文字通り病気の徴候として理解するにせよ、対峙している保守的知識人と進歩的知識人はここで奇妙なことに同じ陣営、すなわち「正気な人」の陣営に属している点で狂人とは対照的なのである。

思うに、魯迅のラディカリズムはまさにここにこそある。もしも二つの対峙している陣営がともに狂人の狂っていることについて同じ意見を共有できるのならば、われわれはこの事実から以下のような結論を引き出すことができるだろう。狂人の視点（という不可能性）からすれば、一見すると深刻なものにしか思われない「保守」と「進歩」との対峙さえも、実はたいしたものではない、と。

それゆえ、文字通りに『狂人日記』を読もうとするならば、まじめに狂人の言説を受け取ろうとするならば、われわれは直ちに方法論上のジレンマに向き合わざるをえなくなる。一方では、すでに述べたように、狂人の「日記」は他人によって編集されたものなのだから、「本物の日記」にアクセスすることは不可能である。他方では、それと関連して、正気を失っていない読者は、いくら同情的だとしても、自分の視点を狂人の視点に合わせることも不可能である。

そのようなわけで、「序言」と「日記」の対峙によって浮き彫りとなる、一見すると激しく対立している二つの言語システムは、つまるところ「翻訳」のプロセスにおいて合流してゆく。すなわち白話＝新しい文化であれ、古典語＝伝統文化であれ、そのいずれもが、狂人の「日記」を意味のあるテクスト、論理的一貫性をもつテクストへと翻訳しようとしている点では変わらないのである。そうすると、ここで現れる「正気」と「狂気」、「無意味」と「意味」の区別と比較すると、十九世紀以降の中国社会で盛んに議論されてきたさまざまなテーマ——たとえば、中国伝統文化や政治制度と近代ヨーロッパの文化や政治制度の優劣——は、むしろ二次的な問題になってしまう。まさに若い魯迅にとっては、彼のいうところの来たるべき「人間的国家」をいかにして築きあげるのか、という真の問題にくらべると、中国の政治制度と近代ヨーロッパにおける民主主義の差異は二次的なものにすぎないのと同じなのだろう。

当然と言えば当然のことではあるが、あらゆる言説は、文学的なものであれ、政治的なものであれ、歴史的なものであれ、法律的なものであれ、意味作用を措定したうえで、言い換えれば「意味のある話」と「意味のない話」をはっきりと区別したうえで、コミュニケーションの手段として機能している。繰り返しになるが、そのような措定を支える原則は、さまざまな「翻訳」のプロセス——言語内(intra-linguistic)翻訳や言語間(inter-linguistic)翻訳、領域(registers)間翻訳、学問分野間翻訳など——

によって担保されている論理的一貫性（coherence）そのものにほかならないのである。

狂人の言説を文字通りに理解することが不可能なのは、編集された「日記」から編集されていない「日記」に戻ることが不可能だからであるだけでなく、そもそも言説を理解するためには以上のような「翻訳」のプロセスが避けては通れない道だからである。そうすると、この編集された「日記」を読むとき、われわれにできるのは、「序言」の語り手である編集者の視点で「日記」を読むということになるだろう。言い換えると、われわれはこの編集者がいったいどのような意図で、どういう仕方で狂人の「日記」を意味あるテクストとして編集したのかを究明しなければならないのである。

『狂人日記』における「新文化運動」批判

いったんこれまでの流れをまとめておこう。『狂人日記』が発表されたとき、同時代の読者、とりわけ進歩的知識人たちは即座に狂人における「食人」をめぐる言説を伝統文化や社会制度への批判として理解し、「翻訳」した。つまるところ、このテクストは当時進行していた「新文化運動」のマニフェストと見なされたのである。

これにたいして重要な異論を呈したのは、李欧梵や伊藤といった研究者である。彼らは、この小説の真の結末は、狂人の叫びにあるのではなく、冒頭の「序言」にあるのだと強調し、長いあいだ過小評価されてきた「序言」の重要性を見事に提示するに至った。そして李欧梵は、この結末は伝統文化と狂人に代表される進歩的知識人の啓蒙的「吶喊」との緊張関係を表しており、最終的に啓蒙の不可能性を提示しているのだと、いくぶんか悲観的に主張している。一方で伊藤は、『狂人日記』の結末はまさしく魯迅自身のいわば第二次の「回心」を意味しているという積極的な結論を導いている。

しかし、李欧梵も伊藤もともに看過しているのは、「序言」の語り手が、テクストの語り手であると同時に「日記」の編集者でもあるという興味深い事実である。もしも理解することが「翻訳」のプロセスなしには不可能であるならば、そしてもしも狂人の言説を文字通りに読解することが二重の意味で不可能であるならば——すなわち第一に、われわれは正気の読者として狂人の視点にみずからを同定し、彼の言説を文字通りに受け取ることが不可能であるということ、そして第二に、語り手によって編集された「日記」からもとの「日記」へと戻ることは不可能であるということ——われわれに残された読解の手がかりは、「日記」を特定の意図や仕方で整え、それに意味づけをしたあの編集者の視点そのものであると、魯迅は提示しているのである。

本物の「日記」に原理的にアクセスできないなかで、われわれがなすべきなのは、狂人の言説を勝手に翻訳していくことなどではけっしてなく、むしろ「日記」の編集者という存在を充分に意識したうえで「日記」のなかへと深く分け入り、彼の編集意図を読み取ることだと思われるのだ。

準備作業としての前置きが長くなってしまったが、そろそろ狂人の「日記」そのものに入ってゆこう。

『狂人日記』は十三節に分けられている。読めばわかるように、最初の八節では、狂人の語りは文字通り「食人」に緊密に結びついている。たとえば、儒教の教義《ドクトリン》は狂人によって「食人」の粉飾として暴かれている。儒教批判として有名な一節で、魯迅は辛辣な口調をもって、狂人に伝統的な道徳の虚偽を暴かせている。

もの事はすべて、研究してみないことにはわからない。むかしから絶えず、人間を食ったように覚えているが、あんまりはっきりしない。おれは歴史をひっくり返してしらべてみた。この歴史には年代がなくて、どのページにも「仁義道徳」といった文字がくねくね書いてある。おれは、どうせ睡れないから、夜中までかかって丹念にしらべた。そうすると字と字の間からやっと字が出てきた。本には一面に「食人」の二字が書いてあった。(18)

まず注意すべきなのは、儒教の唱える「仁義道徳」はあくまでも「食人」の粉飾であり、「食人」それ自体ではない、ということである。よって、狂人は必ずしも自分の狂気をテクストから読み込むことによって「食人」という文字を発見したわけではないのである。むしろ、彼は古典テクストのきわめて丁寧な読者である。たとえば、ほかのある箇所で、彼はまさにテクストを「精読」することによって、とんでもない結論――今風の言葉で言えば「脱構築的」な結論を導き出している。

やつらの祖師、李時珍の書いた『本草なんとか』という本には、はっきり人肉は煮て食えると出ているじゃないか。これでもやつは、自分は人間を食いませんといえるか。

うちの兄貴だってそうだ。れっきとした証拠がある。おれに本を教えてくれたとき、たしか「子を易えて食う」ことはありうると自分の口から言ったはずだ。それからまた、何だったかである悪人を論じたとき、そいつは殺すばかりでなく「肉を食らい、皮に寝ぬ」べきだと言ったことがある。[19]

狂人は古典テクストにおける「食人」の記録と周囲の隣人の怖さについて、延々とつぶやく。ところが、第十節において、狂人は突然彼の兄貴にたいして、「食人」を進化論に関連させて神話的な歴史を語り始めるのである。ここで、儒教的な倫理はもはや「食人」を粉飾するものではなくなり、「食人」の教義そのものになる。やや長いが、きわめて重要なくだりなので引用しておく。


「兄さん、お話したいことがあるんですが」

「言ってごらん」と、兄貴はすぐふり向いて、うなずいてみせた。

「ちょっとしたことなんです。それがうまく言えないんです。兄さん、たぶん大むかしは、人間が野蛮だったころは、だれでも少しは人間を食ったんでしょうね。それが後になると、考えが分かれたために、あるものは人間を食わなくなって、ひたすらよくなろうと努力し、そして人間になりました。まっとうな人間になりました。ところが、あるものは相変わらず人間を食った——虫だっておなじです。あるものは魚になり、鳥になり、猿になり、とうとう人間になりました。あるものは、よくなろうとしなかったために、いまでもまだ虫のままです。この人間を食う人間は、人間を食わない人間にくらべて、どんなにはずかしいでしょうね。虫が猿にくらべてはずかしいより、もっともっとはずかしいでしょうね。

易牙が自分の子を蒸して、桀紂に食わせた話は、あれはずっと大むかしのことなんですね。でも、ほんとはこうです。盤古が天地を開いてこのかた、ずっと食いつづけて易牙の子になったのです。そして易牙の子からずっと食いつづけて徐錫林からずっと食いつづけて狼子村でつかまった男になります。去年、市内で囚人が処刑されたときも、肺病患者がその血を饅頭につけてなめました。

やつらは、ぼくを食うんです。そりゃ、兄さんひとりじゃ、どうしようもないでしょう。だからといって、仲間入りすることは、ないじゃありませんか。人間を食う人間は、どんなことだってやりますよ。ぼくを食うからには、兄さんだって食いますよ。仲間同士で食いあいますよ。ほんの一歩だけ向きを変えれば、今すぐ改心しさえすれば、みんな太平になるんです。昔からそうだったかもしれませんが、ぼくたち、きょうからでも、一生懸命に心を入れかえて、だめだって言えばいいんですよ。兄さん、あなたは言えるとぼくは思います。だって、このあいだ小作人が年貢をへらしてくれと言ったとき、兄さんは、だめだって言ったじゃありませんか[20]」

狂人は人類を二つのグループに分けている。「あるもの」は人食いをやめ、「まっとうな人間」になったが、「あるもの」はあいかわらず「野蛮」のままである。「盤古が天地を開いてこのかた、ずっと食いつづけて」きた中国の歴史は、まぎれもなく後者に分類されているのである。そして、狂人によると、「食人」から脱出する方法がひとつしかない。それは主体的に「ダメ」と宣言し、歴史にけじめをつけることにほかならない。

目を留めるべきなのは、まるであたかも狂人が「翻訳」を拒否するかのように言葉の字面に執着していることである。彼にとっては、たとえば年貢《ねんぐ》を減らすことに対して「ダメ」と言うことと、何百年も続いてきた「食人」の歴史に対して「ダメ」と言うことにおいて、それらの「ダメ」の意味はまったく同じなのである。

狂人のテクストの読み方は、あえてテクストの文脈を無視して行う精読である。すでに見たことだが、古典的なテクストで言及されている、たとえば親孝行の手段としての「食人」は、彼においてはただ単に人を食うことを意味するだけである。それ以上でもそれ以下でもない。そして、彼は続けてこのように言う。

「おまえたち、改心するがいい。しん底から改心するんだ。いいか、いまに人間を食う人間は、この世にいれられなくなるんだぞ。生きていかれなくなるんだぞ」

「おまえたち、もし改心しないと、自分も食われてしまうぞ。いくらたくさん産んだって、みんなまっとうな人間にほろぼされてしまうぞ。猟師《りょうし》が狼を狩りつくすとおなじように——虫けらとおなじように(21)」

繰り返しになるが、狂人はこの豊かなパッセージにおいて二つの歴史を物語っている。まず、彼の狂った論理における「世界史」あるいは進化論まがいの歴史にしたがうならば、人間は「食人」という出発点から徐々に進化してゆき、いくつかの生物の姿を経由してようやく人間へと変転した。しかし、それにたいして中国史には、以上のような線的《リニア》な進化が完全に欠如している。あたかもヘーゲルの歴史哲学を真似するかのごとく、ここで狂人は中国の歴史は「食人」の段階にとどまっていると主張するのである。中国は「世界史」から遠く離れている。中国には歴史がない。中国人が食い合う中で、同じ絶望的な状態を繰り返しているだけである。世界中の人々が「まっとうな人間」になっているのにたいして、中国人はなぜかまったく進化しないままである。そこで、狂人はようやく「四千年の食人の歴史をもつおれ。はじめはわからなかったが、いまわかった。まっとうな人間に顔向けできぬこのおれ。(22)」と嘆くに至る。

いうまでもなく、狂人が絶望したのは、彼が自分も無意識に死んだ妹の肉を食べさせられ、自分も「食人」族の一員であることをようやく意識したからである。もしも多くの論者にならって、狂人を〝啓蒙者〟と見なすならば、彼の絶望はまさしく啓蒙の不可能性を示してくれているということになるだろう。というのも、先覚者としての啓蒙者たちは、たとえ覚醒したとしても、停滞している中国の歴史から、自分が浸りきっている中国伝統文化から離脱することは原理的に不可能だからである。

しかもそれだけではない。すでに見たように、狂人は兄を説得しようとするとき、社会進化論まがいの理論を援用し、進化していない中国人と「まっとうな人間」の関係を狼と猟師の関係にたとえたうえで、中国人がそのままだと「まっとうな人間」によって合理的に滅ぼされてしまう危険があると述べている。

ところが、現実においては、狂人の言説はけっきょくのところ近代ヨーロッパや日本の中国・アジアにたいする軍事侵略や植民地化を合理化するレトリックになりかねないのである。狂人の言説は、中国社会や中国人を救うどころか、むしろ文明論のアリバイを支持しながら、アジアに進出している列強のやりくちを正当化しかねないといってもよいだろう。

狂人の中国社会にたいする絶望よりもさらにいっそう絶望的なのは、狂人自身も含めてすべての中国人が劣等生物として、「まっとうな人間」、すなわち進化した、あるいは文明化した民族であると自称する近代ヨーロッパ人に——そして「脱亜入欧」しようとする同時代の日本人に滅ぼされてゆくしかない、という絵図がここにあることだろう。この意味で、狂人の言説は論理的に破綻しているといわざるをえない。いや、むしろ希望を見つけるために、彼の言説は破綻しなければならなかった、というべきかもしれない。

周知のように、十九世紀末から二十世紀初頭にかけて、中国で流行した近代ヨーロッパの理論のうちで、社会進化論ほど盛んに議論されたものはなかった。魯迅自身も厳復の『天演論』を暗誦できるほどまで熟読し、社会進化論には相当詳しかった。しかも、彼自身が何度も言っていることだが、『狂人日記』を書いた時点では、彼はある程度社会進化論を素朴に信じていたのである。では、なぜ魯迅は狂人にそのような絶望的なセリフを語らせるに至ったのだろうか。

『狂人日記』の置かれた社会的文脈をもう一度確認しておこう。当時『新青年』の同人たちに代表される「進歩的知識人」は、近代ヨーロッパの知識や理論を中国へと紹介しながら、いわゆる「徳先生」（民主主義）と「賽先生」（科学）をもってして中国社会や中国文化を全面的に変えようとしていた。社会進化論もこの意味では社会変革の必要性を証明するのに役立つ理論と見なせる。

そうすると、もしも「日記」の編集者の立場が「保守的知識人」に近いものなのだとすれば、狂人の言説の破綻はまさしくこの編集者の意図したことにほかならないことになる。この意味で、狂人の絶望の底からは編集者の声が聞こえてくるのである。あなたたちは自分自身が啓蒙者と思いながらも、実のところはヨーロッパの侵略者の共犯者にすぎないのだ、と。この保守的知識人は、「日記」を編集することによって進歩的知識人を論破しようとしているのである。

にも拘らず、いやそれゆえに、われわれはこの編集者の潜在的な意図をそのまま魯迅の言わんとすることとして読むわけにはいかないのである。

狂人は絶望した。「日記」の編集者は、もちろんそのことをはっきりと示してくれる。彼はそうすることで、進歩的知識人や彼らの啓蒙運動をあざ笑っているのかもしれない。しかし、「新文化運動」の旗手の一人として認められている魯迅は、絶望しているわけではないし、あざ笑っているわけでもない。

したがって、狂人の破綻した言説から、狂人の絶望から、いったいなにを「救う」べきなのだろうか、ということをわれわれはこれから考えなければならない。言い換えると、もしも「日記」から見出されうるすべての意味は「日記」の編集者の意図を脱出できないのだとすれば、われわれはまさに無意味なところにこそ力点を置かなければならないのである。

そう、われわれは狂人からテクストの読み方を習い、言葉の字面に執着しなければならないのである。そして、この無意味な字面は、第十三節にあるように思われる。

啓蒙とは何か——破綻した論理からの再出発

全十三節からなる「日記」において、最後の一節はもっとも短いものである。

> 人間を食ったことのない子どもは、まだいるかしら？
> 子どもを救え……(23)

この最後の一文は近代中国文学史においてきわめて有名である。当時の進歩的知識人は伝統文化や社会を批判するとき、しきりにこの一文を引用していた。一方で、すでに指摘したように、李欧梵をはじめとする論者たちは、むしろ文末の省略記号を強調し、一見すると吶喊に似たこの文章に潜んでいる虚しさを浮き彫りにしようとした。そのようにして、魯迅は積極的に「新文化運動」に関与したのではなく、むしろ躊躇いながら無理やり運動に巻き込まれた、とされてきたのである。しかし、はたしてそうなのだろうか。

まず、われわれの読解をもう一度整理しておこう。われわれがアクセスできる「日記」は、「序言」の語り手という正気の人によって編集されたものである。そこで、一見すると狂った「日記」は、実のところは特定の意味でしか狂ってはいないといってもよいのである。この特定の意味とは、編集者の意図した意味にほかならない。そうすると、われわれが狂人の言説に読み取れるジレンマとは、この編集者が示そうとしている進歩的知識人におけるジレンマであり、それは編集者の行おうとする

「啓蒙批判」にほかならない。

もしそうなのだとしたら、どのようにして第十三節を以上の読解に調和させるべきなのだろうか。狂人は、四千年以来続いてきた食人の歴史において、いまだ食人をしたことのない人などけっしていないのだと、すでに絶望していた。しかし、なぜそれでもまだ「子どもを救え」と叫ぶことができたのだろうか。「四千年の食人の歴史をもつ」この国に生まれる限りにおいて、「人間を食ったことのない子どもは、まだいる」はずがないのではないか。

ここで、先に紹介したド・マンの解釈したベンヤミンの翻訳論をもう一度思い出そう。ベンヤミンは『翻訳者の使命』のなかで、文章の意味内容を翻訳しようとする訳し方を「ブルジョア的な翻訳」として軽蔑している。それにたいして、本当の翻訳が目指すべきもの、翻訳をとおしてあらわれてくるものを「純粋言語」と呼んでいる。ベンヤミン研究において、この概念についてはたくさんの議論がなされてきたのだが、ここでは深入りすることはできない。

いずれにせよ、われわれにとって重要なのは、ド・マンが強調したように、「純粋言語」はそうはいっても完璧な言語ではなく、むしろ自然なものであるかのようにみえる言語の意味作用につねに潜在している偶然性を暴露してゆくものである、という点である。

やや強引な読み方をするならば、「子どもを救え」という叫びを「純粋言語」と見なしてもよいのかもしれないのである。なぜなら、（たとえば李欧梵が主張しているように）この一見すると無意味な一文は、「日記」がしめす論理とその破綻にある重要なくさびを打ち込むことで、「日記」の編集者が意図した論理的一貫性を動揺させてしまうからである。どういうことか。

たしかに、伝統文化に偏っている編集者がわざわざこの一文を彼の整理した「日記」に入れているこの事実からすれば、「子どもを救え」はまさしく進行中の「新文化運動」にたいするアイロニーにすぎないかもしれない。というのも、多くの参加者が訴えている近代ヨーロッパの理論や言説は、つまるところ列強の侵略に正統性をあたえかねないことを、狂人の言説ははっきりとしめしてくれるからである。社会的進化論といった言説を真剣に信じ、中国の「子ども」（＝未来）を救おうと躍起になる知識人たちは狂人の沈黙に陥るしかないのだ、と編集者は示してみせるのである。

では、「子どもを救え」は単なるアイロニーといえるだろうか。

むろん、そうではないとわたしには思われる。「子どもを救え」にたいしては、もうひとつの読解可能性があるからである。何度も繰り返したことではあるが、同時代の多くの読者は狂人の最後の叫びに重きを置いて、この一文を伝統文化批判や礼教批判へと応用した。魯迅はこの応用／誤用の可能性を充分に承知したうえで、この第十三節を書いたのかもしれない。なるほど、たしかに当時の進歩的知識人は性急であった。彼らにはテクストを精読する余裕がほとんどなかった。中国社会は外国列強に脅かされていたが、政府は腐敗しているばかりである。中国社会や政治を刷新するには、文化的な啓蒙が必要不可欠なものであると彼らは深く信じていた。いち早く伝統文化を打倒しなければ、近代民主主義や近代的科学知識を導入できない。この忙しなさゆえ、彼らが『狂人日記』の構造の複雑さに気づかないのは、当然のことでもある。彼らにとって、「子どもを救」うのは言うまでもなく自らの進歩的知識人としての使命にほかならないからである。

すると、興味深いことに、おそらくは同時代の読者は無意識に「日記」の編集者の意図した意味に反して、アイロニーとしてではなく、「子どもを救え」を真摯な吶喊《とっかん》として読んだとすらいえるだろう。

その結果どうなるかというと、「子どもを救え」という一文は、狂人の破綻した論理には収まりきらないものとして、つねに多様な翻訳可能性を内包するフレーズとして理解されることになるのである。つねに翻訳されるポテンシャルをもつとは、つまるところ、ある特定の意味作用へと導かれて、固定されていくことはもはや不可能になるということである。

編集者が狂人の言説のためにしつらえた仕掛けには陥らなかった同時代のそそっかしい読者諸氏こそ、狂人のしめしたジレンマに囚われることなく前進できたのである。彼らにとって、「子どもを救え」という呼びかけは、まさしく自分たちに向かって発される言葉なのである。自分自身がこの呼びかけに応じて、なんとかしなければならない。したがって、彼らにとっての「子どもを救え」とは、子どもを伝統文化から救うことでもあり、列強の野蛮から救うことでもあって、破綻した近代ヨーロッパの理論から救うことでもあるのだ。同時に、「子どもを救え」は、そのいずれかに限定されることなどありえない。

『狂人日記』に潜む魯迅の「新文化運動」にたいするラディカルな態度は、まさしくここにあると思われる。魯迅は、この運動の反対者の論理を詳らかに理解しており、くわえて社会進化論を含めた近代ヨーロッパ理論を能天気に受け入れている中国知識人たちの行き先さえも知っていた。しかも、これは別に魯迅に特有の認識ではなかった。たとえば、政治改革を鼓吹し、立憲君主制を中国に導入しようとした知識人・梁啓超（一八七三―一九二九）がそのすぐあとの一九二〇年に発表した『欧游心影録』は、この点を如実にしめしているのである。彼はこのきわめて有名なエッセイのなかで、近代ヨーロッパの知識や政治への幻滅と近代ヨーロッパに憧れた過去の自分への反省を暴露している。信じていた理論が現実にぶつかって破綻したから、彼は「転向」するしかなかったのである。

しかし、魯迅は梁啓超とは違う。『吶喊・自序』を読めばわかるように、魯迅は若かりしころ、文学運動や啓蒙運動に関与して多くの挫折を経験した。当時進んでいた「新文化運動」がかならず成功する保障などどこにもなかった。このことを彼は他の参加者のだれよりも知っていたはずである。にも拘らず、魯迅は「子どもを救え」という不思議なメッセージを、すなわち「新文化運動」のすべての発案やアピールさえも超える原理主義《ラディカリズム》を、運動のただなかに残していた。なぜなら、人々が訴えている理論がどのようなものであれ、運動の結果がどのようなものであれ、それらに左右されずにひたすら前へと進まなければならないからである。同時代の読者は、狂人の言説に含まれるパラドクスを読み損ねていたのかもしれないが、とはいえ同時に魯迅が言わんとすることを十分把握していたともいえるだろう。それは、狂人自身が古典的なテクストの字面にこだわるさい、テクストの意味を読み取ることなくテクストの行間に潜んでいる秘密を発見したのと同じことである。そして、同時代の読者の理解／誤解が生じるからこそ、破綻したはずの狂人の言説は、「序言」の編集者の意図から離脱し、予想すらできない新たな歴史的な可能性へとつながってゆくのである。

「子どもを救え」というメッセージは、ある特定の意味づけへの固定に抗いながら、つねに新たな意味に翻訳されてゆくポテンシャルをたもっている。したがって、社会進化論の論理が破綻した地点で、そして「新文化運動」それ自体が失敗した地点で、われわれは「子ども」の救いを目指して、新たな試みへともう一度身を投げなければならない。この意味で、われわれは「子どもを救え」をこのように「翻訳」してもよいかもしれないのだ。「未来を残せ」と。

しかし、これは「子どもを救え」にたいする規定でも意味づけでもなく、むしろ魯迅の作品におけるもうひとつの重要なテーマ——すなわち「未来」をもラディカルな仕方で読み直し、『狂人日記』の開いた地平へとつないでゆくものでなければならないのである。

ご購読ありがとうございます。このカードは、小社の今後の出版企画および読者の皆
のご連絡に役立てたいと思いますので、ご記入の上お送り下さい。

〈書　名〉※必ずご記入下さい

●お買い上げ書店名(　　　　　地区　　　　　書店

●本書に関するご感想、小社刊行物についてのご意見

※上記をホームページなどでご紹介させていただく場合があります。(諾・否)

●購読メディア	●本書を何でお知りになりましたか	●お買い求めになった動機
新聞 雑誌 その他 メディア名 (　　　　)	1. 書店で見て 2. 新聞の広告で (1)朝日 (2)読売 (3)日経 (4)その他 3. 書評で (　　　　紙・誌) 4. 人にすすめられて 5. その他	1. 著者のファン 2. テーマにひかれて 3. 装丁が良い 4. 帯の文章を読んで 5. その他 (

●内容	●定価	●装丁
□満足　□不満足	□安い　□高い	□良い　□悪い

●最近読んで面白かった本　(著者)　　　　(出版社)

(書名)

(株)春秋社　電話 03-3255-9611　FAX 03-3253-1384　振替 00180-6-
E-mail:info@shunjusha.co.jp

郵便はがき

料金受取人払郵便

神田局
承認

1743

差出有効期間
2023年12月31日まで
（切手不要）

101-8791

535

千代田区外神田
二丁目十八－六

春秋社

愛読者カード係

りいただいた個人情報は、書籍の発送および小社のマーケティングに利用させていただきます。

ガナ） 前	歳	ご職業
所 〒		
ail り、新刊／重版情報、「web 春秋 はるとあき」更新のお知らせ、 ト情報などをメールマガジンにてお届けいたします。	電話	

規注文書（本を新たに注文する場合のみご記入下さい。）

文方法 □**書店で受け取り** □**直送(代金先払い)** 担当よりご連絡いたします。

地区	書名		冊
			冊

第四章
希望の政治学
『故郷』を読む

ああ、希望はたっぷりあります。無限に多くの希望があります。――ただ、ぼくらのためには、ないんです。

――フランツ・カフカ

「きびしい寒さのなかを、二千里のはてから、別れて二十年にもなる故郷へ、私は帰った[1]」。時間的かつ空間的に遠のいた地点から、語り手は寒さに耐えながら故郷へと戻ってゆく。一九二一年に発表された魯迅の小説『故郷』の始まりは、まさしく語り手の一人称が主観的におのれの過去にこだわるノスタルジックな雰囲気に包まれている。一般的に「ノスタルジア」(nostalgia)という言葉が指し示すのは、過去や故郷へと時空を遡って向かってゆく感情や思いであり、それによって生み出される「正しくない表象[2]」である。日本語では「郷愁」とも訳されるこの言葉は、空間的かつ時間的な隔たりによって生み出される精神的な病いを意味する一方で、しばしば文学作品においては、帰郷することで生じる感覚や事件をめぐって展開される物語のテーマのひとつにもなっている。[3] 語源からすれば、「nostalgia」はギリシア語の「nostos」（帰る）と「algos」（苦痛）からなるものであり、かつて棲まっていた故郷への思念によってもたらされる心苦しさを強調するものである。[4]

しかし、近代中国に即すると、一九二一年はけっしてノスタルジックな物語にふさわしい時代などではない。当時はまだ「新文化運動」の余韻がいくらか残っており、あるいは「新文化」の伝統文化にたいする勝利はほぼ決まっていた時期だからである。当時の進歩的知識人の眼には、変革すべき古い中国はけっして名残惜しいものとして写ってはいなかった。この怒涛の文化的かつ政治的な運動がもたらした一連の文学団体と政治思想は、概して「未来」に向けた社会改革を目指していた。そのことを考えると、『故郷』に漂うような「過去」にたいするまなざしはいかにも保守的なものにみえる。少なくとも進歩的な立場にある知識人にとっては時代錯誤であったと言わざるをえない。

そのためか、当時の読者は往々にして『故郷』を、たとえば『狂人日記』（一九一八）や『孔乙己』（一九一九）といった封建社会批判をする魯迅の作品群の延長線上に置き、小説に描かれる荒廃した「故郷」については、古い中国の象徴的な縮図としてとらえていた。『故郷』が中国と日本の双方の高校国語教科書に収録されて以来、この路線に沿った読解が中心的なものになっていったのもまた疑いようのない事実である。[5] たしかに、「鉛色《なまりいろ》の空の下、わびしい村々が、いささかの活気もなく、あちこちに横たわっていた」[6] と描写される故郷は、ある意味では滅びてゆくものにほかならず、進歩的な知識人の批判の的にさえなるかもしれない。ただし、どれほど当時流行の進歩的理論や批判的言説に訴えたところで、小説全体を貫くノスタルジックな雰囲気はなかなか拭《ぬぐ》いがたいモティーフとして漂いつづけている。

この雰囲気を醸し出している要因を、魯迅自身が抱いている実家にたいする未練に還元することは、なるほど不可能ではないかもしれない。しかしそれよりも重要なのは、『故郷』の情動的な基調をつくりだしているこの雰囲気があるからこそ、主人公の故郷に対する複雑的な思いが、これまで示されてきたさまざまな読解——たとえばこの小説を伝統社会や伝統文化への批判として、あるいは知識人と民衆の心情的な隔たりにたいする反省として読み解くアプローチ——には還元できないなにものかをわれわれに示唆していることだろう。

つまり注意すべきは、これまであまり十分には議論されてこなかった、当時の知識人による中国伝統にたいする批判と、主人公の抱くノスタルジックな感情のあいだに生じている齟齬であり、まさしくこのテクストが如実にしめすそのノスタルジアの複雑性である。

しかし、すでに第三章で確認したように、この齟齬がしめすのは、「新文化運動」にたいする魯迅のいわゆる留保の態度ではけっしてなく、むしろ魯迅の文化的あるいは政治的にもっともラディカルな態度なのだと思われる。したがってノスタルジックな雰囲気を手がかりとして『故郷』を再読することで、魯迅が真に理解していた文学革命の「新しさ」の性格をあきらかにし、この運動の旗手を担った魯迅における「未来と希望の政治学」を開示すること——これが本章の目的である。

『故郷』をとおしてわれわれに垣間みえる「未来」は、線的《リニア》な歴史の流れにしたがって漸進してゆくようなものとは甚だ異なる。むしろ「新文化運動」のラディカルな「新しさ」は、歴史の線性《リニア》を否定するところにあるといってよい。新しさとしての文学や文化は、連続的に発展してゆくとされる歴史に非連続性を導入することによって、現在から未来へと展開する流れを切断し、未来の未知性（それは「他者性」といってもよいだろう）を確保しなければならないのである。言い換えると、真の未来へと開かれた文化的な姿勢は、あらゆる計算可能な企図から距離を取ることによって、すなわちありとあらゆる取得可能な「未来」、すでに規定されている「未来」、「合理的」な「未来」に抵抗することによってはじめて成り立つのである。したがって「未来」や「希望」は、ただ単にわれわれがすでに知っているある地点に存在するものでも、われわれの意志によって作られるものでもなく、測り知れないときに測り知れない場所において唯一「到来」するものにほかならないのである。

かりにも「新文化運動」が真に新しい文化を、新しい政治を目指していたのならば、運動の担い手にとってみずからが占めるべき位置は、左翼でも右翼でもなく、さらには進歩でも保守でもなく、むしろすべての位置を拒否する位置、位置なき位置、不可能の位置あるいは不可能性としての位置でなければならないだろう。そしてそれは「未来」の位置にほかならないのである。このような「未来」に直面しているとき、われわれがなすべきことはなんだろうか。あるいは、われわれはどのようにしてこのような「未来」を迎えるべきだろうか――こうした問いにたいして、『故郷』は重要なヒントを与えているように思われる。

魯迅における「希望」の問題

これまで、数多くの論者は、『故郷』の主要なテーマを、知識人と民衆のあいだにある知的な隔たりへの反省として理解してきた。彼らによると、この小説で魯迅は中国伝統文化のもたらした社会的分断や文化的差別を暴露し、批判しているという。たとえば、一九二〇、三〇年代の論者は、しばしば封建文化と社会にたいする批判に小説の重点を置いている。こうした読解はそれ以降の解釈者たちにも引き継がれている(7)。

いっぽうで、一九九〇年代以降、少なからぬ研究者は過去の読解では見逃されている細部に集中し、瑣末と思われていた部分を深く読み直すことによって小説の新たな側面を示している(8)。そのなかで、魯迅本人の持つ「知識人」や「啓蒙」についての認識に、重点が徐々に移されていった。したがって、われわれはもう一度『故郷』という物語世界に深入りする前に、魯迅の生活にかんして改めて簡単に触れておく必要があるだろう。しかしそれは『故郷』の物語がどのようにして魯迅の生活に対応しているのかを検証するためではなく、むしろ『故郷』の問題意識をはっきりさせるためである。ここで強調したいひとつの具体的な箇所とは、魯迅が『吶喊・自序』で描いた彼と銭玄同の対話である。

かれの言う意味が私にはわかった。かれらは『新青年』という雑誌を出している。ところが、そのころは誰もまだ賛成してくれないし、といって反対するものもないようだった。かれらは寂寞におちいったのではないか、と私は思った。だが言ってやった。

「かりにだね、鉄の部屋があるとするよ。窓はひとつもないし、こわすことも絶対にできんのだ。なかには熟睡している人間がおおぜいいる。まもなく窒息死してしまうだろう。だが昏睡状態で死へ移行するのだから、死の悲哀は感じないいんだ。いま、大声を出して、まだ多少意識のある数人を起こしたとすると、この不幸な少数のものに、どうせ助かりっこない臨終の苦しみを与えることになるが、それでも気の毒と思わんかね」

「しかし、数人が起きたとすれば、この鉄の部屋をこわす希望が、絶対にないとは言えんじゃないか」

そうだ。私には私なりの確信があるが、しかし希望ということになれば、これは抹殺はできない。なぜなら、希望は将来にあるものゆえ、絶対にないという私の証拠で、ありうるというかれの説を論破することは不可能なのだ。そこで結局、私は文章を書くことを承諾した。(9)


すでに見たように、この対話に先立って、魯迅は十年間、沈黙をつづけていた。繰り返しになるが、一九一八年に書いた『狂人日記』をきっかけとして再び文学の営みに関与するまで、魯迅は数えきれない挫折を経験していたのである。一九〇四年に日本へ留学しに来て以来、彼は東京での中国人留学生の振舞いを嫌って仙台に移ったのだが、仙台医学専門学校で中国人としての差別感や屈辱感を味わうことによって、さらには有名な「幻灯写真」事件を契機として、文学へコミットするに至る。しかし、周作人とともに翻訳した『域外小説集』はまったく売れず、さらに創刊しようとしていた文学雑誌もけっきょく出版できずにすぐに頓挫した。

ある意味では、魯迅が『自序』で書いているように、ただ「寂寞のただ中を突進する勇者」に「慰めのひとつも献じたい」(10)つもりで小説を書きはじめたというのは、けっして謙遜ではないだろう。そこで、「新文化運動」にかぎって言えば、なんらかの方法や理論を導入することによって中国社会を変革させようという考え方については、たとえそれが広く運動参加者には共有されていたのだとしても、魯迅自身はけっしてそれを信じていなかったといってもよい。

しかしだからといって、第三章で強調したことだが、魯迅が多くの失敗を経験したあとに、ある種のニヒリズムに陥ったというわけでもないのである。むしろ、こうした失敗経験があるからこそ、魯迅はほかの進歩的知識人よりもさらにいっそうラディカルな姿勢を呈示可能になるのだ。

『自序』から引用した銭玄同と魯迅の対話に戻ろう。一見するとわかりやすいこのやり取りには、実は読者を当惑させる瞬間が潜んでいる。それは魯迅が相手に説得されて、『新青年』のために小説を書こうとするときである。というのも、魯迅の言った「鉄の部屋」と銭玄同の反論のあいだには、あるいびつな構造が潜んでいるからである。このやり取りをもう一度見てみよう。

魯迅にとって、この「鉄の部屋」を壊すことは絶対にありえない。つまるところ「壊されることがない」ということはあらかじめ措定された前提になっている。この前提なしには、「鉄の部屋」の内部で起こることも「鉄の部屋」そのものも理解はできないことになる。

しかし、銭玄同の反論はまさに魯迅の前提を無視した上でなされている。より正確に言えば、銭玄同は魯迅の論理に反論しているのではなく、魯迅の「確信」を否定しているのである。したがって、ここに示されているのは、魯迅が相手に説得された事実よりも、むしろ魯迅の自己反省または自己説得なのである。

つまり、こういうことである。

自分自身はどれほど「鉄の部屋」が壊されることはないのだと「確信」しても、いや、そのように確信すればするほど、銭玄同の提起した「希望」をめぐる命題を否定することはできなくなるのである。というのも、「希望は将来にある」からである。現在における「絶対にないという私の証拠」はあくまで「現在」のものなのだから、逆に「未来」にたいしてはなにもできないのである。「現在」から「未来」への架け橋は、魯迅において決定的に欠けている。それゆえ、「ありうるというかれの説を論破することは不可能なのだ」というのは、「鉄の部屋」を壊すことは「あり」でも「なし」でもなく、あくまで「ありうる」ものでしかない、ということである。汪暉の、魯迅はこの「鉄の部屋」を「あえて自分の「確信」に限定し、つまり自分の経験から由来した判断に限定して、自分が経験しないものを「希望」に留保している」とする読解は的確であると思われる[11]。

したがって、自己反省をとおして、魯迅は銭玄同の言説を書き直しているといってもよいだろう。なぜなら、進歩的知識人である後者においては、「鉄の部屋」を破壊する可能性はまさしく「現在」に存在するからである。一方、魯迅にとっての「希望は将来にある」という認識が意味するのは、現在にもとづくあらゆる計算、計画、配置は本当の「未来」には実のところ関係せず、あくまでも「現在」にこだわっている、ということである。つまるところ、現在における未来にまつわる表象のいっさいは、現在の表象にすぎないのである。

もしも銭玄同が言わんとすることが、「数人が起きればこの部屋を壊すことがあるから、この部屋は絶対に壊されることがないものではない」というようなものであるならば、魯迅にとって「希望」が存在するのは、「現在に限って言えばこの部屋が絶対に壊されることがないからこそ、壊す可能性を測り知れない未来に譲らなければならない」からなのである。

したがって、当時の進歩的知識人が抱いている変革に対する希望と違って、魯迅において「希望」は社会改革にかんする計画や論理にあるのではなく、むしろ規定できないところ、措定（posit）できないところにこそあるのである。魯迅と銭玄同のやり取りはきわめてパラドキシカルな時間構造を露呈させている。

当時流行していた進化論的な歴史観に則してみれば、ここで「未来」（または「希望」）は「現在」の線的《リニア》延長ではなく、むしろ逆に歴史の線的《リニア》発展を切断するものになるのだ。それは、「現在」から「未来」を読み取ろうとする線的《リニア》な時間性を切断しなければ、「現在」の時点に立ちながらも「未来」を企図しようとする位置を揺るがせなければ、われわれはけっして本当の「未来」を見ることなどできないからである。

「未来」を「未来」たらしめる所以は、そして「未来」が「希望」に等しい所以は、「未来」が現在において規定されたすべての可能性の外部にある、その一点にある。「未来＝希望」という構図からして、現在の時点において存在しているものは存在しうるすべてのものではないだけでなく、現在の時点において考えていることも考えうるすべてのものではけっしてありえない。したがって、「未来＝希望」へと開いてゆくことは、未知性、偶然性、測り知れないものへみずからを解き放ってゆこうとすることになり、事件としての未来に遭遇しようと試みることになる。

この点について、『故郷』の最後を先取りして読んでみよう。まさしくここでは「希望」がテーマとなっている。引用に登場する閏土は、主人公の子ども時代の友人である。

希望という考えがうかんだので、私はどきっとした。たしか閏土が香炉と燭台を所望したとき、私は相変わらずの偶像崇拝だな、いつになったら忘れるつもりかと、心ひそかにかれのことを笑ったものだが、いま私のいう希望も、やはり手製の偶像に過ぎぬのではないか。ただかれの望むものはすぐ手に入り、私の望むものは手に入りにくいだけだ。(12)

あとで述べるように、主人公の「私」がここで閏土の偶像崇拝と自分の「希望」にかんする考えを同一視するのは、「手に入る」ものとしての希望を拒否するためである。逆説的にいえば、もしも「未来＝希望」が現在で考えられるあらゆる可能性の定によって成り立つのであれば、希望についての表現（articulation）はただちに希望にたいする裏切りになってしまうのである。この意味においては、たしかに語り手の言うところの希望も、言葉にすることのできるいっさいの希望もまた、「手製の偶像に過ぎぬ」ものなのだろう。そうであるならば、ニヒリズムにきわめて近しいこのような考え方は、はたしてわれわれをどこへと導いてゆくのだろうか。

未来に対するノスタルジアとは何か

『故郷』の筋書きは複雑なものではない。一人称の語り手である「私」は古い部屋に残るものを処分し、母を自分の引っ越した都市へと連れてゆくために、二十年ぶりに故郷に戻ってきた。それは愉快な旅と言えるようなものではけっしてなかった。彼の目に映る故郷は荒廃したものに過ぎないだけでなく、故郷の人間関係も腐敗しきっていたのである。その上、閏土も「私」にたいしてよそよそしくなっており、二人はたがいにほとんどコミュニケーション不可能な状態に陥ってしまう。現状にたいしてなすすべもないうちに、小説は「私」の自己反省をもって淡々と終わりを迎える。

　すでに見たように、はじめからわれわれは故郷が語り手にとっては時間的かつ空間的に「遠い存在」であることを知っている。しかし、だからといって「私」はおのずと故郷にたいしてノスタルジックな気持ちを生み出すわけでなく、むしろ「私」はノスタルジアにたいして十分に警戒している。たとえば、彼は故郷の現実と自分の内部にある故郷像の落差を以下のように合理化しようとする。

> ああ、これが二十年来、片時も忘れることのなかった故郷であろうか。
> 私のおぼえている故郷は、まるでこんなふうではなかった。私の故郷は、もっとずっとよかった。その美しさを思いうかべ、その長所を言葉にあらわそうとすると、しかし、その影はかき消され、言葉は失われてしまう。やはりこんなふうだったかもしれないという気がしてくる。そこで私は、こう自分に言いきかせた。もともと故郷はこんなふうなのだ――進歩もないかわりに、私が感じるような寂寥もありはしない。そう感じるのは、自分の心境が変わっただけだ。なぜなら、こんどの帰郷はけっして楽しいものではないのだから[13]。

　厳密に言うならば、もともと主人公の抱いている故郷像は表象よりも感覚に近いものである。だから、現実の故郷を見ると彼は即座に自分の抱いてきた故郷にたいするノスタルジックな気持ちを晴らせるようになる。もしも故郷が進歩も荒廃もしないものなのであれば、自分がいままでたもってきた「影」も「言葉」もない美しき故郷像はそのまま壊れてしまうことになる。

興味深いことに、はじめから漂っているノスタルジックな雰囲気は、ここでは逆に主人公の抱く故郷にたいするノスタルジアを遮断したのである。このとき、「私」はけっしてノスタルジアに耽溺することなどなく、むしろ逆にノスタルジックな雰囲気において、故郷にたいするノスタルジアから目を覚ますのである。言い換えると、もしも主人公が故郷に戻らないのだとすれば、彼は二十年にわたって抱きつづけているノスタルジアから解放されることなどできないのである。これは次の一文と響き合っているだろう。「こんどは、故郷に別れを告げに来たのである[14]」。

故郷に別れを告げるために――より正確に言えば、自分の内部にある「故郷」に別れを告げるために――「私」はまず故郷に戻らなければならない。別れるために、ともすれば永遠に別れるために、「私」は故郷に戻った。

つまり、初めて故郷から離れたときのそれは本当の別れではなく、単に「私」の内部に一つの拭いきれない、なおかつ表象不可能な「故郷像」を刻み込んだにすぎなかった。表象不可能ではあるのだが――いやむしろだからこそ、それは抹消されることもない。したがって、この表象なき「故郷像」を消去するために、この「影」も「言葉」もない「故郷」から解き放つために、「私」はもう一度故郷に戻って故郷のありかたを確認しなければならないのである。時間的構造についていえば、「私」が別れようとしている故郷は現在に存在しながらも、すでにして過去に属しているといえるだろう。というのも、故郷の「現在」とは、まさしく私の離れようとする「過去」にほかならないからである。

ここで、主人公の帰郷はひとつの空間的な円環を形づくっている。それは「私」の行動の円環（離れる――戻る――離れる）であるばかりでなく、「私」のアイデンティティにかんする円環でもある。つまり、もしも主人公が故郷に戻らなかったならば、彼は永遠に自分の内部に残存する「故郷」に囚われゆき、「故郷」の限界から脱出することはかなわないだろう。それは、たとえ未知のところへ向かうことがあるとしても、全き未知性に遭遇することはけっしてできないことを意味している。逆説的に言えば、「私」は帰郷の円環を形づくることでしか、「故郷」の円環を壊せない。

したがって、故郷に戻ることは「私」が特定の世界に関係するために、他者に関係するために、そして自分自身に関係するために必要不可欠な条件になっている。そして、それは「私」を既定の社会関係や人間関係から解き放つために不可欠な条件にもなっている。「私」が訣別しようとする故郷は、地理的に確定された単なる一つの場所ではなく、帰郷を通じて、二回目の別れを通じることによって、はじめて成立する「私」の故郷なのである。

同じように、主人公は、閏土といった人物とコミュニケーションしようとすることによって、コミュニケーションの不可能性を確認している。さらにいえば、主人公は小説の内部の誰一人とも同じ世界を共有していない。主人公にかぎらず、小説の中では誰一人として他者と同じ世界を共有してはいないのである。子どもの宏児と水生を除くと、われわれが直面しているのは、すべての人物が互いに孤立している分裂的な世界であって、それはまた、世界の統一性を欠いた分裂状態なのである。主人公の知識人としてのアイデンティティは、この分裂状態を浮き彫りにしたものであるが、けっして分裂状態をもたらした原因ではない。

ところが、主人公の帰郷は小説の中での唯一の「円環」ではない。現在の分裂状態を三十年前の状況とくらべてみると、もう一つの少なくとも潜在的な円環が現れるからである。「私」の帰郷が空間的な円環を形づくるのに対して、もうひとつ現れているのは時間と儀式についての「円環」にほかならない。なお、三十年前というのは、「私」が閏土に出会うときでもある。「私」は当時のことを思い出しながらこのように言う——

この少年が閏土である。かれと知り合ったとき、私もまだ十歳そこそこだった。もう三十年近い昔のことである。そのころは、父もまだ生きていたし、家の暮らし向きも楽で、私は坊っちゃんでいられた。ちょうどその年は、わが家が大祭の当番にあたっていた。この祭りの当番というのが、三十何年目にただ一回順番が廻ってくるとかで、ごく大切な行事だった。(15)

三十年前、閏土と彼の父は祭器を管理するために雇われた。三十年後、もう一度、大祭は廻ってくるはずである。しかし小説の中では、だれもその祭に言及していないどころか、大祭用のものはすべて周りの人によって私物化されているか、盗まれてしまっている。
三十年前に行われた大祭は、社会階層を問わず、すべての人を儀式的にあるいは有機的に結びつけてゆく手段で、かりにもこのような儀式が、封建社会においては様々な階層に属している人々に同じ「世界」を共有させる役割を果たしていたのかもしれない。しかし三十年が経った現在において、そのような儀式は消えうせており、すべてのものが互いに無関係のままにばらばらに存在しているばかりなのである。たしかに、この意味において、『故郷』は封建社会を批判しているというよりも、封建社会の廃頽を批判しているといえる。

しかし他方で、封建社会における様々な儀式や制度は、人々を結びつけ、統一性を維持する「世界」を築きあげるような役割を果たしていたのと同時に、民衆を抑圧し、社会的な差別を正当化するものにほかならないのである。『狂人日記』に書かれているように、中国の「礼教」はまさしく「食人」を隠蔽したうえではじめて成り立つものである。『故郷』は、封建社会の廃頽がもたらした社会関係の崩壊を示すことによって、これまで覆い隠されてきた真実を暴き出しているともいえる。言い換えれば、空間的な円環を壊さなければならないように、この時間的な円環も破れなければならない。そして現実に、この儀式についての円環はすでに壊れてしまったのである。三十年前に「私」と閏土とが大祭によって関係づけられていたとすれば、儀式の不在は二人の階級的差異を浮き彫りにするしかない。閏土と再会した主人公が、この目の前にいる子ども時代の友人にどのような言葉をかければよいのかを悩んでいるとき、二人のあいだに存立する、彼らのコミュニケーションを不可能にさせる「厚い壁」は、社会的な差別の上にはじめて成立していた子ども時代のコミュニケーションの不穏性、あるいは虚偽性こそを時を経て露呈させているのである。二人の再会の場面を見てみよう。

私は感激で胸がいっぱいになり、しかしどう口をきいたものやら思案がつかぬままに、ひとこと、

「ああ閏ちゃん――よく来たね……」

つづいて言いたいことが、あとからあとから、数珠つなぎになって出かかった。角鶏、跳ね魚、貝がら、猹……だがそれらは、何かでせき止められたように、頭のなかをかけめぐるだけで、口から出なかった。

かれはつっ立ったままだった。喜びと寂しさの色が顔にあらわれた。唇が動いたが、声にはならなかった。最後に、うやうやしい態度に変わって、はっきりこう言った。

「旦那さま!……」

私は身ぶるいしたらしかった。悲しむべき厚い壁が、ふたりの間を距ててしまったのを感じた。私は口がきけなかった。(16)


多くの論者はこの部分に重きを置いて、閏土の反応から小説の主旨をつかみとろうとしている。すなわち封建社会の制度や文化は私と閏土のあいだにある無辜の人間関係を破壊し、あるいはまた知識人と民衆の隔たりを作り出したため、民衆を動員して新しい社会を生みだしていくべきだ、と。すると一九一〇年代に盛り上がりをみせた「新文化運動」は、それ自体が「啓蒙」として成功したかどうかは別として、少なくとも歴史的には一九二〇年代に中国へ導入されたマルクス主義と結びついていることになる。

だが、すでに先行研究で指摘されているように、このような読解は実は小説の細部には合致しない。なぜなら、この驚くべきやりとりには、一つの逆説的な瞬間があるからである。それは、閏土が「旦那さま」という言葉を口に出すその前に、「私」はすでに話すべきことを失ってしまっていた、ということである。そこで、「厚い壁」はとりたてて閏土の発言の結果として生じたものではなく、つねにすでに存在しているものにほかならないのである。このコミュニケーションの不可能性をめぐる場面は、当時のいわゆる「啓蒙知識人」の持つ外来的な視点を浮き彫りにしたとされている。(17)

たしかに同時代の知識人と比較すると、魯迅がヨーロッパ的な理論とその限界にたいしてきわめて警戒していたことは間違いないだろう。しかし『故郷』にかぎって言えば、「私」と閏土の関係をより抽象的な社会関係に読み替える前に注意すべきなのは、はたしてこの「私」はなにによって囲まれているのか、という点であると思われる。

具体的に言うと、小説の中で「私」は例えば「啓蒙する」立場や、「郷土中国の外」(18)からの立場というよりもむしろ、どこにも存在しないある場所に立っているといえる。そのある場所とは、「私」が閏土と再会する前に思い描いていた、閏土にまつわる美しいイメージによって表現される場所である。しかも故郷に別れを告げようとする「私」にとっては、これこそが消去すべきノスタルジアの幻影《イリュージョン》そのものなのである。

このとき突然、私の脳裡に不思議な画面がくりひろげられた――紺碧の空に金色の丸い月がかかっている。その下は海辺の砂地で、見渡すかぎり緑の西瓜がうわっている。そのまん中に十一、二歳の少年が、銀の首輪《くびわ》をつるし、鉄の刺叉を手にして立っている。そして一匹の「猹」を目がけて、ヤッとばかり突く。すると「猹」は、ひらりと身をかわして、かれの股をくぐって逃げてしまう。(19)

すでに述べたように、主人公は過去へのノスタルジアをきわめて警戒している。しかも彼の抱いている故郷像は表象不可能なものとして感覚されている。しかしここでは、よく読んでみるとじっさいのところ故郷にまつわる一つの表象が与えられているかのように見えるのである。主人公の語りを読めばわかるように、この表象は、主人公の想像した幻影《イリュージョン》にほかならない。というのも、彼が閏土に会ったのはただ一度きりであり、しかも二人は「正月」に会ったからである。つまり、「西瓜」などあるはずがない。

そうすると、ここに描かれているイメージは一見すると記憶のようなものに思われるのだが、過去に起きたことにもとづいて思い出されたものとしての記憶ではけっしてないことがわかる。むしろそれは「私」が過去の自分の抱いていたあるべき未来への投企によって作り出される、あたかも「記憶」であるかのように想像されるものなのである。もっと正確にいえば、それは当時の閏土の言葉にしたがって想像されたものなのである。

閏土はまた言うのだ。

「今は寒いけどな、夏になったら、おいらとこへ来るといいや。おいら、昼間は海へ貝がら拾いに行くんだ。赤いのも、青いのも、何でもあるよ。「鬼おどし」もあるし、「観音さまの手」もあるよ。晩には父ちゃんと西瓜の番に行くのさ。おまえも来いよ」

「泥棒の番？」

「そうじゃない。通りがかりの人が、喉がかわいて西瓜を取って食ったって、そんなの、おいらとこじゃ泥棒なんて思やしない。番するのは、あな熊や、はりねずみや、猹だ。月のある晩に、いいかい、ガリガリって音がしたら、猹が西瓜をかじってるんだ。そうしたら手に刺叉をもって、忍びよって……」[20]

ここで閏土が言っているのは、子ども時代の主人公にとってあるはずの未来にほかならない。それは「私」の「手製」した未来についてのイメージであり、現実に存在したことはないが、生き生きとしているイリュージョンである。

重要なのは、美化された「過去」にたいするノスタルジアが、いわゆる「事実」と比較すれば消えてゆくのにたいして、われわれはたとえ「事実」へ訴えかけても、みずからの作り出したこの「未来」にかんする不思議なイリュージョンそのものは簡単に消えるわけがないということである。

主人公は荒廃した故郷のありようを見たとたん、故郷にたいするノスタルジックな気持ちを晴らしている。それにたいして、自分の「記憶にある閏土とは似もつかなかった」[21]眼前に現れる閏土のありようを見ても、自分の想像した「小英雄」のイメージを簡単に否定できないのである。「私」にとって、このイリュージョンは実現されるべき未来でありながらも、現在では失われ、過去において実現されるべきだった理想でもある。われわれは、このようなあるべき未来への想像を過去に投企することで作り出すイリュージョンを「未来に対するノスタルジア」と呼ぶことにしよう。

ここで「未来」、「現在」と「過去」は一つの閉ざされた円環をなしている。したがって、すでに「過去」に内包されている「未来」は「現在」において絶えず再生産されているばかりか、「未来」は連続的な歴史の流れに位置するのである。「未来」はすでに想像されたどこかに存在している事になる。この円環のなかで、主人公は「存在しないもの」、あるいは「存在したはずなのに存在しなかったもの」を懐かしんでいる。「厚い壁」が指ししめしているのは、まさにこの円環だろうと思われるのである。

この「未来に対するノスタルジア」が作動しているかぎりにおいて、本当の「未来」はけっして到来することはない。というのも、われわれの想像力、創造力はあらかじめこのような過去において投企された「あるべき未来」に限定されてしまうからである。文学テーマとしての「ノスタルジア」は「帰郷の欲望と親族からの隔たりに生み出される退屈につながっているだけでなく、妨害、他者への欲望、不死にもつながっている」と、バルバラ・カッサン（Barbara Cassin）は指摘している。(22)

「未来に対するノスタルジア」に陥るかぎり、他者はつねにすでに予想可能な、あらかじめ規定された他者にすぎないのである。強いて言うならば、ノスタルジアの意味する他者への欲望はあくまでもノスタルジックな欲望なのであって、すなわちそれはすでにしてノスタルジックな主体の想像的投企に回収可能な欲望なのである。

つまるところ、たとえば進化論に代表される線《リニア》的な歴史発展を信じている知識人たちは、実はこのような円環構造に陥っているともいえるだろう。リベラリズムであろうと、コミュニズムであろうと、彼らの抱いている未来像はあくまでも現在の理想像でしかないのである。それは偶然性を排除したうえで想像されるものにすぎないのである。

したがって、「私」の帰郷はいままで抱いてきた「故郷像」を抹消するにとどまらず、「未来に対するノスタルジア」をも消し去らなければならない事態を導く。それでは、最終的に主人公はこれを成し遂げたのだろうか。彼が母を連れて故郷から離れようとするシーンを読んでみよう。

古い家はますます遠くなり、故郷の山や水もますます遠くなる。だが名残惜しい気はしない。自分のまわりに眼に見えぬ高い壁があって、その中に自分だけ取り残されたように、気がめいるだけである。西瓜畑の銀の首輪の小英雄のおもかげは、もとは鮮明このうえなかったのが、今では急にぼんやりしてしまった。これもたまらなく悲しい。(23)

すでに指摘したように、「もとは鮮明このうえなかった」小英雄閏土の「おもかげ」は「私」の想像したイメージにすぎなかった。主人公は帰郷して自分を囲む「高い壁」に気づいたそのとき、その「未来に対するノスタルジア」のもたらすイメージはようやく消え去ろうとしていったのである。当時の進歩的知識人の抱いていた理想的な未来像とは違い、ここで魯迅がわれわれに残すのはユートピア的な未来への投企ではなく、ごく単純に、測り知れない未来へと開かれる姿勢にすぎないのである。しかし、「たまらなく悲しい」ことに、まさしくこの分裂している世界のなかですべての人々が互いに孤立しているからこそ、まさしく現時点では誰も社会変革する可能性を見つけられないからこそ、未来へと開かれる姿勢は可能になるのである。逆にいうと、予測できる未来、規定できる未来、計画通りに展開していく未来は——それが自由主義的なものであれ、社会主義的なものであれ——われわれを「未来に対するノスタルジア」という円環に陥らせるものなのであって、未来の可能性と偶然性をあらかじめ封印してしまうものなのである。魯迅が『希望』というエッセイで引用したペテーフィ・シャーンドルの詩句、「絶望は虚妄だ、希望がそうであるように[24]」は、未来への投企のむなしさを如実に示しているだろう。

「希望の政治学」へ

これまでの話を整理してみよう。われわれは『故郷』において二種類の未来あるいは希望を読み取ることができる。まずひとつめは、「未来に対するノスタルジア」としての「未来」であり、それは起こるはずである（とされる）未来を過去へと投企することで成り立つ「未来」である。たとえば、ヨーロッパ（またはどこか）の成功した先例を参照し、「徳先生」（民主主義）と「賽先生」（科学）を中国に紹介すれば新しい社会を生み出すことが必ずできると心の底から信じている当時の進歩的知識人たちは、このような「未来に対するノスタルジア」にまごうことなく陥っていた。

一方で、失敗した辛亥革命と失敗した彼自身の文学営為が示しているように、魯迅にとっては、中国社会において真の変革をもたらすことなど至難の技であり、それはほとんど不可能なのである。たとえば、魯迅ははっきりとこう言っている。「私の考えでは、わが中国は、もともと新しい主義の発生するところではなく、また新しい主義を受け入れるところでもない。たまに何か外来思想があったとしても、たちどころに色彩を変えてしまう[25]」と。

しかし、中国社会のありように絶望することもまた「虚妄」な態度にほかならない。むしろ、変革が至難である現在においてこそ、測り知れない未来は到来する潜在性を保持しているいってもよいだろう。われわれは、啓蒙と進歩にたいする信仰や献身から始めるべきではなく、むしろ例えば「私」と閏土の隔絶から始めなければならないのである。ニヒリズムにきわめて近い現状認識から始めなければならないのである。

すると魯迅がいかに「新文化運動」において文化的、政治的ラディカリズムに自分の立場を置いているのかを究明することも可能になるだろう。『故郷』の最後の部分を手がかりとして、この点について説明してみよう。この部分は、前章で分析した『狂人日記』における「子どもを救え」という「啓蒙の声」に響き合っていると思われる。

私も横になって、船の底に水のぶつかる音をききながら、いま自分は、自分の道をあるいているとわかった。思えば私と閏土との距離はまったく遠くなったが、若い世代はいまでも心が通い合い、げんに宏児は水生のことを慕っている。せめてかれらだけは、私とちがって、たがいに隔絶することのないように……とはいっても、かれらが一つ心でいたいがために、私のように、むだの積みかさねで魂をすりへらす生活を共にすることは願わない。また閏土のように、打ちひしがれて心が麻痺する生活を共にすることも願わない。また他の人のように、やけをおこして野放図に走る生活を共にすることも願わない。希望をいえば、かれらは新しい生活をもたなくてはならない。私たちの経験しなかった新しい生活を。(26)

この段落の冒頭の一文は、多くの翻訳者にとってまちがいなくきわめて難しい文章である。後で述べるが、主人公はここであえて「歩く」という隠喩に執着しているように思われる。彼が自分が歩いていることそのものを意識しているのは、自分が生きていることをテーマとして提示するためである。問題はあくまでも生きることに関わっていることについては、多言を要さないだろう。未来における新しい生活、新しい生命。それはだれにも予想できない、経験できない生活であって、未来の世代に属する生活なのである。

ここで重要なのは、若い世代に属する宏児と水生の関係である。主人公はたしかに彼らの関係の「未来」について語っているのだが、彼があくまでも否定形で語っていることについては注意を払うべきように思われる。つまり、未来に託するこの若者の関係は、既存のあらゆる生活様式にかかわらず、既定のアイデンティティや社会性には基づいていない。若い世代の生活は、「私」の生活とも「閏土」の生活とも異なっているだけでなく、「他の人」の生活とも違っているのである。彼らの「新しい生活」は「私たちの経験しなかった」ものでなければならない。それは誰も経験しなかったものでなければならない。なぜなら、この新しい生活は新しさそのものだからである。同時にこの新しい生活は「別の生活」、他者としての生活に開かれるものでなければならない。

ここにおいて、現時点で持ち出された未来についての計画や投企は完全に失効してしまうことになる。というのも、未来における新しい生活にたいして倫理的、政治的な理論は役に立たないだけあって、現在におけるすべての条件は否定的な、受動的な、消極的なものになるのであって、そうなるべきだからである。「現在」（分裂した世界）と「未来」（測り知れない別の生活）のあいだに生起する隙間を埋め合わせる知識や論理はどこにもないのである。

それでは、現在においてなすべきことはなんだろうか。言い換えるならば、測り知れない未来を到来させるためにはいったいなにを準備しなければならないのだろうか。

「新文化運動」の担い手としての知識人たちは答えをすでに自分の行動で提示している。一言でいうならば、現時点でなすべきこととは、破壊にほかならないのである。つまり、この分裂した世界において「過去」や「伝統」に属している最後の痕跡をも消し去り、偶然性に満ちた未来の到来の障害になっているものをすべて取り除いていくことである――そしてそれは知識人のなすべきことである。

言うまでもなく、保守主義者の反論は当時にも現在にも響きわたっている。儒教の近代性（または近代を「超克」する可能性）を活発に議論する知識人においては、ことはなおさら顕著である。彼らによると、「新文化運動」の伝統文化批判はまさしく誤解や歪曲の上でなされたものであって、性急な知識人のナイーヴな営為にすぎなかったのである。

なるほどたしかに、たとえば儒教にたいする当時の批判を学問の静的なレベルで考えるならば、保守主義者の反論は正しいといえるかもしれない。しかし魯迅における文化的なラディカリズムは伝統を全面的に否定することにはけっしてとどまらない。伝統文化のよさをいくら強調しようとしても、「新文化運動」の反対者が魯迅のラディカリズムに応えることはできないのである。というのも、魯迅が目指しているのは、ある特定の理論を中国社会に導入することによって既存の社会を新しくするなどということではまったくなく、あくまでも新しい社会の到来を待機することだからである。無論、後に述べるが、それはけっして受動的にすべてを受け入れて我慢することではない。

ここで、われわれはようやく最後の問いにたどり着いた。すなわち、『故郷』ははたしてわれわれをどこまで導いていったのか、という問いである。

ふたたび『故郷』の最後の部分に戻ろう。

主人公がいままさに故郷を離れようとするそのとき、彼の古い家は文字通り空になった。「夕方になって、私たちが船に乗り込むころには、この古い家にあった大小さまざまのガラクタ類は、すっかり片づいていた(27)」とある。無論、三十年前に行われた大祭で用意された祭器もなくなってしまった。つまり、かつては統一性を保つかのように見えた、世界を成り立たせる役割を果たす大祭は、異なる社会階層に属する人々を有機的に結びつけると同時に、社会的差別や不平等関係を覆い隠してしまっていたのである。それにたいして、「新しい生活」にふさわしい「新しい世界」は、世界の分裂状態から、社会関係の「零度」から始まらなければならないのである。新しいものは、まったく新しいものでなければならない。「すっかり片づいていた」あの古い家は、未来の新しい住人を迎えることができる。

興味深いことに、主人公の持っている小英雄のイメージがぼんやりとしてしまったまさにそのとき、同じシーンが繰り返されているように見える。

まどろみかけた私の眼に、海辺の広い緑の砂地がうかんでくる。その上の紺碧の空には、金色の丸い月がかかっている(28)。

ただし、この場面には砂地、空、月はあるものの、閏土も、猹も、西瓜もない。すべての生命――もっと正確にいえば、現時点で想像しうるすべての生命――は消えてなくなってしまった[29]。残っているのは空っぽな場所にすぎない。あの空っぽになった古い家のように、これは来たるべき新しい生活、新しい生命、新しい世界のために不可欠な場所である。

古い家を空っぽにさせなければ、別のところへ行けないように、古い生命と古い世界を消さなければ、新しい生命や新しい世界は到来しないのである。古いものの痕跡がまだ残る限り、新しい生命は否応なしに古いものに関係づけられ、後者に規定されてしまうからである。

言うまでもなく、新しいものは必ずしもよりよいものとかぎらない。にも拘らず、よいものにせよ悪いものにせよ、それはまちがいなく、現在において人々がけっして経験したことがないものなのである。

この意味で、「新文化運動」のラディカリズムは実のところは具体的な提案を持ち出すことにあるのではなく、来たるべき変革への承諾にあると思われるのである。もしもこの承諾を守るために伝統文化を徹底的に批判し、過去に属しているものを完全に破壊しなければならないのだとしたら、未来についてのすべての試みをも同時になさなければならないだろう。小説の最後で魯迅は希望について述べている。

思うに希望とは、もともとあるものともいえぬし、ないものともいえない。それは地上の道のようなものである。もともと地上には道はない。歩く人が多くなれば、それが道になるのだ[30]。

ここで突然現れる「道」のイメージは、その前に引用した「いま自分は、自分の道をあるいているとわかった」という一文に呼応しているだろう。

不思議なことに、主人公は船に乗っているのだが、わざと「道をあるいている」という表現を採用しているのである。訳者の竹内好は、ここに論理の飛躍があると読解している。竹内は「この我在走我的路ですが、このわが道を行くというのと、あとに出てくる人が歩くからそこに道ができるというのと、どういう論理的な関係になるか、これまたちょっと考えていただきたい点です。私はそこには、この場限りで言えば、論理の飛躍があると思います。[31]」と書いている。

たしかに、われわれはいきなり突拍子もない隠喩に出くわす。これまで多くの論者は、この「道」にかんする部分について議論するさい、一九二〇年代後半にマルクス主義に転向した魯迅を持ち出し、『故郷』を書くときには「知識人と民衆の隔たり」に悩みながらも「民衆」へと連帯しようとしていた、そのような魯迅像を描こうとしてきた。したがって、あたかも一九二一年の時点で魯迅はすでに今後のマルクシズムへの「転身」を先取りしたかのように、ここでいう「歩く人が多くなれば、それが道になる」とは、集団的運動や民衆動員への訴えとして理解されてきたのである。

実は、魯迅は一九一九年に発表した『生命の道』というエッセイで、同じ「道」の隠喩に触れ、「道とは何か。それは、道のなかったところに踏み作られたものだ。荊棘ばかりのところに開拓してできたものだ。」と書いている。[32]そして『生命の道』の語り手はまさしく社会進化論にしたがって、楽観的に「むかしから、道はあった。将来も、永久にあるだろう」[33]と判断を下しているのである。この判断を『故郷』における「道」の隠喩と結びつけてみるならば、魯迅がいずれのテクストにおいても「未来の生命」を論じていることはあきらかだろう。

ところが『生命の道』における議論とは異なって、『故郷』の主人公は未来にたいして確信をもって「道」の隠喩を提起しているわけではない。この二つのテクストにおいては「道」という隠喩はまぎれもなく同じような意味で使われているのだが、『生命の道』はわれわれにとって『故郷』を理解する手掛かりにはならないと思われるのである。

すでに述べたように、魯迅は「鉄の部屋」という隠喩を持ち出して、自分自身の絶望的な「確信」を対話者に語っている。彼の確信によると、現時点ではどんな手段に訴えたとしてもこの部屋を壊すことはできないことになる。同じように、『故郷』の主人公にとっては現在において新しい世界を生み出す可能性は皆無である。ただし『故郷』は「鉄の部屋」の状況をいくぶんか変えている。つまり、世界の分裂状態という苦境それ自体は、すべての根拠を失う状態それ自体は、来たるべき新しい生活や新しい世界に不可欠な条件になっているのである。

この意味で、主人公の言う「自分は自分の道をあるいている」ことは、けっして自己矛盾した表現ではなく、むしろ文字通りに理解されるべき意味深い表現なのである。

船に乗っている「私」の下にあるのは道ではなく、とどまることなく流れている水だけである。道のないところで「自分の道」を見つけて歩く——繰り返しになるが、この道に関するパラドックスは、テクストの最後の隠喩に呼応している。


もともと地上には道はない。歩く人が多くなれば、それが道になるのだ。

多くの論者が「歩く人が多く」なることに含まれる「複数性」または「集団性」を強調しているが、明白な事実のほうが逆に見逃されている。それは、道は互いに関係していない歩く人たちによって生み出されるものだ、ということである。われわれはふだん行列を作って歩くことはない。むしろ、道が出来あがってから、そこにやってきて歩くことになった無関係な人々が遡行的に関係しあってゆくだけである。あたかも彼らは最初から互いに関係しているかのごとく見えるのだが、歩く一人一人はただ単に（道のないところで）自分自身の道を歩いているにすぎない。

なぜその事実が重要になるのだろうか。それは、多くの論者が主張しようとするのとは違って、魯迅は実際のところ、ここにおいて民衆や集団性へは訴えてかけていないからなのである。あくまでも自分の道を歩いている人々は、たとえ最終的には一つの道を生みだしてゆくのだとしても、かれらは互いに実質的な関係を持ってはおらず、したがって、それは共同利益や階級観念に基づく自覚的集団にもならないのである。一人ひとりの歩く人にとって、自分が踏んでいるところにはいまだに道がないだけでなく、自分の歩く行為もまた道を生み出すことはけっしてない。誰が自分の前にいて誰が自分の後で来るかを知るはずもない。船が水面に残す、すぐに消えてしまう痕跡は、なおさらそうである。

にも拘らず、否、だからこそ、現在において道のないところで歩いている主人公にとって大切なのは、ある特定の道を生み出すために規定された歩き方で歩くのではなく、ただひたすら前へ進むこと、歩くことのみなのである。言い換えるならば、それは道の有無を問わず、ひたすらに様々な可能性を試みて、いろいろな他者に出会うことに等しいだろう。

ある意味で、「新文化運動」についていえば、そのような姿勢はまさにすべての可能性に開かれた姿勢であって、未来への投企を棚上げにした上で未来へと進む姿勢である。たしかに行動の次元からすれば、魯迅の取った立場は当時の進歩的知識人の立場そのものであるといってもよいだろう。

ただし、繰り返しになるが、微細とはいえ重要な違いは、現時点での実践が理想的な未来像とはたしてつながっているかどうかという一点にある。多くの進歩的知識人は「鉄の部屋」を壊せると信じているからこそ行動していたのと対照的に、魯迅自身は、現在において思慮をめぐらせるかぎりにおいては、どう考えても、「鉄の部屋」を壊すことがありえないからこそ行動すべきだと示唆しているように思われるのである。

歴史的に遡れば、われわれは当時取り上げられた数多の理論や言説を現在の立場から評価しなおすことはできるだろう。たとえば、マルクス主義の成功とリベラリズムの失敗を歴史的に理由づけることは、夥しい数の研究がなしてきたことでもある。しかし、このような評価が見逃しているのは歴史に潜む数えきれないほどの偶然性にほかならない。

一方で、魯迅は歴史における非連続性ないし偶然性を強調しようとしている。もしも「未来に対するノスタルジア」に内包される時間構造が「過去―現在―未来」の次元を閉ざされた円環に回収し、新しさをあらかじめ排除してしまうのだとすれば、歴史における偶然性は一見すると変えられないように思われる過去をも揺るがし、連続的につながっている（かにみえる）「過去―現在―未来」の通路を遮断し、「過去」と「現在」を測り知れない未来が到来するための準備へと転じてゆくことになるだろう。

ベンヤミンの述べていた章句をここで想起してもよいだろう。「時間のうちの一秒一秒が、メシアがそこを通ってやってくるかもしれない小さな門[34]」と。具体的な未来像を不問にし、分裂した世界で、道なきところでさまざま可能性を尽くそうと試みる――本書はこれを魯迅における「未来と希望の政治学」と呼びたい。

竹内好との分岐点

この視点を用いると、竹内好が『近代とは何か』(一九四八)という有名なエッセイにおいて、魯迅の『賢人とバカとドレイ』(一九二五)という寓話に施した読解の難点をあきらかにできるように思われる。

よく知られていることではあるが、この寓話において、ドレイは自分の住んでいる部屋には窓もない、と賢人とバカにたいして苦情を言っている。ドレイの苦情を聞いた賢人は、ただ「いつかよくなるぞ」とドレイを慰めるだけである。一方、バカはドレイのために壁を壊し、窓を開けようとする。それにたいして、現状にとどまりたいドレイは慌てて主人のところへ行って報告する。そのおかげで、主人はバカの行動を阻止し、部屋の現状を保つことができる。主人に褒められたドレイは喜んで、賢人に「ありがとうございます。おっしゃる通りです。」と感謝する。けっきょく、現状は変わらないままで済むのである。

魯迅はあきらかにこの寓話において、行動したバカをほめようとしている。このことは、彼の中国社会にたいする一貫した認識からしてわかることである。社会革新の困難さを彼は誰よりも知っていた。この意味で、文句を言わずに現状を打開しようとするバカにこそ希望があるかもしれないともいえるだろう。ところが、竹内はバカを否定することであえて力点をドレイに置いている。たとえば、竹内は以下のように述べている。

> ドレイが、ドレイであることを拒否し、同時に解放の幻想を拒否すること、自分がドレイであるという自覚を抱いてドレイであること、それが「人生でいちばん苦痛な夢」からさめた状態である。行く道がないが行かねばならぬ、むしろ、行く道がないからこそ行かなければならぬという状態である。かれは自己であることを拒否し、同時に自己以外のものであることを拒否する。それが魯迅においてある、そして魯迅そのものを成立せしめる、絶望の意味である。絶望は、道のない道を行く抵抗においてあらわれ、抵抗は絶望の行動化としてあらわれる。[35]

魯迅はドレイを皮肉っているが、竹内はドレイの「行動」から希望を読み取るどころか、ドレイが行動しない点に「解放の幻想を拒否する」姿勢を読み込もうとしている。おもしろいことに、魯迅の意図に反して読んでいるといってもいい竹内の読解は、最終的には魯迅の立場にふさわしい結論を導き出しているのである。いったいどういうことだろうか。両者の齟齬はどこにあるのだろうか。

ごく簡単に言うならば、竹内が見逃しているのは、魯迅がバカに託した曖昧性そのものであると思われる。つまり竹内によるならば、バカがバカたるのは、まさに進歩的知識人のようにある種の「解放の幻想」を持ちながら行動しているからである。そうすると、窓を開ける行為は、すぐさま未来へと進む確実な一歩になる。ここにおいて、手段と目的の関係ははっきりと示されている。

それにたいして、愚痴をこぼしながらも苦しい現状に安住している（かのようにみえる）ドレイは、ある意味で「鉄の部屋」に絶望しながらも「安住」している魯迅自身の姿を彷彿《ほうふつ》させるのである。

しかし、すでに見たように、『吶喊・自序』の語り手は、対話の相手に「説服」されていた。現時点からは変革がどうやっても起こらないからこそ、バカ（＝進歩的知識人）の行動はただちに解放へと導かれていくことなどありえず、むしろ未知の未来、偶然性にみちた未来へとみずからを開いてゆくしかなくなるのである。窓を壊したところで、ドレイが解放されることはないが——いやむしろそのような見込みがないからこそ——バカはそれでも行動しなければならない。バカの行動の価値は、あまり考えることなくとりあえずやってみるといった衝動にこそあるといえるだろう。

竹内は魯迅がつねに古いものにこだわり、安易な解決策に抵抗しつつ新しい価値をもたらしていったことを強調しているのにたいして、われわれは文学革命にあえてコミットした魯迅の姿から、いわゆる「絶望の行動化」よりもむしろ「希望の行動化」としての抵抗を見出すことができるはずなのだ。

第五章　他者の「面影」

『無常』を読む

「世界はわたしとともに死にはせず……」

魯迅は、この謎めいた文を一九三二年のあるエッセイに書いた。一見するとつかみどころのない表現だが、文脈を補足すれば、魯迅の言わんとすることは明快であることがわかる。彼はこう書いている。

「進歩的青年」たちからいっせいに攻撃されたのは、わたしが「まだ五十歳にならぬ」ときだったが、いまはほんとうに五十歳をすぎてしまった。ルナン（E. Renan）の説では、人は年をとると性格が苛酷になるそうだ。わたしはこの弱点を極力防止しようと思う。なぜなら、世界はわたしとともに死にはせず、希望は将来にあることをわたしははっきり知っているから。だが灯の下にひとりすわっていると、春の夜はひとしおわびしさを増やす。あたり一面静まりかえった中で、筆のおもむくまま書きつらねた(1)。

すでに見たように、「希望は将来にある」という言葉は、『吶喊・自序』にある魯迅と銭玄同とのやりとりにも現れている。ただし、目下の文脈において魯迅が強調しようとするのは、あくまで「今」であり、静まり返った「今」にいるこのかけがえのない「私」である。「世界はわたしとともに死にはせず」（原文「世界決不和我同死」）というとき、「世界」に相応しくない動詞「死ぬ」を使う理由も、「私」にこだわるからであるといえよう。自分はいつか死ぬに違いないが、希望に満ちた未来の世代はきっと自分よりはるかにすぐれた翻訳と創作ができる、というメッセージをわれわれはここから容易にうかがえる。言い換えれば、魯迅はこの翻訳と創作に関するエッセイで、将来の青年たちが自分の業績を超えていくことへの信念を示しているように見えるのである。

しかし、言葉の文面をもう少し吟味すれば、以上のメッセージに簡単には収まらないことが見えてくる。どういうことか。丁寧に読み直しながら、考えてみよう。

『魯迅著訳書目』と題されるこのエッセイは、基本的に二つの部分に分けられている。前半は「著訳書目」そのもので埋まっているが、後半は魯迅の嘆き――すなわち、自分を攻撃してきた人々、努力せずに文壇で有名になりたがる人々に対する嘆き――からなるものである。全体的な雰囲気は、将来への希望というより、現状への失望に近い。まさにこの決して芳ばしくない雰囲気のなかで、魯迅は「希望が将来にある」と書いているのである。ここにはポイントが二つある。

まず、希望はたしかに将来にあるものの、この「将来」はあくまでも「私」が死んだ後の「将来」

にほかならないことである。その上、ここでの「将来」は実証的に決められるものとは限らない。そうなると、「希望が将来にある」とは、「私」が生きている限り、希望は見つからない、ということになる。この点はすでに前章で詳しく論じている。第二に、当然のことながら、一人の人間が死んだとしても、世界そのものは存続することである。世界は「私」とともに滅びるはずがないどころか、「私」の個人的死によって影響されるはずもない。とはいえ、これは一方で、「私」が生きている限り、「私」は世界とともに生きているといえることを意味しているのだろうか。必ずしもそうではない。

少なくとも『魯迅著訳書目』に関していえば、世界との共生・共存というよりも、むしろ魯迅はこの希望のない世界において孤独感を味わっているだけである。「わびしさ」や「静まりかえり」など、孤独感を表現する一連の言い回しは、実は魯迅の作品で頻繁に用いられている。例えば魯迅は、一九三五年に蕭紅の名作『生と死の場にて』のために書いた序文のなかで、以下のように述べている。

> いま、一九三五年十一月十四日の夜、わたしは、灯下でふたたび『生と死の場にて』を読み終わった。周囲は、死のように静寂である。聴きなれた隣人の話し声もなく、食べ物を売る行商人の呼び声もない。ただ、たまに遠くから犬の吠える声がするだけだ。想えば、イギリス、フランス租界の様子は、これとは違うだろう。ハルピンもこのようではない。わたしとかの地の住民は、互いに違う気持ちを抱いて、違う世界に住んでいる。しかしながら、私の心は、いま、まるで古い井の中の水のようだ。(2)

ここで魯迅は、単に自分の感情を語っているのでもないし、また単に租界の実情を語っているのでもない。彼が言おうとしているのは、語り手のみが世界からかけ離れているのではなく、すべての人々が主観的にも客観的にも互いに離れ離れになってしまう、ということである。世界は「私」とともに死ぬわけでも、世界に置かれた「私」がこの世界とともに生きているわけでもない。とはいえ、「私」は世界そのものを嫌うわけでも、世界そのものから意図的に距離を取っているわけでもない。なぜなら、「私」はあくまで「今」の世界を嫌っているのであり、「希望が将来にある」ことをわかっているからである。われわれが『故郷』に読み取ったあの分裂した世界のイメージは、ここで繰り返されている。

そうすると、パラドキシカルに見えるかもしれないが、真に世界を世界たらしめるのは、いまだ存在しない将来の世界である。魯迅は自分が「今」感じている孤独によって、自分が死んでからの世界、将来の世界へとつながっていく。そして、このようなアナクロニズムの状況において、魯迅は将来の（＝未知の）他者とともに「今」を生きており、将来の（＝未知の）他者をもとにして「今」の世界を判断ないし裁断するのである。

さしあたりこの未知の他者を「時間的」な他者とよぶことができるならば、魯迅のほかのテクストからは「空間的」な他者がうかがえるだろう。例えば、後にまた述べるが、『吶喊・自序』のなかで自分のいままでの経緯について書くとき、魯迅は有名な一文を残している。「ちがった道を歩き、ちがった場所へ逃げ、ちがった人間を求めていく(3)」と。しかし、「ちがった人間」は決して魯迅が東京や仙台で出会った日本人を指すのではない。時間的にいう「将来」は実証的に規定できないのと同じように、空間的な他者も具体的な場所にいる人々に還元できない。むしろ、時間的にも空間的にも、魯迅の求めている他者は「超越的」なものにほかならないのである。

興味深いことに、『吶喊・自序』に描かれた同じ経緯について、魯迅は『朝花夕拾』収録の『こまごました事』（一九二六）のなかで、別の仕方で記している。

> S城内の人はどれも顔を見あきたし、ある程度は腹の底までわかってしまった。それとは種類のちがう人、S城内の人から忌み嫌われる人を探したい。よしそれが畜生、悪魔であろうとも。(4)

なるほど、たしかに魯迅は極端に「ちがった人間」を「畜生」や「鬼」に例えている。しかし、ここでもテクストの文面を注意深く読まなければならない。「畜生」や「鬼」は喩えではなく、他者の実態である。もちろん、これは文字通りの「畜生」や「鬼」を意味するのではない。魯迅が言わんとしているのは、未知の他者が、（例えばS市の）人々、いままで知り合ってきた人々とは絶対的に異なるゆえに、さしあたり彼らのことを「畜生」や「鬼」というしかない、ということであろう。畜生も鬼も、既存の人間の共同体から排除されたものにほかならない。現実の社会に排除されたものに将来の世界のポテンシャルが存すると魯迅は示唆してくれているのかもしれない。

他者の世界・民衆の世界を求めて

例えば、同じ『朝花夕拾』に収められた『無常』（一九二六）のなかで、魯迅は中国伝統文化に属する一つの鬼、すなわち「無常」について細かく紹介している。ちなみに、『朝花夕拾』——もともと『旧事重提』（昔のことを再び取り上げる）と題されている——というエッセイ集のなかで、『無常』は異例のテクストであるといえる。『朝花夕拾』に収められた諸篇の叙述《ナレーション》はほぼ、時間の連続性をもって互いに関係している。必ずしも線的《リニア》な時間の順序で語り手の生い立ちを物語っているとは限らないが、基本的には、それぞれのエッセイの末尾は、次のエッセイの冒頭につながっている。(5) ゆえに、諸篇の語り手である「私」を同じ人物と読んでも構わない。その意味で、『無常』はきわめて例外的なケースといえる。どういうことか。

『無常』の前に配置されているエッセイである『五猖会』で、語り手は子どもの頃の楽しみについて、克明に描いている。例えば、以下の段落を見てみよう。

東関へ五猖会を見に行く、これは私の子どものころは大変な行事で、めったになかった。なにしろこの祭礼は県下最大のものだし、東関は私の家から非常に遠くて、県城から水路六十里の上あるから。そこには変わった廟がふたつあった。〔…〕もうひとつが五猖廟で、猖すなわち狂暴を名としたところが変っている。これは五通神のことだという考証学者の説もあるが確証はない。神像は狂暴とは見えない男が五人、その背後に夫人が五人並んでいる。男女の「席を分け」ないところ、北京の芝居小屋の仕切りの厳格なのにはるかに及ばない。これまた、はなはだ反「礼教」的だ――といっても相手は五猖、どうにもならぬから「話は別」とするほかない。(6)

興味深いことに、タイトルで提示される「五猖」に関する説明は、この部分だけである。さらに「五猖会」という祭りそのものについて、魯迅は何も書いていない。もちろん、これには理由がある。というのも、出発する前に、「私」は突然父親に呼び止められ、とあるテクストを暗記できなければ遊びには行かせない、と命令されたからである。「私」はなんとかして暗記し、皆とともに「五猖会」に行けたのだが、その時点で興味はすでに醒めてしまっていたのである。魯迅は、次のように述べている。

一斉に動きがおこり、みんな顔をほころばせて河岸へ急いだ。下僕は成功を祝うように私を高高と抱きあげて大股に先頭に立った。

だが私だけは陽気になれなかった。船が動き出しても、水路の風景、取り出された菓子、さては東関に着いてからの五猖会のにぎわい、どれもさっぱりおもしろくなかった。

今ではほかの一切は跡形なく忘れてしまったのに『鑑略』暗誦のくだりだけは、きのうのことのように鮮明である。(7)

つまり、「私」はいったん周囲との一切のかかわりを切断し、孤独な状態に自分を閉じていくのである。父親に渡されたテクストを暗記した後、祭りを楽しむことも可能ではあろう。しかし、「私」の興味は突然醒めた。当時の「私」が父親のわけのわからない命令を忘れられなかったからである。この記憶が「私」と周囲のつながりをいったん切断したのと似たように、『五猖会』でのこの記憶に関する記録が、これから始まる「無常」についての話と、これまで語ってきた話とのつながりをいったん切断したのである。

そこで、皆とともに祭りへ遊びに行きながらも、つまりこの世界に居ながらも、周囲の世界に背を向けて自分の思い込みに耽っていくこの「私」は、「無常」のことを語り始める。「無常」はまさに「鬼」であることを、忘れてはならない。ただ、それは世界そのものを斥けるためではなく、別の世界を自分の中に迎え入れるためである。この別の世界とは、「無常」を愛するいわば「下層民衆」の世界にほかならない(8)。言い換えると、「私」は「無常」を経由して「下層民衆」が屈する別の世界へとつながってゆくのである。

「迎神賽会」の祭りに行くことがなかった「私」は、『無常』の語り手として書き始める。「迎神の祭礼の日に練りあるく神が生殺与奪の梶を握るものなら――いや、生殺与奪といってはまずい(9)」と。なるほど、『五猖会』に「迎神賽会」のことは、「私」の記憶としてではなく、知識として現われているのである。つまり過去のことを思い出す形で書き残した『朝花夕拾』のなかで、『無常』については語り手の過去の経験にかかわっていない。しかも、『無常』は『朝花夕拾』の真ん中に位置づけられている。思い出の綴りの只中に、紹介文のようなものを置くのは異常だろう。

魯迅がこの伝統文化らしい鬼を好んでいることは、『朝花夕拾』のあとがきに自分の手で「無常」

の画像を描いている事実からもうかがえる。[10]では、『朝花夕拾』の枠組みを逸脱してでも「無常」のことを書こうとする魯迅は、このキャラクターを通じてはたして何を伝えたいのか。

『無常』を前後のエッセイからは独立したかたちで、『朝花夕拾』の真ん中に挿入する理由は何か。それは、過去のことを追憶するという主観的な文体にさほど影響されないかたちで、『朝花夕拾』を貫く糸ないし主旨を読者に示唆しようとするためだと思われる。一般的にいえば、著書の真ん中に置かれた部分は読者に見逃されかねないという、レオ・シュトロース（Leo Strauss）の判断を想起してもよいかもしれない。[11]そうすると、『朝花夕拾』を匆匆と通読した読者は、『無常』が実は「私」の経験とはかかわらないことに気づかないかもしれない。つまり、結果として読者は「無常」を「私」の経験に結びつけ、「無常」という神様に象徴される民衆の世界に「私」の経験を無意識的に置いていくかもしれない。これこそ、魯迅が狙った効果だと思われる。

しかし、もしそうであるのなら、なぜ堂々と「無常」のことを（例えば）『朝花夕拾』の「まえがき」に出していないのか。本当に自分と民衆とのつながりを描きたかったのならば、「無常」というメディエーションを通じて、つながりのあり方を前景化すべきではないか。やはりわれわれは、魯迅を深読みしすぎたのだろうか。

これらの質問に答える前に、まずこのテクストの内容を簡単に確認しておこう。繰り返しになるが、『無常』は『朝花夕拾』のほかの諸篇と異なっており、「私」の思い出にはあまり関係がない。むしろ、魯迅はあたかも百科事典を書いているかのように、「無常」をめぐる古典的なテクストや習俗を細かく記述している。『五猖会』で「迎神賽会」に言及してから、ついでに関連している神様の「無常」

についての説明を補足するものにすぎない、と思われるかもしれないほど、中性的なエッセイのように見える。

魯迅によると、「無常」は人間の生と死を超えた彼岸のパースペクティヴから、現世における正義と不正を裁断してくれる鬼と民衆に看做されている。「無常」は、民衆にとっては馴染み深い鬼にほかならない。少なくとも、「私」ははっきりとそう主張している。「無常」は人々に親しまれているが、決して現世の日常生活に現れるものではない。ほかの鬼や神と同じように、「無常」は祭りのパフォーマンスや文学的な書物に登場するキャラクターにすぎない。よって、「無常」は現実の法的・社会的な秩序にかかわるはずがない。にも拘らず、「人民にとっては鬼類中でかれだけが親しみやすく、なじみ深い。ふだんの時でもかれに会うことはできる」と魯迅は書いている。(12) とくに社会の底辺で苦しむ人々は、普通の法的な裁判よりも、つねに「無常」の裁判を望んでいる。

かれら――すなわち敝郷里の「下等人」――の大部分は、生き、苦しみ、中傷され、脅迫され、長い経験を積んだお蔭で、この世で「公理」を維持するのはある会だけであり、その会の正体は「はるか遠くに、ぼんやり」なことを心得ているから、いきおい、あの世をあこがれずにいられないのだ。人はたいてい、自分だけが不当なあつかいを受けていると思いがちである。生きている「正人君子」たちはアホをたぶらかす能しかない。もし愚民に訊ねてみれば、こう即答するにちがいない――公平なお裁きはあの世にござります、と。(13)

もちろん、民俗的な信仰に対する魯迅の態度は、彼が留学すると[redacted]に主張した「偽士は去るべし、迷信は存すべし[14]」から一貫している。たしかに、理論を弄してい[redacted]知識人から見れば、「無常」を信じている人々は単なる「愚民」にすぎないのかもしれないが、[redacted]迅からすれば、むしろ民衆における素朴な信仰にこそ来るべき正義が存在している。

『朝花夕拾』の諸篇を執筆しているとき、魯迅は当時北[redacted]大学の教授である陳西瀅をはじめとする知識人たちと北京女子師範大学の学生弾圧事件について[redacted]聞で論争していた。陳西瀅らは論理的な言説を操りながら、学校と政府の学生への迫害を正当化[redacted]る。そうした中で、学生たちを支持していたことという理由で、魯迅も政府の教育部に処分され[redacted]のである。知識人と権力が癒着するとき、コトバをもって彼らに反抗することが如何に虚しいか[redacted]、彼はそのときつくづく実感したはずである。したがって、一見すると現実に起きた事件と[redacted]ったくかかわらない『朝花夕拾』は、実はアレゴリカル的に当時魯迅が向き合わねばならなかっ[redacted]現実を示しているのかもしれない。それは、『朝花夕拾』に収められた諸篇の所々にある、さま[redacted]まなディスコミュニケーションやミスコミュニケーションからもうかがえる。周りの人々の浮説から日本人の同級生の讒言まで、枚挙にいとまがないといってもよい。現実に周囲の世界にぐいぐい押されているのと似ているように、記憶の中でも語り手は周りの人々に無理矢理押されている。

興味深いことに、それらのディスコミュニケーションやミスコミュニケーションについての記述は、必ずしも事実に合致するとは限らない。例えば、『范愛農』[15]のなかで生々しく描かれている魯迅と范愛農の口喧嘩は、本当にあったかどうかは疑う余地がある。魯迅は『朝花夕拾』を通じて、あえて

「コミュニケーションの不可能性」を手掛かりとしながら、自分の思い出を新たに形作っているといえるかもしれない。しかし、コミュニケーションに関するこのようなゆがんだ構造は、『無常』には存在しない。

重要なのは、社会的ヒエラルキーの下層に属する人々が、自分たちの希望が彼岸にしか存在しないと信じながら、現世で叶わない裁判を、文学を通じて死後の世界に、つまり鬼や神に託したことである。「無常」というキャラクターは、そうした民衆の苦しみと望みが生み出したものにほかならない。

ここでいう生と死を超えた彼岸の世界を、先に述べた「将来の世界」と書き換えても差し支えないであろう。ある意味で「無常」とは、魯迅が求めている「ちがった人間」、すなわち正体不明の、畜生ないし鬼としての「他者」に当てはまるといえよう。「「無常」をからかってみた気持ちは誰しもにある。なにしろ気がよくて、おしゃべりで、人間的だから――真の友を求めようとすれば、かれこそ打ってつけだ[16]」と魯迅は述べているのである。例えばキリスト教の神と違って、正義を判断する「無常」は超越的な存在者でありながら、民衆とコミュニケーションできるとも描かれている。「無常」は、絶対的な他者としての神ではない。むしろ民衆にとって、自分たちの訴えを聞くだけでなく、自分たちに答えてくれる神こそ、神と呼ぶに値するのである。

『朝花夕拾』の主人公はあちらこちらを転々としてきたが、彼は誰かに理解してほしいと思わないし、コミュニケーションの問題を解決しようともしない。というのも、彼は最初からみずから周囲の世界に背を向け、「無常」とともに――すなわち、自分の苦しみ、悲しみ、望み、訴えを言葉にできない「下層民衆」とともに――生きることを選んだからである。この超越的なパースペクティヴにこそ、自分が置かれた状況を超え、未知の他者へと連帯していく可能性が示されていると思われる。繰り返しになるが、この超越的パースペクティヴは社会の現実とまったく無縁なものではなく、つねにすでに民衆に潜んでいるポテンシャルにほかならない。竹内好が述べるように、『無常』は「民間信仰に関する考察だが、生き生きとした人民的感覚を土台にしているところに、魯迅らしい特徴があらわれている」[17]。社会進化論にせよ自由主義にせよマルクス主義にせよ、社会的現実に口を出すやり方は、魯迅が生涯を通じて斥けているものだからである。魯迅が『朝花夕拾』で喚起した記憶は、彼の個人的経験よりはるかに根本的なもの、すなわち民衆のポテンシャルの中にしか見つからないものといえよう。

しかしここで、われわれは一つの難問に向き合わざるを得ない。魯迅は「無常」を通じて「下層民衆」とともに生きることを選んだのかもしれないが、『五猖会』の中では、結局のところ魯迅は「下層民衆」の世界に背を向けている。彼はたえず彼らの世界から、すなわち彼らとの共生から逃げ続けている。つまり魯迅は、ただ単に民衆と「想像的に」生きようとしているに過ぎないのではないか？

この問題は、近代中国の知識人にもしばしば見られる。知識人のいう他者との共生は、結局自己満足の変形に過ぎないのかもしれない。「未知の他者」云々は、具体的な他者から身を引き、存在しない民衆の理想像に耽溺することで、プチ・ブルジョワ的な「共生への幻想」に引きこもるための言い訳にすぎないのかもしれない。はたして魯迅はこのパラドクスから抜け出すことは出来るのだろうか。

知識の彼方へ――『女吊』について

この難問を全面的に究明しようとすれば、われわれは魯迅が一九二〇年代末から一九三〇年代半ばにかけて書いた一連の左翼政治に関するエッセイ――とくに彼といわゆる中国のマルクス主義者たちとの論争を仔細に読み直さなければならない。ここではその作業を行う余裕はない。とはいえ、知識人と民衆の関係という難問がマルクシズムによって一挙に解決されたという考え方も、洋の東西を問わず、多くの左翼知識人のただの妄想にすぎない。魯迅はそれほどナイーブな知識人では決してないことは、いまさら強調するまでもない。

しかも、いうまでもないことだが、一九二〇年代から中国の左翼作家たちが盛んに議論していた話題は、魯迅にとってけっして新しいものではなかった。実は、一九二〇年代から三〇年代にかけて魯迅が一連の論争において行ったのは、マルクシズム理論の言葉で従来の関心をより一層はっきりと表現するにほかないと思われる。ゆえに、わたしは敢えて魯迅の左翼政治に深くかかわる数多くのテクストを避け、彼が逝去する直前に書いた『女吊』（一九三六）を取り上げ、この難問に一筋の光を投じるにとどめたい。

文体からみれば、『女吊』は『無常』と酷似している。両者はともに語り手の個人的感想を混じりながら、中国伝統文化に属する鬼ないし神を紹介するものである。しかも、このエッセイで、魯迅は再び「無常」に触れている。いわく、「紹興には特色のある鬼が二種類いると私は思う。一つは、死に対して無気力、しかも無関心をよそおう「無常」であり、すでに『朝花夕拾』で私はこれを全国の読者に紹介する光栄をもった」[18]と。

ただし、『無常』の議論と違って、魯迅はここで「無常」を単に民衆の諦めの気持ちのシンボルとして読み、民衆と「無常」の具体的なかかわりにまったく触れていない。なぜかというと、「女吊」という鬼を取り上げようとするからである。『女吊』においては、社会への復習という側面が強調されている。例えば「女吊」の登場に関して、魯迅は以下のように書いている。興味深い記述であるため、長くなるが、ここに引用する。

緋の単衣の上に黒の長い袖なしをまとい、長い髪をふり乱し、首には紙銭の束を二本かけ、頭をうなだれ、手もぶらぶらさせて、くねくねと舞台を一巡する。芝居通の説では、これは「心」の字をえがくのだという。なぜ「心」の字をえがくのか、私は知らないが、ただ緋の衣を着る理由だけはわかる。王充の『論衡』によれば、漢代の鬼は、色が赤である。ところが、後代の書物や絵画になると、一定した色はない。そして芝居で赤を着るのは、この「吊神」だけである。その理由はわかりやすい――かの女は首を吊るとき、きっと悪鬼になって復讐したいと思うにちがいない。そして赤は、色のなかで陽性を帯びており、生きている人間に近づきやすい……今でも紹興の女のなかには、顔に白粉をぬり、赤い衣服をまとって首を吊るものがいる。むろん、自殺は卑怯な行為であるし、幽鬼になって復讐するとは、非科学もはなはだしいが、なにしろかの女たちはみな、文字さえ知らぬ愚かな女なのだ。どうか「進歩的」文学者および「戦闘的」勇士諸

君、あまり腹を立てないでいただきたい。諸君が本物の阿呆にならぬことを切に願う。(19)

『無常』と同じように、魯迅は再び知識人を民衆と対峙させ、その上で描いているのは、自殺することで恐ろしい鬼に化し、人間の社会に復讐しようとする「愚かな婦人」である。この意味で、彼女らは明確な目的を持つかのように見える。(20)

さらに、魯迅が提示してくれるように、善悪に対する定義はつねに強者たち——「正人君子」にしろ、「〝進歩的〟文学者」や「〝戦闘的〟勇士」にしろ——によって与えられている。にも拘らず、否、それゆえに、民衆の持っている善悪観は、結局うまく言語化・普遍化されるはずがない。たとえ知識人が努力してこのような「水面下」の民俗的な理屈を整理しようとしても、彼らが頼りにするテクストは、すでに彼らを民衆から隔ててしまうのである。「女吊」が登場するさいに「心」という文字を描くように舞台の上を歩く理由を、語り手の「私」は結局知らないでいるゆえんは、まさにここにある。

その上、「無常」に比べると、「女吊」の行為には一貫性がない。なぜなら、現世に戻ってくる「女吊」はたまに復讐のかわりに、「身替り」するからである。魯迅は「復讐を忘れた」「女吊」に対して、「中国の鬼にはひとつ悪い性質がある。「身替り」を立てることだ。これはまったくの利己主義である。これさえなければ、かれらと安心してつき合えるだろうに」と冗談めかして批評している。(21)なぜ復讐を目指す「女吊」は、突如自分の目的を忘れて「身替り」するようになるのか。その理由を魯迅は書いていない。そもそも書くことのできるものではないのかもしれない。というのも、後に述べるように、民衆の言説はそもそも理路整然としたものではないからである。

『無常』と『女吊』における語り手と民衆との距離感を見比べてみれば、ひとつ興味深いことがわかる。すでに述べたように、『無常』のなかで、語り手の「私」は「下層民衆」の「無常」に対する信仰や好みを共有している。周囲の世界を斥け、孤独感を味わった「私」は、まさに自分の孤独感を通じて無言の民衆へとつながっていこうとするわけである。語り手は「じつは私たち——というのは、私の考えでは私以外にも多くの人たち——がいちばん期待するのは「活無常」なのだ[22]」と述べるとき、彼は明らかに自分が民衆とともにいると考えているに違ない。とはいえ、一人称複数の「私たち」にわざわざ「私の考えでは私以外にも多くの人たち」と付け加えていることからは、まさに語り手の躊躇いも窺うことができる。

繰り返しを厭わず、『朝花夕拾』に終始つきまとう難問を改めて整理しておこう。魯迅はそこに収められるエッセイを一年間のうちに書き上げた。これほど計画的に書かれた著作は、魯迅の膨大な著作のなかでも、異例なケースといってもよい。また彼は同時期に、政府の支持を得て、学生を弾圧している陳西瀅らと論争をしていた。魯迅はその論争のために書いたエッセイを、すべて雑文集に収めているが、論争の痕跡は『朝花夕拾』にも影を落としている。陳西瀅らが「正義」「君子」などの言葉を自己領有しているのに対して、魯迅のエッセイに現れてくる「下層民衆」に属する人物は、抽象的・普遍的な言葉で自分自身を表現することができない。言い換えれば、彼らは言葉を失っているといえよう。

日常生活のレベルで彼らは決して言語を順調に使えないわけではないが、言語の意味作用を徹底的に反省し、言語を再利用して権力者に抵抗することはまったくできない。当時魯迅は、この点で自分がまさに彼らと似たような状況に置かれていると感じていたであろう。

しかし、他方で、魯迅が出会った「下層民衆」が彼にもたらしたのは、ディスコミュニケーションやミスコミュニケーションでしかなかった。魯迅は「正人君子」への抵抗の基礎を「下層民衆」に置きながらも、現実に現れてくる民衆とともに生きることができないのである。彼が民衆に見出した抵抗の基礎は、あくまで虚像にすぎない。では、どうすればいいか。

『女吊』に戻ろう。ここで語り手は民衆の理屈をうまく把握できないばかりでなく、民衆自身も必ずしも理路整然とした原則に従いながら生きているとは限らない。例えば、魯迅は以下のように書いている。

> どうも中国の鬼には不思議な性質があって、鬼になってからでも死ぬことができるらしい。その名称は紹興では「鬼の鬼」である。ところで、男吊はとっくに王霊官に打ち殺されてしまったくせに、いまでも「跳吊」のとき本物が出てくるのはなぜだろう。この理由は私にはわからない。年より連中にたずねてみても、納得のいく説明は得られなかった。(23)

つまるところ、ここに現れてくるのは、知識人の理論や言説に対する別種の民衆に根ざしたオータナティブではなく、むしろ理論や言説の彼岸なのである。『祝福』（一九二四）における祥林嫂と

「私」の死後の世界に関するやりとりが十分に示しているように、理論や言説にこだわる知識人にとって、民衆から発せられる質問はしばしば理不尽なものにほかならない。ゆえに、民衆の話をもとにしてオータナティブな理論を築き上げるのは、根本的に不可能なことと言わざるを得ない。『朝花夕拾』の語り手の「私」が経験したさまざまなディスコミュニケーションやミスコミュニケーションは、すでに知識人と民衆との間にある埋めることのできないギャップを浮き彫りにしている。つまり、民衆の生活においては、そもそも抵抗の基礎になりうる実質的なものがないのである。

しかし他方で、「私」の感じている「下層民衆」との共生は、単なる「私」の妄想でもない。『女吊』の最後に、魯迅は「復讐」のテーマに戻って以下のように述べている。

紹興では、ふつう飯を炊くのに鉄鍋を用いる。燃料は薪か藁である。鍋の底に煤がたまると火力がにぶる。道を歩いていて、こそぎ落とされた煤にしょっちゅうぶつかるのは、そのためである。ところがその煤は、かならず散乱している。鍋を地上にさかさに置いて、一度にこそぎ落としたほうが楽だと思うのに、女たちは誰もその楽なことをしない。これは、一度にこそぎ落として鍋の形なりに輪になった煤は、吊神が人間をおびきよせるワナとして使われるからである。煤を撒きちらすのは、いわば消極的な抵抗である。といっても、「身替り」にされるのを拒否するだけであって、復讐を恐れてではない。被圧迫者は、たとい自分に復讐心がないまでも、他人から復讐を受けるという恐怖心も抱かぬものだ。陰に陽に他人の血を吸い肉をしゃぶる殺人鬼とその手下どもだけが、「犯さるるも校《あらが》わず」とか「旧悪を念《おも》わず」とか、まことしやかな教訓を人

に垂れる——今年になって私は、これら人間の皮をかぶったものの秘密がますますよく見抜けるようになった。(24)

なるほど、魯迅はここで民衆の日常生活におけるひとつの行為の宗教的意義を紹介している。しかし、もっと重要なのは、民衆は「女吊」の復讐を恐れていないことである。生きている民衆も鬼になって帰ってきた婦人も、ともに「被圧迫者」であるかぎり、彼らは受動的な仕方で連帯している。すなわち、民衆は連帯していく基礎を元来持たないものの、権力者に抑圧されることで民衆の中に生じるもの——それは「無常」に託す正義の裁断にせよ、「女吊」に託す復讐にせよ——が、敵と味方の構図を民衆に与えてくれるのである。

民衆が復讐されることを恐れていないのは、民衆は必ず復讐する主体だからである。この意味で、社会的格差やヒエラルキーが存在する限りにおいて、そして抑圧者が権力と言葉を自己領有する限りにおいて、民衆は被抑圧者として構造的に規定されなければならない。その上、抑圧者のイデオロギーと物語は、必ず自己同一性と統一性を目指しているのに対して、民衆の「コトバ」はあくまでも曖昧なもの、多様なもの、ときには自己矛盾しているものにほかならない。例えば、魯迅が政府から受けた不正と小説『祝福』(一九二四)の人物の祥林嫂が受けた不正は、まったく異なっているにも拘らず、両者は抑圧されているという点で構造的につながっていく。

民衆との共生とは何か

来るべき正義、来るべき復讐――魯迅はまさにこのような意味で民衆とともに生きている。彼は『死』（一九三六）というエッセイで、自分の死を考えながら、「私の敵はかなり多い。もし新しがりの男が訊ねたら、何と答えよう。私は考えてみた。そして決めた。勝手に恨ませておけ。私のほうでも、一人として許してやらぬ」と述べている。[25]一見すると、自分が死後の世界を信じないと明言している魯迅は、「無常」や「女吊」を信じている民衆の世界とはかけ離れているかのように見える。しかし、既存の社会や法制度を超える正義を信じる点において、魯迅は終始民衆の世界に属しているといえよう。もしも社会的ヒエラルキーがあるとすれば、魯迅はつねに「下」のほうに根差しながら、「上」のほうに安住している文人や政治家（「正人君子」のこと）を復讐しようとしていた。「無常」も「女吊」も、そのような復讐のシンボルにほかならないのである。

しかも、実は復讐する側と復讐される側は非対称関係に置かれている。どういうことか。

さきに引用した段落に戻ろう。民衆の行為の宗教的意義は一義的なものではない。例えば、民衆は「女吊」に復讐されることを恐れていないが、「身替り」を確実に恐れている。ゆえに、彼らは無条件に「女吊」を迎えるわけではなく、むしろ消極的に抵抗している。しかし、もし「女吊」それ自体が被抑圧者の抑圧者に対する恨みや怒りによって想像された鬼であれば、そもそも「身替り」という意味不明なことを「女吊」に賦与する必要はまったくないのではないか。

なるほど、「無常」も「女吊」も、民衆の叶わない願望のいわば代償作用として創造されたかもしれないが、すべてをこの代償作用に回収させることはできない。というのも、この代償作用が含意する敵と味方の構図それ自体が、抑圧的な権力構造に依存しているからである。そうすると、抑圧に対する反抗も、かえって弁証法におけるアンティ・テーゼとして抑圧側の言説にあらかじめ規定されているといってもよい。言い換えれば、「正人君子」(=抑圧者)は被抑圧者の怒りや恨みを知らないはずがない以上、民衆の復讐の論理——さしあたりこの言葉を使ってみるが——を充分に理解できるはずなのである。のみならず、抑圧者が被抑圧者に属するはずの言説や論理を自己領有し、被抑圧者に対する優位を正当化しようとすることも、けっして珍しくないのである。とはいえ、否、それゆえに、例えば復讐の論理に合わない「身替り」は「正人君子」の言説に回収されえないもの、理不尽なものとして、被抑圧者の武器になる。

もちろん、民衆の生活で「正人君子」が理解できないものは「女吊」の「身替り」に限ったものではなく、魯迅が描いているように、数多く存在する。結果として重要なのは、民衆の抑圧に対する恨みや怒りは既存の権力構造やヒエラルキーがもたらしたものでありつつも、民衆の復讐の論理はつねに抑圧者が把握できない超越的なものとして存在することになるのである。したがって、「正人君子」との闘いのなかで魯迅が気づいたのは、彼は構造的に「下層民衆」とともに生きており、受動的な仕方で民衆と連帯していくということだけではなく、来るべき世界・来るべき正義は、すでに民衆のダイナミックな世界においてポテンシャルとしては存していることであった。民衆の世界を政治理論に従って描くのは不可能だが、知識人としてのアイデンティティを失わずにこの世界とかかわっていくことは不可能ではない。

もし『無常』と『女吊』において魯迅が伝統文化に現れる鬼や神を通じて、現実で付き合ってきた「下層民衆」とかけ離れたところで民衆の世界のダイナミズムを描いたのだとすれば、われわれは彼の小説に潜んでいる他者との共存、すなわち共同体への想像を、新たなパースペクティブでもう一度確認していかなければならない。

第六章

個体・歓待・共同体

『村芝居』を読む

前章では、われわれは主に『無常』と『女吊』を通じて、魯迅における「他者」の「面影」を検証した。魯迅が求めていた「畜生」や「悪魔」のような「他者」は、結局のところ、彼の「下層民衆」への思いやり、ないし連帯感と緊密につながりながらも、彼を実生活からかけ離れたところへ連れていったのである。

一方で、まさに過去の出来事にもとづく様々なテクストにおいては、魯迅は新たな共同体のかたちを模索していると思われる。しかし『故郷』を読むときにすでに指摘したが、それは魯迅が理想的な共同体のあり方を具体的に提案していることを意味しない。むしろ、彼は「無常」や「女吊」を見るときの視点で、過去に経験した村生活を見直し、そこから新たな共同体についてのヒントを見出そうとしているのである。では、新たな共同体に関して言えば、魯迅にはどのようなものが見えていたのだろうか。『無常』より四年も前に書かれた『村芝居』という小説を例にとって読んでみよう。

このテクストを読むさいの手掛かりとして、わたしの措定しようとする概念は、「歓待」である。

歓待とは何か。歓待の条件とは何か。客を家でもてなす場合、われわれは「くつろいでください」というのかもしれない。英語には面白い表現がある。「Feel free to make yourself at home（自分の家にいるようにくつろいでください）」、と。しかし、この表現はまさに「ここはあなたの家ではない」ことを強調している。「くつろいでください」という表現は、言い換えれば、「あなたが最初からくつろぐべきではない」ことを含意している。われわれは誰かをもてなすとき、つねにすでに自分の家への所有権を無意識に主張し、「ウチ」と「ソト」の分別を保たなければならない。

それゆえ、他者への歓待が厚ければ厚いほど、われわれの自分の所有物へのこだわりも強くなる。そして「ウチ」と「ソト」の分別そのものは、如何なる共同体にとっても重要なことにほかならない。もし無条件の歓待がありうるのだとすれば、それはどのようなかたちを取るべきであろうか。さらに、歓待にもとづく共同体は可能なのか。もし可能であれば、それは果していかなるものになるのか。

『村芝居』の位置付け

『吶喊』に収められている諸篇のなかで、一九二二年末に書かれた『村芝居』は中国では中学校の国語教科書に掲載された作品として、多くの読者に知られている。それゆえ、魯迅の作品に詳しくない中国の一般読者でも、このテクストについてはある程度の知識を持っている可能性が高い。にも拘らず、興味深いことにこれまでの魯迅研究においては、『村芝居』に対する読解は極めて少ないといってもよい。その理由はおおよそ二つあると思われる。

第一に、ジャンルからすれば、このテクストは小説というより、むしろエッセイに近いせいか、『吶喊』を小説集として読解しようとする場合、つまりフィクショナリティを論じようとする場合、『村芝居』を過小評価してしまう可能性がある。(1)この意味で、作中の語り手を直接魯迅と同一視している論者もいるのである。(2)

第二に、内容からみれば、いわゆる「郷土文学」の色彩を濃く帯びているこのテクストは、ひたすら農村を描写しているだけで、複雑な物語の展開はまったくないといってもよい。その上、そこで書かれていること、すなわち主人公が「村芝居」を見た経験や、同い年の子どもたちと一緒に遊んだ経験も非常にわかりやすいため、物語自体に刺激が足りないと言わざるを得ない。少なくとも一読するとそう見ざるを得ない。

一方で、すでに指摘されているように、このテクストにおいて魯迅の農村や農民に対する態度は一変したかのように見える。(3)たしかに、魯迅のさまざまなテクストにおいて、同じ社会階級に属する（とみなされる）人物が如何に表象されているかの究明を通して、魯迅自身の思想的変化を辿ることは可能であろう。そして、そのような読解は、ときに極めて有意義な結論にわれわれを導く。例えば、『村芝居』で書かれた農村と『故郷』で書かれた農村を比較し、魯迅における「郷土文学」のあり様を論じることは無論ありうるし、実際に数多くの研究者がそのように論じているのである。

ただし、そのような作業が前提とするのは、文学的・形式的な設定がもたらしたテクストの「効果」がそのまま作者自身の心理や感情に還元できる、という観点である。さらにいえば、そのような読解の結果生じたのは、文学の形式性を無視し、文学的叙述を作者の心理がそのまま透明に露呈するメディアとして理解することにほかならなかった。

それゆえ、ここでわれわれはまずひとつの修辞的な問いを立てなければならない。それは、『村芝居』を魯迅のほかのテクストと、そして彼の個人的経験と関係させるまえに、如何にこのテクストを構造的に自己完結したフィクションとして読むべきか、という問いである。『村芝居』が小説であるかぎり、これは実に正当な問いであろう。

『村芝居』の物語が置かれた舞台は、ほかならぬ『故郷』の主人公が帰っていった故郷であると読んでもよかろう。ただ、魯迅のほかのテクストに結びつけるまえに、このテクストをフィクションとして読むことは、はたしてどういうことなのかを考えなければならない。この問いは、『村芝居』の文脈に沿って具体的に言いかえれば、以下のようになる。もし魯迅がこのテクストを通じて自分が子どもの頃経験したこと、自分の過去の農村生活に対する懐古的な思いの表現を試みているのだとすれば、なぜ『村芝居』は現時点の「私」から出発し、紆余曲折を経た上で子ども時代に遡らなければならないのか。この設定には、何の意味があるのか。

たしかに、現時点の「私」と子どもの頃の「私」を明確に対峙させることで、過去の生活の良さをより一層鮮明に表現できるかもしれない。しかし、それにしても『村芝居』の冒頭における現時点の「私」の議論は、いくらなんでも長すぎる。全体で約十ページの内、この最初の部分だけで三ページを占めている。この長さを考えると、『村芝居』が中国の中学校の国語教科書に収録される際に削られた、一見すると物語に関わらないこの部分は、簡単に無視されるべきではないと思われる。さらにいうと、『村芝居』のおかしな構造を把握しなければ、この読みやすい小説を適切に理解することは難しいだろう。

先取りして言うと、本章は『村芝居』を読むことで、以下のような論点を提示したいと考えている。すなわち、この小説において魯迅が示しているのは、単なる彼の児童への関心などではなく、むしろ一般的な社会関係や人間関係の可能性の条件であり、『故郷』などの小説にも現れたような、伝統的な社会倫理や習俗が崩れてしまった場合において、如何に新たな「社会性」を想像・創造していくべきか、ということにかんするヒントである。

それと関連して、『故郷』を読むときにも強調したことだが、魯迅が代表的知識人として関与した「新文化運動」の「新しさ」は、決して事前に規定された価値体系や社会関係を人々にむりやり押し付けることにあるのではなく、つねに新たな社会関係を、築き上げていくことにあるのでなければならない。言い換えるならば、来るべき「社会性」のためには、既存の伝統や風俗に規定されえない、制度化や論理化されえない何ものかが不可欠である。わたしは、これを暫定的に歓待と呼んでおきたい。では、『村芝居』を「歓待についての小説」として読んでみると、どうなるだろうか。

言葉の転用と誤用

すでに述べたが、小説としての『村芝居』は、非常に唐突なかたちで始まっている。主人公の「私」は突然自分の経験を語り始める。「さかのぼっていうとこの二十年間、私は二回しか旧劇を見ていない。最初の十年間は全然見なかった。見る気もないし、見る機会もなかったから。だから二回とも後半の十年間だが、二回ともろくに見ずに出てしまった」と。[4] ここで、語り手は自分のアイデンティティを紹介しないだけでなく、過去の二十年が具体的にどの年代を指しているのかも語ってはいない。ゆえに、研究者が往々にしてこの語り手を魯迅と同一視しがちであることも無理もない。ジャンルからすれば、このような始まり方は、もちろん、小説よりエッセイに相応しいからである。

しかるに、いくら研究者が魯迅の個人的経験を引き合いに出したところで、『村芝居』というテクストのフィクショナルな空間にかぎっていえば、そのような議論では、語り手がなぜ「二回しか旧劇を見ていない」のかを説明できない。とはいえ、実はそれについては、そもそも説明する必要がないのかもしれない。というのも、『村芝居』のはじめは、まさにこのテクストとその「外部」との関係を遮断する役割を果たしているからである。

この意味で、例えば外部的文献を援用して語り手の旧劇に対する意見を反論しようとするのは、まったく無意味なことにほかならない。語り手は議論の口調で、あらかじめ議論の可能性を封じているからである。そこで、「村芝居」というタイトルが読者に想像させ得る、旧劇それ自体に関する一切のイメージは、はじめから否定されてしまう。ならば、やはり語り手の重点は旧劇ではなく、「村芝居」にあるのだろうか。

小説を読むと、どうもそうでもない。語り手はたしかに旧劇が嫌いだが、だからといって、彼自身がいうように「村芝居」を好んでいるわけではない。小説では、「村芝居」の良さに関してまったく言及していない。この小説は、そもそも「村芝居」について語ろうとはしない。後に述べるように、タイトルもしくはテーマとして提示される「村芝居」は、実はすでにひとつの意味不明な「誤用」になっているのである。

面白いことに、「過去の十年間」で二回しかなかった旧劇の鑑賞経験を延々と述べるとき、語り手はあまり自分の見た旧劇に触れることはなく、逆に焦点を専ら観客席で起こったトラブルに置いている。総じていうと、彼の二回の旧劇の鑑賞経験は、結局のところ、旧劇を鑑賞し損なった経験にほかならない。そして「耳がガンガンして」や「私が土間での生存の不適格者になった」(5)といった表現を、この二回の経験において繰り返すことで、語り手は自分がどうしても旧劇に向いていないことを生々しく示してみせる。語り手がここで感じる距離感は、ある意味ですでに形式化・制度化された旧劇という特定な文化様式との距離感、あるいはすでに出来上がった芸術体制との距離感ではなかろうか。いずれにせよ、以上の距離感を感じた語り手は、ようやく旧劇に別れを告げたのである。

この一夜が、私が旧劇に別れを告げた一夜だった。その後は二度と思ったことがない。たまに芝居小屋の前を通りかかっても、われわれはすでに赤の他人、精神的には一は天の南、一は地の北である。(6)

ここにおいて、旧劇への興味がさめた語り手が、これから「村芝居」に関する良い思い出を綴っていくだろうと、読者は期待するかもしれない。ところが、このような期待は裏切られる。その後、語り手は彼の子ども時代に鑑賞した「村芝居」のことを書き始めていない。子ども時代のことを語るかわりに、彼は突然読書についての余談を挿入する。彼によると、数日前に彼が「たまたま何気なく日本語の本を手にし」たところ、この本にはまさに「中国の旧劇に関する」すばらしいことが記されていたのである。

中国の旧劇は、めちゃくちゃに鳴物を入れ、声をはりあげ、跳ねまわるから、見物人は頭がくらくらしてしまう。だから劇場には不向きだが、もし野外でやって、遠くから見たら、それなりの趣がある、と。これを読んだとき私は、これこそ自分が心に思っていながらうまく説明できなかったものだという気がした。というのは、野外でじつにすばらしい芝居を見た記憶がたしかにあり、北京へ来てから立てつづけに二度も芝居小屋へ行ったのも、その影響かもしれないから。残念なことに、どういうわけか、その書名を忘れてしまった。(7)

なるほど、この小説を執筆する数日前に、著者の魯迅はもしかすると本当にここでいう旧劇に関する本をたまたま読んだのかもしれない。それはそれでいい。しかし、すでに述べたように、もしこのテクストをフィクションとして読むならば、そして、もし魯迅がおろそかな作者でないのだとすれば、なぜ語り手がわざわざ余談のように見える話を挿入しているのかを考えなければならない。

繰り返しになるが、『村芝居』をエッセイとして読んでいる論者からすれば、この事実は何の意味を持たないかもしれない。ただ魯迅は自分の読んだ本を思い出して、それを書いただけになる。ところが、このテクストを構造的に自己完結したフィクションとして読む場合、われわれはその構造の意味を考えなければならない。その場合、語り手が旧劇についての一般的な議論を、他人の研究に託していることに注意すべきであろう。

簡単に言うと、彼がここで言おうとしているのは、過去の二十年間に二度、旧劇を鑑賞したことも、芝居小屋へ行こうと決意したことも、たぶんに子どもの頃経験したことに影響された結果なのかもしれない、ということである。にも拘らず、このような影響は決して彼のなかで旧劇そのものに対する明確な認識や議論として現れるわけではない。むしろ、明晰な認識が欠如したままで、語り手は子どもの頃起きたことを語り始めるようになる。それは自分が旧劇に興味を持つようになるきっかけを思い出すためだといってもいいだろう。

したがって、例えば旧劇と村芝居との芸術上の類似点や差異は、すべてその「書名と著者は忘れてしまった」日本語の研究書に託されてしまう。これ以上追及しないでほしい、と彼は言おうとする。そうして、芸術としての旧劇からすれば、たしかに周作人が述べたように、「むかしの旧劇は役人やブルジョワ層の遊びであるのに対して、地方の劇の観客は一般的民衆である。それゆえ、後者はもっと素朴[8]」なのかもしれない。しかし、『村芝居』においてはこの二種類の劇とそこに含まれている観客の身分の差異が前景化されてはおらず、前景化されるべきではない。

そして、語り手は子どもの頃芝居を鑑賞した経験を描き始める。テクストによると、彼は当時毎年のように母と一緒に祖母の住んでいる田舎に遊びに行っている。あそこには平橋村という小さな村がある。この場所について、語り手は以下のように言う。

　そこは平橋村といって、海岸にちかい、ごく辺鄙な、川ぞいの小さな村で、戸数は三十もなく、半農半漁で小さな雑貨店がたった一軒、だが私にとっては天国だった。なにしろ、みんなからちやほやされるうえに「秩秩たる斯の干《たに》、幽幽たる南山」を読ませられなかったから(9)。

この村は地理的に「辺鄙《へんぴ》」であるばかりでなく、文化的にも既存の教育秩序から遠く離れている。周知のように、魯迅はよく中国の伝統文化に影響・汚染されていない民衆を高く評価している。それは魯迅が文化や知識それ自体に反対するからではなく、あくまで中国の伝統文化の腐敗を批判しているからである(10)。

なるほど、人間関係からすれば、少なくとも「私」と同い年の友人関係からすれば、この村での生活には尊卑貴賤の区別がなく、伝統文化の倫理もそれほど厳しくはない。例えば、語り手は、次のように読者に紹介している。

私の遊び相手は、たくさんの子どもたちである。遠来の客をもてなすために、かれらもまた父母から仕事の分担をへらしてもらえた。小さな村のこととて、ある家の客でも全村の客と変わらない。みんな年ごろは似たようなものだが、世代でいうと、少なくとも叔父格か、なかには祖父格のものもまじっていた。なにしろ村じゅうが同姓で同族だから。しかし、みんな友だち同士とて、たまに喧嘩がおこって、祖父格の相手を殴ったところで、村じゅう年よりも若いものも、「目したのくせに」といった文句を思いうかべるものは誰もいなかった。かれらは百人のうち九十九人まで文盲なのだ(11)。

まず注意すべきは、子どもたちは倫理的な縛りから自由であるにも拘らず、「祖父」（原文の「太公」はさらに固い言葉である）といった呼び方はそのまま保たれている、ということである。つまり、ほとんどの人々が文盲であるこの村において、社会関係・人間関係をあらわす呼び方は普通に機能している。

一方で、それらの呼び方がもたらしたはずの、あるいはもたらすべき尊卑貴賤の差別や文化的規定は無効になってしまっている。いったん「目したのくせに」（原文は「犯上」）といった述語（predicate）がなくなったならば、「祖父」「叔父」などの呼び方はただ単に呼び方にすぎなくなる――すなわち、社会的規範やルールを意味するものではなくなる。というのも、これらの呼び方は、安定した政治的・文化的な構造においてしか、そしてさまざまな述語と関係することでしか、ヒエラルキーを成り立たせないからである。

そうして、過去を描き始めるところで、語り手は一つの独特な社会、伝統的でも近代的でもない社会を用意しているといってもよい。伝統的な社会関係は動揺されながらも、近代社会の萌芽はまったく見当たらない――これはすべての社会関係を可能性そのものへと還元していく、社会性の「原風景」とでもいうべきなのかもしれない。ただし、このような「原風景」は、魯迅のテクストにおいて決して珍しくないと思われる。『村芝居』の口調は軽いかもしれないが、ほかの小説においてこれは悲劇的な形で現れることもある。例えば『孔乙己』において落第し続けてきた伝統的な知識人として、一人で貧乏な生活を送っている孔乙己の自分の知識人らしい格好に対する執着もその一例であり、『狂人日記』において狂人の古典的なテクストに対して施した、脱文脈的な――あるいは脱構築的な

——読解もまた一例である。もし伝統社会において格好や読書が社会的ヒエラルキーを象徴的に示しているならば、明らかに社会の底辺に置かれた孔乙己と狂人のこだわりは、その社会の脆弱性を提示している。人々が当然視している細部を凝視し、そこに疑問符をつけることで、魯迅は社会性の条件を問い続けているのである。

歓待の作法

しかし、一方で、『村芝居』が露呈する村社会は、客を歓待する社会でもある。それは「私」が「みんなからちやほやされる」からであり、祖母が「私」をうまく船に乗らせなかったことに対して以下のように言ったからである。「こんな失礼なもてなし方ははじめてだ」と。(12) ここでいう「もてなし方」は原文の「待客的礼数」にあたるが、文字通りに訳すと「歓待のマナー」となるであろう。ただし、注意すべきは、語り手の叙述によると、祖母がこの話をする前に、芝居を見に行けなくて不機嫌になった「私」に対して、母は「そんな大さわぎするんじゃない、おばあさんがまたお小言《こごと》になるから」(13) と言ったことである。母の言葉はまた「マナー」にしたがってなされたものにほかならない。すると祖母と母は、異なる意味で「マナー」を唱えていることになる。これは特異でも難解でもない。むしろ、子どもの頃親戚の大人と付き合ったことのある読者には、多少なりとも似たような経験があるはずである。ただし、われわれの日常的経験を考えればわかるように、祖母の言葉より、むしろ母の言葉のほうがよりマナーにしたがっている。それに対して、祖母のいう「もてなし方」は、実はルールやマナーにはかかわらないこと、すなわち彼女の孫への愛情を意味しているといってもよい。それゆえ、ここで現れてくるのは決して無条件の歓待ではない。祖母が自然に孫を愛しているのは、孫が彼女のもの、つまり自分のものだからである。「ウチ」と「ソト」の分別はひそかに働きかけているのである。

その後、叙述はようやく『村芝居』というタイトルに最もかかわる内容に入る。語り手によると、彼が一番に望んでいるのは趙荘に芝居を見に行くことである。「かれらが毎年芝居をやるのはなぜなのか、そのころ私は考えてもみなかった。いま思うと、あれは春祭りであり、村芝居なのだろう」[14]。彼らの子どもにとって、「村芝居」は文化的・社会的な意味を持たず、ただの遊びにすぎない。意味作用の構造から取り出された、「祖父」や「叔父」などの呼び方と同じように、「村芝居」はここで単なるパフォーマンス、文化や習俗と無関係なパフォーマンスと化してしまうのである。

語り手の「私」は実際のところ何度も趙荘で村芝居を見ていた。しかし、『村芝居』で思い出される経験は、その中でも珍しい一回といえよう。というのも、語り手はその回ではろくな村芝居を見ることが出来なかったからである。にも拘らず、『村芝居』の末尾で、そのような素晴らしい村芝居を、それ以降見ることはなかったという、謎めいた言葉を残している。どういうことか。

最初、「私」は村芝居の上演に間に合わなかった。当日の朝に船を雇えず、みんなと一緒に行くことができなかった「私」はがっかりして拗ねている。「かくて万策つきた。午後になると、友だちはみんな行ってしまった。もう芝居もはじまっているころだ。鐘や太鼓の音が聞こえるようだし、かれらが見物席で豆乳を買って飲むのが見えないでもわかる」[15]と「私」は嘆いている。つまり、今回の経験の特異性は、まさにコミュニケーションの偶然的な失敗または誤配に由来する。したがって、『村芝居』が表現しているのは、もちろん類型学上の地方劇の特徴ではないが、だからといって一般的な意味でのいわゆる「子どもの世界[16]」でもない。むしろ、「子どもの世界」においてさえも偶然的な、繰り返されえないかもしれない珍しい経験を『村芝居』は描いている。

多くの研究者がすでに指摘したように、その夜に「私」が見た村芝居は決していいものとはいえない。例えば、「私」は以下のように述べている。

私たちは船首にかたまって立ち廻りを見物した。だが、鉄頭老生はさっぱりトンボを切らなかった。半裸の男数人だけがトンボ返りをやって、すぐ引っ込んでしまった。そのあと小旦があらわれて、キーキーうたい出した[17]。

そして次のくだりは、その夜のくだらなさをもっとはっきり示してみせる。

水は飲みたくなかった。我慢して芝居を見ていたが、何を見ているのかわからなくなってきた。だんだん役者の顔がゆがんで、眼鼻だちがぼんやりし、のっぺらぼうな顔になった。幼年組はあくびの連発、年長組は芝居をそっちのけにしての勝手なおしゃべりだ。そのとき舞台では、赤い着物の小丑が、舞台の柱にしばりつけられて、ごま塩ひげの男に鞭でぶたれはじめた。それでやっと元気を取り戻して、わいわい言いながら見物した。今夜の芝居でまずこれが一番の見どころ

だった。(18)

言い換えると、子どもの頃に芝居を見たときにも、「私」は見たいものを見られなかったのである。そうすると、芝居それ自体についていえば、子どもの頃「村芝居」を見た経験と、テクストの冒頭で触れた二回の旧劇を見る経験には、あまり大差がないといってもよい。「私」は、実は芝居に対してそもそも興味を持っていないのかもしれない。

むしろ、あの珍しい夜の出来事についての叙述で、最も重視すべきは子どもたちが帰り道の途中で「羅漢豆」を煮て食べる場面であろう。『村芝居』で最も華々しく描かれているのは、間違いなくこの食事に関する場面だからである。そして、「羅漢豆」をめぐって子どもたちが行った一連のことが起きた場所は、「私」にとっての天国である平橋村でも、「村芝居」が上演されている趙荘でもなく、両者の間にあるところ――すなわち船が移動しているとき定められないところ、趙荘か松林か分別できないところである。この不定の空間、流動的な空間において、この場所なき場所において、横笛の音、起伏する山、豆や麦と川底の水藻の香り、月影が紛れ込んでいて、「私」の意識を遠くさせる。『村芝居』のなかで最も美しいこのシーンは、中国農村や郷土の美しさを表現するというより、むしろ一つの規定できない空間、一回きりの空間、「私」と友達だけに属する空間を表現しているといえるだろう。

そして、みんなが羅漢豆を取って煮ることを決めると、阿発と双喜の間に面白い対話が展開されている。

「おーい、阿発、こっちはお前の家の畑だ。こっちは六一じいさんの畑だ。どっちを盗もうか?」双喜がまっ先にとびおりて、岸から叫んだ。

私たちもみな岸にあがった。阿発は、船からとびながら「まってろ、おいら、見てきてやる」かれは、あちこち見て廻ってから、身をおこして言った。「おいらの家のを盗もう。おいらの家のほうが、でけえや」よし、とばかり、みんな阿発の家の豆畑に散らばって、両手にいっぱいもいで来て、船へ投げ込んだ。双喜が、これ以上盗んで、もし阿発のおふくろに知れたら、泣きわめかれるぞ、と言うので、今度は六一じいさんの畑へはいって、また両手にいっぱいずつ盗んだ。(19)

二人のやり取りの中で、「盗む」という語彙は突拍子もない仕方で使われている。子どもにおけるこの言葉の使い方は、普段のいう「盗む」に含まれる個人財産に対する侵害という法的な意味がある程度保たれている一方で、この言葉に付加されるはずのネガティブな意味は完全になくなってしまう。無論、子どもからすれば、豆畑はそもそも大人たちの所有物であり、日常生活においては彼らと直接かかわっていないものである。彼らは両親の媒介を通じてしか豆畑にアクセスできないので、自家の所有するものを取るとしても「盗む」ことに近い、といっても無理はない。

ただし他方で、見逃してはならないのは次のポイントである。ここで子どもたちが所有権をはじめとする一連の法的概念にまったくの無関心であり、ただ互いにものを分かち合う(partager)、という特異な世界が現れてくることである。重要なのは、「祖父」「叔父」「村芝居」などの言葉を論じる場合と同じように、「盗む」という語彙が、もともと置かれた法的・社会的コンテクストからいったん取り出されて――いくらなんでも、自家の所有するものを取ること自体は法律上では「盗む」といえない――新たな使い方をされ、新たな事態を描くことに使われている、ということである。

それゆえ、自分の家の豆を盗むか、六一じいさんの豆を盗むかを考えるとき、阿発の基準は所有権の問題にはまったくかかわらない。基準はあくまで豆の質それ自体にかかわっている。すると、この特異なコンテクストにおいては、「盗む」ことには実質的な内容がなくなってしまい、子どもたちが一時的に築きあげた共同体のなかでの戯れの一環へと化していく。それ以上でもそれ以下でもない。

では、なぜ語り手はたとえばもっと中性的な「取る」ではなく、あえて「盗む」という語彙を使っているのか。面白いことに、例えば竹内好の翻訳では、「盗む」はまさに「取る」と改訳されている。そして、あとで登場する六一じいさんは、「盗む」と「摘む」を同じ文脈で使っている。彼は言う。

「双喜、おまえたちガキども、きのう、わしの豆をぬすんだな。それもちゃんと摘まねえで、さんざん畑を踏み荒らしょって[20]」

と。六一じいさんは正確に「盗む」と「摘む」を使い分けている。彼は「盗む」を用いて子どもたちのやったことの性質を表しながら、中性的な「摘む」を使うことで子どもたちの不得意さを強調している。それに対して、前の晩に子どもたちが羅漢豆を取る場合では、「摘む」が一回だけ使われているが、「盗む」は四回まで使われている。すなわち、語り手が「盗む」という語彙で、子どもたちの一時的な共同体を大人たちの共同体から区別しながら、子どもの世界が大人の世界に一時的に侵入していくことを提示している。

同じ場面において、「誤用」はもう一つの言葉、つまり「もてなし」からも見出せる。双喜は六一じいさんに以下のように返事する。「うん、おいら、お客のもてなしさ。最初はな、じいさんとこの豆は、もらわんつもりだった…」と。[21] 実に含蓄のある興味深い一文だといえよう。吟味してみよう。「私」と友達がすでに村に戻ったのだから、双喜のいう「もてなし」は、村の住民として外から来る「私」を歓待することを意味するかのように見える。しかし、他方で、「もてなし」はここで明確に子どもたちの分かち合いをも意味している。同じ語彙には、「ウチ」と「ソト」の区別が存在しているともいえるし、存在していないともいえる。さらにいえば、子どもたちにおいては、「分かち合い」という意味での独特の「もてなし」は、まさに「ウチ」と「ソト」の区別を曖昧にしていくのである。

とはいえ、六一じいさんにとって「もてなし」は「ウチ」と「ソト」の区別にもとづかなければならない。それゆえ、六一じいさんはあたかも再びこの無条件の歓待を確認するかのように、「もてなし?――こりゃ、もっともだ」[22]と答える。すると、六一じいさんの責めに含まれている「大人」と「子ども」の区別は、双喜の言葉によってひそかに「ウチ」と「ソト」の区別に取って代わられてしまう。六一じいさんは、双喜を自分とともに村に属する人間と見なし、「私」を外からくる客と見なす意味で、「もてなし」が「もっともだ」というわけである。

繰り返しになるが、六一じいさんのいう「もてなし」は、確実にこの言葉が含意している内部と外部の差異に、そしてその差異がもたらしたソーシャル・マナーに基づいているのに対して、双喜のいう「もてなし」は相変わらず言葉の「誤用」のように見える。というのも、子どもたちが一緒に羅漢豆を煮て食べるシーンでは、「ウチ」と「ソト」の差異や主人と客の差異はないからである。

ここで「もてなし」が指しているのは、むしろ子どもたちの一時的な共同体のなかで行われる無条件の歓待としての「共有・分割」そのものといえよう。言い換えると、双喜などの子どもが外来者としての「私」を羅漢豆で「もてなした」というより、この子どもの共同体においてみんなが互いに「もてなした」といったほうが適切だと思われる。このような歓待は、既存の社会関係の結果でも、新たな社会関係を生み出す準備でもなく、新たな社会関係そのものを意味するのである。

その一方で、六一じいさんが母に「私」のことをほめるとき、彼の言葉は実は再び既存の社会的秩序を取り戻し、再び子どもたちの共同体における無条件の歓待を既存のマナーに変えてしまう。

すると驚いたことに、六一じいさんはすっかり感激して、親指をにゅっと突き出して、得意になってまくし立てた。「こりゃ、大きな町にそだって、学問をしなさる方じゃによって、さすがにお眼が高いわ。わしらとこの豆は、みんな粒よりの種じゃて。いなか者は眼が利かぬくせに、わしらの豆が、よその豆より味が悪いなどとぬかしよるでな。きょうはひとつ、奥さまとこへも届けて、味をみていただかにゃ……」〔…〕かれは母に向かっても、私のことを口をきわめてほめそやして「年歯もいかぬに、しっかりしたお方じゃ。いまにきっと状元になりなさる。奥さま、ご福分は請け合いです」と言ったそうだ。だが私は、食べてみて昨夜の豆ほどうまくはなかった。[23]

ここに明らかなように、都市と農村の差異、知識人と非知識人の差異、社会秩序の再確認——それらはすべて六一じいさんの言葉によって取り戻されたのである。ここで、歓待は条件付きのものであり、さまざまな社会的差異に基づいている。そうして、語り手は思い出から現時点に戻る前に、すでに「現実」に戻ったといってもよい。

それゆえ、語り手は『村芝居』の最後に同じ言葉を繰り返す。「そうだ。あれから今日まで、私はほんとうに、あの晩のようなうまい豆を食べたことがないし――あの晩のようなおもしろい芝居も見たことがない」[24]と。すでに述べたように、語り手があの晩に見た芝居は決して「おもしろい」とはいえず、あの晩に食べた羅漢豆の味そのものも特別ではないかもしれない。ただ、偶然的に出来上がった子どもたちの一時的な共同体は、羅漢豆を美味くするし、芝居を面白くする。注意すべきは、一方で、この子どもたちの共同体はあくまで偶然的・一時的なもの、繰り返しえないものにすぎないが、他方で、このような共同体はつねにすでに大人の共同体の内部に潜んでいるということである。子どもの共同体においても、「祖父」や「叔父」などの呼称がそのまま保たれていることが、極めて示唆的な事実だろう。

この意味で、『村芝居』は決して互いに隔絶された二つの共同体を読者に示すのでなく、むしろ子どもの共同体がいつか思いも寄らないかたちで大人の共同体を動揺させる可能性、「誤用」する可能性、あるいは取り占める可能性を提示している。逆にいえば、このような可能性それ自体を、われわれは「子どもの世界」と呼ぶべきかもしれない。

たしかに、「大人の世界」と比べると、「子どもの世界」はより美しく、より豊かであるかのように見える。しかし、それは魯迅がその頃はまだ進化論の競義《ドクトリン》を信じており、未来の希望を子どもたちに託した結果であるわけではないと思われる。むしろ、われわれは非実証的な意味で、あるいはアレゴリー的な意味で「子ども」と「大人」を理解していかなければならない。

「子どもの世界」が豊かであるゆえんは、子どもたちの行うことにある。子どもたちは、「大人の世界」に属する言葉をあえて「誤用」または歪曲することで、それらの言葉を本来の意味作用からいったん脱出させ、新たなコミュニケーションと新たな社会関係へと解き放っていく。繰り返して言うが、子どもの共同体においてこそ、無条件の歓待が可能的なものになるばかりでなく、新たな社会関係そのものになっている。無条件の歓待は「歓待」ですらない。というのも、ここではっきりした「お客」も、はっきりと規定された「マナー」も存在しないからである。無条件の歓待は、実質的なアイデンティティを生み出さずに、共同生活それ自体を目指す社会関係にほかならない。社会関係が変わっていく中で、客観的に存在しているように見える物事――羅漢豆にせよ、村芝居にせよ――も変わっていき、語り手の主観的認識に影響を及ぼしていく。ただ、社会関係の変わり方は決して安定したルールにしたがってはいない。それはあくまで偶然的な、一時的なものにすぎない。予想も予防もできない。にも拘らず、社会関係の変化はつねに日常生活に潜んでいる潜勢力として存在しているのである。われわれの生活は、つねに変えられるものである。われわれは、もう一度生活を変えていくチャンスを失うことはない。

『村芝居』を通じて、魯迅は今でもわれわれに思索すべきこと、つまり改めて社会関係を想像・創造する可能性について示唆を与えてくれる。新たな社会関係を想像・創造するために、どうすればいいのか。それは、例えば近代ヨーロッパの政治理論に規定された「ホモ・エコノミクス」や、原子的《アトム》な個人をもとにした社会契約論がもたらすはずの社会を無理矢理真似することでも、理論的に近代ヨーロッパの政治制度と中国伝統社会の政治制度を比較し優劣を判断することでもなく、むしろ、日常生活のなかから独特な瞬間を見出していくことであり、生活における偶然性に執着していくことであろう。生活を変えるチャンスに巡り合うのを待つしかないのかもしれないが、これらの瞬間を見逃してはならない。このような瞬間は、われわれにこう要請する。言葉とその意味作用をもともとのコンテクストから暴力的に取り出して、まったく新しい使い方に、新しい他者との関係に押し付ける、と。

新たな共同体のかたち

いったんわれわれの読解を整理してみよう。「私」がめぐり合った「子どもの世界」は、さまざまな偶然性から成り立ったものである。もしあの朝「私」が友達と一緒に船に乗っていたら、もしとある大人が子どもたちの面倒を見ようとしてともに船に乗っていたら、もし「私」が村芝居に魅了され、遅くまで鑑賞してから慌てて村に戻っていたら……。もし条件が揃っていなければ、小説で描かれたユートピア的な場面はなくなるに違いない。「子どもの世界」が如何に脆弱なものかは想像に難くない。では、われわれはこのような瞬間がやってくることを受動的に待つしかないのか。

もちろん、そうでは決してない。実はチャンスそれ自体は、つねに遡行的に確かめられるものにほかならない。極端に言えば、毎年平橋村に行っている「私」が、「子どもの世界」に巡り合ったのは一回きりにすぎないが、もし「私」が平橋村に行かなければ何も始まらない。それゆえ、われわれにできるのは、チャンスかどうかを知らないままやってみることである。いうまでもなく、例えば既存の言語システムや意味作用に力を入れ、元の構造を動揺させることで、必ず望ましい結果が出る保障はどこにもない。結果はユートピアどころか、ディストピアになってしまう可能性も十分ある。それはそれでいい。魯迅に限って言えば、彼の翻訳実践は確実に新たな文学的言語を作り出すことに成功したが、彼が一九三〇年代に支持した中国語の「ラテン化新文字」運動は失敗した。

しかし、『故郷』を読解するさいにすでに提示したように、やってみなければ、『村芝居』の冒頭が象徴する桎梏からは出られないのである。芝居を鑑賞することが制度化され、特定の文化的構造に置かれる限り、言い換えれば、芝居を鑑賞することに関して既存のルールが出来上がり、明確な社会的・文化的な位置を占めている限り、芝居をめぐるすべての行動はあらかじめ厳密に規定されてしまう。ここで『吶喊・自序』で取り上げられた「鉄の部屋」をもう一度思い出しても良いかもしれない。繰り返しになるが、逆説的にいえば、ある目標を達成するために行動するのではなく――といっても、行動しなければ滅びるしかないという意味で行動するのでもなく――むしろ既存の枠組みに収まらない新しいもの（＝未来）が確実に、勝手に到来するために、われわれは行動しなければならないのである。そして、われわれの行動は、未来を到来させることではなく、未来の勝手な到来を迎えることにほかならない。

いずれにせよ、如何にして「大人の世界」の中から「子どもの世界」を見出すのか、如何にして安定した言葉の意味作用の中からズレや偏差の瞬間を見出すのか、そして、如何にしてそのような瞬間にもとづいて新たな社会関係を創造していくのか――それらは『村芝居』が絶えずわれわれに提示してくれる難問なのかもしれない。もちろん、魯迅が一九二〇年代から一九三〇年代にかけて積んだ多彩な経験を、すべて『村芝居』が提示する、新たな社会関係の可能性に収斂できると思わない。しかし、少なくともこの作品は、『吶喊』の中で盛んに読まれてきた他の名作より劣らない意義を有するといえるだろう。

結論を下すかわりに、もう一度六一じいさんと双喜の対話に戻ろう。すでに見たように、六一じいさんは双喜らを責めているかのように見えるが、双喜が「もてなし」の話を取り上げると、六一じいさんは「私を見」て[25]すぐに口調を変え、「こりゃ、もっともだ」という。つまり、「ソト」の人がいるから、六一じいさんは「ウチ」の人のやったことを許してあげたのである。もし「私」がいなければ、双喜は厳しく叱られるはずであろう。しかし、そもそも許しとは何なのか。許しの問題は『村芝居』ではテーマにされていないが、実は魯迅の著作においては大いに扱われている問題にほかならない。次章では、この問題を手がかりとして、別の角度から魯迅のテクストに取り組むことにしよう。

第七章
我々は如何に許しを乞うべきか
『凧』を読む

赦しはただ赦しえないもののみを赦す。赦すことができるのは、赦さなくてはならないであろうのは、赦しが――そのようなものがあるとして――あるのは、ただ赦しえないものがあるところだけである。要するに、赦しは、不可能なものそのものとしておのれを予告しなくてはならないということです。

――ジャック・デリダ(1)

『傷逝』と懺悔の音

「申し訳ありません」。ある意味で、『凧』（一九二五）の要旨は、この一言に尽きるといってもよい。後に述べるように、魯迅はこの短いテクストにおいて、お詫びと許しをめぐって物語を紡いでいる。許しを乞う際、人はお詫びをする。しかし、そもそもお詫びとは何か。繰り返して言おう――

「申し訳ありません」

これは、内容というより、発話者の気持ちを表す（かのように見える）一言である。いうまでもなく、日常生活で謝るということは、実に幅広い分野で行われる。私的な場合はもちろん、公的な場合には「謝罪」という言い方が取られることが多い。常識的に考えれば、お詫びはつねに過去の罪に対して行われることでなければならないかのように思われる。言い換えれば、まだ犯されていない過ちに対して、またはこれから犯していく過ちに対して、事前にお詫びするのは理不尽だと言わざるを得ない。なるほど、もしも事前に謝る気があったのならば、そもそも過ちを犯さなくて済むのではないか、というわけだ。

しかし、一見すると当然のことであっても、少し考えてみよう。むしろわれわれが日常生活でよく口にしている「すみません」という軽い謝りは、逆のことを示してくれている。

ごく平凡なことを例にとってみよう。例えば、他人に道を尋ねるとする。われわれは、直感的に「すみません」を口に出すだろう。つまり、われわれはやはりこれから他人に迷惑をかけることに対して、「すみません」と口に出しているにほかならない。あたかも謝るべきこと（行為）を謝りの言葉（言語）によって隠しているかのように、われわれはまず「すみません」を言うのである。

しかし、それだけではない。よく考えれば、この時点でわれわれはすでに他人に迷惑をかけているのかもしれない。というのも、われわれは無理矢理他人を引き止めた、つまりもともと思うままに歩いている誰かのルートを、いったん暴力的に中止させたからである。すると、奇妙なことに、われわれの謝りの一言は、やはり迷惑をかけたことと、これから迷惑をかけることとの、この両方をカバーしてしまうといってもよい。相手の許しを先取りしているかのように、われわれは勝手に声をかけたことに対して謝ることと、これから迷惑をかけることに対して謝ることを区別せずに——ただし、そのような区別をはっきりすることができるかどうかは疑わしいが——「すみません」と言うのである。ここで、謝りはまさに相手の時間を先取りしているといえよう。

道を尋ねるときに発せられている「すみません」はあくまでも例外的なケースであり、決して一般的な謝りではない、と反論する人もいるかもしれない。というのも、一般的にいえば、謝りはすでに犯された過ちに対するものであり、すでに過去に向けられているからである。決して道を尋ねるほど軽いことではない、と。しかし、実はこうした一般的な理解にも、いわゆる軽い口調で言われる「すみません」にも、謝りに関するある種の時間のねじれの構造が潜んでいるのである。そして、魯迅はそれを見抜いているのである。どういうことか。

この問題にアプローチするために、少し遠回りしよう。

前にも触れたが、一九二五年に魯迅はまさに謝りをテーマとして、ひとつの名作を書いている。それは十月に書かれた『傷逝』にほかならない。この小説では、謝りとでもいうべきものは道を尋ねるときに言われる決まり文句のような軽いものでは決してなく、これ以上ない重いものである。というのも、主人公のせいで、彼の元恋人が死んでしまったからである。繰り返しになるが、『傷逝』というタイトルは、過ぎ去ったものを悼むことを意味する。そして、サブタイトル——「涓生のノート」

——が示しているように、このテクストは主人公が二人の過去の生活を振り返りながら残した「ざんげ」の話である。したがって、そこで謝りはつねに後悔のかたちで提示され、テクストを貫くテーマとなっている。

例えば、冒頭のところで、一人称の語り手は以下のように述べている。

もし私にできるものなら、自分の悔恨と悲哀を書いてみたい。子君のために、また自分のために。(2)

すでに多くの研究者が指摘しているように、主人公の涓生は後悔を吐露しようとする姿勢を見せながらも、死去した子君との恋愛関係を独自の視点で語ることで、子君の声や視点を抑圧してしまう。すると、彼の後悔は結局彼の中で子君という他者を排除し、彼自身についての物語を完成させていく役割を果たすようになるのである。この「ノート」は、耐えがたい死者の存在を忘れるための追悼にほかならない。彼が悔恨と悲哀を書き残していくのは、死去した子君のためというより、むしろ彼女のことを経由して自分のアイデンティティ(「自分のために」)を再確認するためであるといえるだろう。

実は、小説の中で、魯迅が何度も提示しているのは、涓生が子君の死を先取りしていることである。関係ある部分を長めに引用してみよう。

どうやら私のことを薄情な人間ときめつけている様子だ。しかし私は、自分ひとりなら十分やっていける。もともと気位が高くて親戚縁者とつきあわず、移転からこっち旧地ともすっかり疎遠にはなったが、ここからとび出しさえすれば活路はまだまだ広大だ。いまの苦しい生活に堪えているのも、じつはかの女のためが大半で、阿随を捨てたのだってそのためだ。ところが子君ときたら、それすら気がつかぬほど鈍感になったらしい。

〔…〕

新しい希望は別れることだけだ、と私は考えた。かの女はいさぎよく出て行くべきだ——不意にかの女の死を念願にうかべ、すぐに後悔し自分を責めた。

〔…〕

氷の針が私の魂をつき刺し、しびれるような痛みでいつも私を苦しめた。生きる道はまだまだあるし、自分は翼のはばたきをまだ忘れてはいない、と思う——が不意にかの女の死が念頭にうかび、すぐに後悔し自分を責めた。

〔…〕

虚偽の重荷をかつぐ勇気が自分にないばかりに、私は真実の重荷をかの女の肩におろしてしまった。私を愛したばかりにかの女は、この重荷をかついで、厳しさと冷い眼のただ中を、いわゆる人生の道に踏み込むことになったのだ。

〔…〕

私はかの女の死を念頭にうかべた……(3)

無論、涓生が子君の死を想像したのは、当時彼がすでに二人の生活に飽きて彼女と別れようとしていたからである。そのなかで、最も興味深いのは、三つ目の引用文の最後の一文である。それは、彼らがすでに別れた後の涓生の自己反省である。彼はやむなく自分の話の虚しさに向き合わされ、「真実」と「虚偽」の関係について延々と饒舌に語っている。

しかし、涓生は、なぜ子君と別れた後、また彼女の死を「念頭にうかべた」のだろうか。直後に、彼は以下のように書いている。「この私は一個の卑怯者だと自分は思う。真実の人間であると虚偽の人間であるとを問わず、強い人間から爪はじきされるのは当然だ(4)」と。

もちろん、何度も繰り返された「私はかの女の死を念頭にうかべた（原文は「我想到她的死」）」という文章をここで過去形として読み、それを涓生の「かつて自分が彼女の死を念頭にうかべた」ことに対する自己反省と理解することは可能だろう。しかし、それにしても、たとえ「死」があくまでも「別れ」の極端な隠喩にすぎないにしても、なぜ涓生が繰り返して子君の死に言及しているのかは不可解といわざるをえない。なぜ彼はこれほど子君の死にこだわっているのか。なぜ彼の中で子君は死ななければならないのか。

簡単に言えば、それは涓生において「死」が「別れ」の隠喩というより、「沈黙」の隠喩だからである。つまり、涓生にとって、子君が無条件に自分の話を受け入れ、その上で鸚鵡返しするときにしか、彼女は生きていない。両者の短い同棲生活を見てわかるように、日常生活でいくつかの挫折を経験した涓生は、子君から自分の心境の変化を読みとるのみであり、彼は最初から彼女の考えや気持ちを——言い換えると、彼女の他者としての存在それ自体を——自分自身に関する物語から排除してしまったのである。それゆえ、ある日、子君が彼の思いも寄らない話を口に出すとき、彼はショックを受けるしかない[5]。そもそも両者の間にはコミュニケーションがなかったのである。

したがって、子君の本当の死（＝完全な沈黙）を知ってはじめて、涓生はようやく新たな物語を紡ぐことができるようになる。悔いの裏に隠れている彼のお詫びの気持ちも、この意味では、彼が新しい生活を切り開くために——結局のところ、自分自身のために書いた「ノート」に回収されてしまう。いわゆる謝りに潜んでいる時間のねじれの構造は、『傷逝』のなかで涓生の饒舌と子君の沈黙との対照によって浮き彫りにされている。涓生は、勝手に自分を責め、子君がいわば凡庸になったことに勝手に失望し、そして勝手に後悔を言葉にする。彼のこういう勝手さこそ、もっとも傲慢なことであり、許せないことであるかもしれない。

とはいえ、謝りと許しに関して言えば、別の可能性があるのではないだろうか。思うに、この問題を究明する手掛かりは、『凧』にあるに違いない。

『凧』における調和不可能の構造

魯迅の『野草』に収められる他の散文詩の諸篇については、これまで数多くの読解が行われてきた。にも拘らず、それらたくさんの研究と比べて、『凧』に関する読解は少ないといってもよい[6]。『凧』の筋はとてもシンプルである。語り手の「私」は凧あげが嫌いだから、弟の手作りの凧を壊してしまった。大人になって偶然に子どもに関する本を読んで、自分の行為が間違っていたことに気づいたわる。「私」は、弟に対して償おうとしても、謝ろうとしても、仕方がない。テクストは「私」の後悔で終わる。

一見すると、一九一九年に発表された『ひとりごと・私の弟』というテクストを下敷にした『凧』は、現実に起こった揉め事を描いているようだが、研究者たちがすでに強調したように、魯迅の弟の周作人も——もう一人の弟の周建人も——似たような事件はなかったと、はっきりと否認した。いうまでもなく、一九二四年前後に周作人と大喧嘩して引っ越してしまった魯迅が、自分の弟との関係を吟味しながら、兄弟関係を文学的に描こうとした可能性はなくはないものの、こうした個人的な心理にもとづく憶測は、ここではやめておこう。

それよりも重要なのは、『野草』に所収されている一連のいわゆる「散文詩」にアプローチするとき、われわれがどんな読み方を取るべきか、という方法論である。なぜなら、『凧』で描かれている決して複雑とは言えない物語と、魯迅がその物語に託しているさまざまなテーマ——例えば「許し」、「忘却」、「嘘つき」など——との間には、明らかな温度差があるからである。「忘却」や「嘘つき」といった、魯迅のテクストにおいて頻りに重い口調で議論されているテーマに比べると、『凧』の物語は軽く思われざるを得ない。

そのせいか、これまで論者たちはこのテクストを見逃していたか、たとえ論じたとしても、往々にしてすぐさま魯迅のほかのテクストを引用し、自分の読解をいわゆる魯迅の社会批判や生命哲学などへと導いていった。そうすることで、『凧』のテクストとしての独立性は過小評価され、単に魯迅思想における周辺的な資料にすぎなくなってしまっていた。結果として、『凧』がまずテクストとしてはたして読まれているどうかも疑わしくなるのである。

言い換えると、これまで行われてきた『凧』に対する読解は、さまざまな角度からこのテクストを読んでみてきたが――例えば、このテクストがやはり魯迅の子どもへの関心を示しているものだと主張する読解もあるし、いわゆる封建的礼教の子どもたちに対する「精神的虐殺」を強調する読解もあるし、あるいは魯迅と同時代の文壇との関係をテクストから読み取ろうとする読解もある――論者たちは誰一人として『凧』における、ある種の思想的「重力」のようなものがあることを、認めてはいないように見えるのである。

もちろん、そうはいっても、わたしはこのテクストから例えば「謝りの哲学」や「許しの形而上学」、あるいは魯迅のなんらかの体系的思想を取り出せると言いたいわけではない。この短いテクストは、あくまで魯迅のいわゆる「散文詩」の一つにすぎないからである。

むしろ、わたしが言おうとするのは、一つのまとまったテクストとしての、そしてフィクションとしての『凧』が[7]、形式的設置によって、ある種の独特な思想を、われわれが魯迅のほかのテクストを援用せずとも把握できるような思想を、示しているということである。この意味で、魯迅の物書きにおける「許し」についての思想は、まさに『凧』によって――もっと具体的にいえば、このテクストで提示されている「過ち／許し」に関する複雑な構造によって――最も集中的に照らし出されているともいえるだろう。

まず注意すべきは、『凧』で語られている話は、『ひとりごと・私の弟』にも出ていることである。

ただし、一九一九年のテクストに比べると、一九二五年に書かれた『凧』は構造上いわゆる「思い出の枠」(銭理群)を帯びている。(8) 例えば、『ひとりごと・私の弟』の冒頭の一文はとても簡単である。「私は凧上げを好まなかったが、私の末の弟は凧上げが好きだった」(9)と。一方で、『凧』はかなり複雑なかたちで始まっている。ここで、語り手は「北京の冬」の空に浮かんでいる凧を見た。

北京の冬――地には雪がつもり、裸の樹木から黒ずんだ枝が晴れた空に突き出ており、はるか遠くの空に凧がひとつふたつ浮かんでいる。それを見ると私は、何がなし驚きと悲しみに誘われる。(10)

なぜ「驚きと悲しみ」なのか。それは論者たちが主張しているように、凧を見た語り手が小さい頃に弟に対して行った「精神的虐殺行為」を思い出したためか。必ずしもそうではないと思われる。というのも、語り手が次の段落で述べているように、彼を悲しませるのは、浮かんでいる凧が彼の故郷に関する記憶を呼び戻してきたからである。

故郷の凧の季節は春二月だ。〔…〕全体があたたかい春のよそおいである。私はいま、どこにいるのか? あたりはきびしい冬のままだが、別れて久しい故郷の、過ぎ去って久しい春だけは空のかなたにただよっている。(11)

よくある話だが、郷愁は人を悲しませる。時間的にも空間的にも、目の前に現れてくる凧はノスタルジックなシンボルになる。時間的にいえば、春がまもなく訪れるものというより、むしろ「過ぎ去って久しい」ものであるかのように見える。それは、春が空間的には「別れて久しい故郷」に属し、とっくに忘却されたはずであり、少なくとも過去となったある場所に属しているからである。語り手にとっては、偶然に見えたひとつふたつの凧は、遠ざかったはずの故郷の春についての記憶——もちろん、そこには弟との揉め事についての記憶も含まれている——をいきなり彼に思い出させている。その上、記憶が「あたりはきびしい冬のまま」の現時点に重ね合わせられていく。

これは決して矛盾が調和する場面、あるいはゆっくりと思い出を楽しむ場面ではない。むしろ、ここで「驚きと悲しみ」のかたちを取っている、時間的にも空間的にも「現在」と調和できない「過去」は、思いのほかよみがえり、語り手に命令を下しているかのごとく、彼をひとつの厳しい状況、つまり「過去」と「現在」、「故郷」と「北京」、「冬」と「春」が調和しえない状況に置きながら、自分の心苦しい記憶に戻らせるのである。すなわち、語り手は現在と過去、現実と記憶の緊張感を調和できず、スムーズに過去から現在へと発展していく物語を紡げない。後に述べるように、語り手と彼の弟の揉め事は、まさにこの調和不可能性のアレゴリーであり、線的《リニア》な歴史の流れに打ち込まれるくさびのようなものにほかならない。

したがって、われわれは『凧』の最後に、語り手が現時点に戻って吐露した言葉をテクストの冒頭の「繰り返し」として理解すべきだと思われる。

いま故郷の春がまたもこの異郷の空にあがっている。それは私に、過ぎ去って久しい子どものころの思い出をよみがえらせ、それにあわせて、とらえようのない悲哀をよみがえらせる。私はやはりきびしい厳冬に身を隠したい――とはいえ、あたりは疑いもなく厳冬であり、非常な寒威と冷気を私にあたえているのだ[12]。

繰り返して言うが、語り手は最後の部分においては、テクストの冒頭で提示された状態、すなわち、空に浮かんでいるひとつふたつの凧によってもたらされた「過去」と「現在」との調和不可能な状態を再び確認している。この調和不可能な状態においてこそ、語り手が感じている「悲哀」はまさに「とらえようのない」ものになる。そして、不穏な状態に身を置いた語り手は、もはや安定した意味作用に、スムーズに過去から現在へと発展してきた自分の紡いだ物語のなかに、自分のアイデンティティに関する物語のなかに、目の前の状態を回収することもできなくなる。そうであるばかりでなく、もし「悲哀」も不穏なものになってしまえば、これまでわれわれが使ってきたさまざまな二項対立の構造――「冬」と「春」、「過去」と「現在」、「思い出」と「現実」など――さえも、安定した構造ではなくなるといえよう。

それゆえ、たとえ「春＝思い出」がつらいとしても、たとえ語り手が二項対立の対極である「冬＝現在」へと逃げようとしても、もはやそれは不可能である。なぜなら、語り手のいう「とはいえ」が示しているように、この「冬＝現在」を構成するのは、「過去」と「現在」が調和できないまま併置されている状態そのものであるからである。「過去」と「現在」は、あたかも出口も弁証的総合もない悪循環のなかで重ね合わせられているかのように、唐突とした形で現れてくるのである。
このポイントはすでに丸山昇によって見事に指摘されている。「『野草』そのものが、二つの対立物の緊張の間に、一つの独自な境地を作り出すことで自己を客観化し、自分の位置を定め直そうという志向によって生まれたものである」(13)と、丸山はかつて述べている。「二つの対立物の緊張」に関しては、例えば『野草・題辞』における以下のくだりをも思い出してみよう。

私はこの野草のひと束を、明と暗、生と死、過去と未来の境において、友と仇、人と獣、愛者と不愛者の前にささげて証とする。
私自身のために、友と仇、人と獣、愛者と不愛者のために、私はこの野草の死亡と腐朽の速かならんことを願う。そうでなければ、私はそもそも生存しなかったことになる。それでは死亡と腐朽よりも実に不幸だ。(14)

ここで、魯迅はさまざまな二項対立を提起しながら、各々の二項対立が曖昧になるところ——すなわち二項対立の「境目」に散文集の『野草』を置いている。「友」と「仇」、「人」と「獣」、そして「愛者」と「不愛者」の前に『野草』を捧げることで、魯迅はいったんこれらの二項対立の存在を認めている。『野草』の死亡と腐朽とともに、認められた二項対立の構造も消えていくことを魯迅は祈っているのである。二項対立に自分を置きながら、「一つの独自な境地を作り出す」ことは、『野草』の基本的なモチーフだといってもよい。

『爪』に戻ろう。『爪』の主な内容になっている部分、いわば「思い出の枠」に挟まれている部分——すなわち語り手と弟の揉め事に関する物語は、語り手の現時点に置かれている状態と構造的に類似しているといってもよいかもしれない。先取りして言うが、『爪』が示しているのは、「謝り」と「許し」についての不穏な構造、さらにいえば決定不可能な構造だと思われる。

この結論に至る前に、まずひとつの仮説を提示しておきたい。すでに触れたが、『爪』に描かれた語り手と弟の揉め事に限って言えば、「許し」の問題は結局のところ「時間」の問題にほかならないと思われる。しかも、ここでいう「時間」には、少なくとも二種類の時間——すなわち「許しの時間」と「過ちの時間」——がある。順番に検証してみよう。

許しの時間と過ちの時間

第一に、「許しの時間」については、まず一般的な意味での「許し」を説明することからはじめよう。順序としては、許しを乞うているものに対して、許しは必ずあとで来るもの、遅れるものであるかのように見える。許すべきものがなければ、許しも存在しえないことは明らかである。この意味で、前者は許しの条件になっているともいえよう。それゆえ、許しがあろうとなかろうと、時間的順序(chronological order)からしても、論理的順序(logical order)からしても、許しはそれを乞うているものに依存している。許しは無条件的なものでは決してない。

ここでいう条件とは、政治的・法的条件でもなく、道徳的・習俗的条件でもなく、ただ単に存在的条件にすぎない[15]。すなわち、許しを許したらしめるのは、許される何かがすでにある、ということなのである。しかし、この同語反復のような説明は、実は逆説的な結果をもたらす。許しとその条件との関係は、同時に許しを不可能にさせるのである。どういうことか。

許しを乞う側から見てみよう。ある人がある過ちを犯し、被害者に許しを乞うとする。その際、許しを乞うている人の犯した過ちが「過ち」と呼ばれるのは、この過ちが確実に誰か――許しを与えるとされる人――を傷つけたからである（テクストのなかで、それは「精神的虐殺行為」とさえ言われている）。にも拘らず――否、それゆえに――過ちそれ自体は、構造的には許しのための時間を与えてくれないのである。言い換えれば、過ちそれ自体からすれば、過ちはそもそも許しを乞うていない。あらかじめ許しを先取りするような過ちは、存在しない。

許しを乞うているのは、あくまでも過ちを犯した後の行為者であるからである。ある特定の時点で、犯された過ちは絶対的なものであり、許されないものに違いない。もし過ちが相対的なものであり、メリットやデメリットを丁寧に考えた上でなされた行為であるとすれば、そして、もし過ちが、行為者が相手の気持ちや客観的な状況を充分に考えた上で、さらに相手に許される可能性を考えた上で犯されたものであるとすれば、もはやそれは「過ち」とは言いきれないだろう。あるいは、このような相対的な「過ち」は、許しが前景化する前に、許しの問題が現れてくる前に、すでにつねに許されたいものなのである。過ちを犯した人が許しを乞うのは、自分の犯した過ちが許されえないものだからである。ジャック・デリダ（Jacques Derrida）が述べたように、許しはつねに許しがたいもの、絶対に許されえないものを許さなければならない。この意味で、許しはわれわれの日常生活で頻りに実践されている、ひとつの不可能なことにほかならない。

第二に、「過ちの時間」についてであるが、これは一見すると、疑いもないものであり、確定できるものである。ある特定の過ちはある特定の行為者によってある特定の時間に、ある特定の場所において、ある特定の相手に対して犯される。そして少なくとも、この事実を客観的なものとして実証的に記録し、議論できるように見える。『凧』に描かれている兄弟間の揉め事は、ひとつの好例である。しかし、はたしてそうだろうか。それは本当に『凧』で描かれていることだろうか。もし「過ちの時間」が客観的な事実でないとすると、われわれはこの「時間」に対して何をいえるのだろうか。語り手の自己反省を読んでみよう。

だが報いのめぐる日はついに来た。それは別れてから長い時がたち、私が中年になってからだ。不幸にも外国の児童問題をあつかった本によって、遊びは児童のもっとも正当な行為であり、玩具は児童の天使だとはじめて知った。そして二十年このかた思い出しもしなかった幼年時代の精神的虐殺行為が、たちまち眼前にくりひろげられ、その瞬間に私の心は、まるで鉛に変わったように重く重く落ちていった。[16]

このくだりから、魯迅の子どもに対する「精神的虐殺行為」への批判を読み取ろうとする人は多いだろう。しかし、一方で多くの論者が語り手のために弁解しているように、彼が小さい頃に弟の凧を壊したことそれ自体は、決していわゆる「封建礼教」の子どもに対する「精神的虐殺行為」とはいえない。というのも、もし彼が「不幸にも外国の児童問題をあつかった本」を読んでいなければ、いまでも「遊びは児童のもっとも正当な行為であ」ることを意識することはなかったからである。まさにこの意味で、弟の凧を壊してからの二十年間、語り手は自分のなしたことを「思い出しもしなかった」のである。こうして、当時自分がなしたことは、「外国の児童問題をあつかった本」を読んだ時点においてこそ、遡及的な意味付けを通じてはじめて「精神的虐殺行為」として現れている。言い換えれば、少なくとも語り手においては、「過ちの時間」は二十年後で、改めて確立されたものにほかならない。

　そうすると、以下のような反論を想像できるだろう。語り手が自分の行ったことについてどう考えようと、彼の犯した過ちは客観的・実証的な事実であり、変わらない存在である、と。たしかにそうかもしれない。だとすれば、われわれが問うべきは、もっと根本的なことなのかもしれない。つまり、許しを乞うていないものを許すことは可能なのか。このような許しにおいて、誰が、もしくは何が許されているのか。

　後で説明するように、この問題は『凧』のなかで一つのテーマとして議論されているわけではないものの、しかしこのテクストの核心になっていると思われる。少なくとも、この問題は、一九一九年の『わが兄弟』では展開されていない語り手の思想的変化にかかわっており、「過ちの時間」を一層複雑にしてしまうに違いない。先取りとなるが、一つの逆説的な可能性を想像してみよう。語り手の弟は、語り手が自分のなしたことが「精神的虐殺行為」であることを意識する前に、実はすでに彼（の犯した過ち）を許したかもしれない、と（そうして、弟の忘却は許したあとの忘却になり、許しそのもの証にもなりうる)。そうすると、一般的な意味での過ちと許しの時間的順序は逆になってしまう。つまり、許しは必ずしも許すべきものより遅れるとは限らない。なぜなら、行為者が自分の過ちを過ちとして意識する前に、許しは既におこっていたからである。逆説的なことに、その結果、許しがすでにつねにおこったからこそ、許しより遅れてくる行為者の過ちへの意識は、逆に許されるはずもないもの、許されえないものになってしまう。すでに許した人を改めて許すことは原理的に無理だからである。

この意味で、われわれが普段理解している過ちと許しの関係には、むしろ許しを与える人に対するある種の暴力が含まれている。というのも、もし他者に本当に許しを乞おうとするならば、われわれがまず確保しなければならないのは、他者が未だわれわれ(のやったこと)を許していないことにほかならないからである。われわれは他者に許しを乞う前に、まだわれわれが許されていないことの証拠を他者に求めている。言い換えれば、他者に許しを乞うとき、われわれは他者が、われわれと同じような時間性《タイミング》を共有することを強要しているといってもよい。許しの問題は、あくまで時間の問題である。

叶わない償いの彼方へ

われわれは再びもとの問題に戻ってきた。許しの条件は何なのか。誰か/何かを許すとき、はたしてわれわれは何をしており、何を言っているのか。そして、誰かに許されるのは、はたしてどういうことだろうか。

テクストは弟が結局語り手を既に許したかどうかを提示していない。当時弟の反応や気持ちもほとんど描かれていない。すべては「絶望してつっ立っているかれを残して私は小屋を出た[17]」という一文に尽きる。一方で、語り手が確実に語っているのは、彼の考えだした二つの「償うすべ」である。

> 私とて償うすべを知らぬではない。爪を与えてやり、爪あげに賛成し、あげるべく勧め、いっしょに爪あげをやる。いっしょに叫び、駈け、笑い――だが、かれも私同様もう髭があった[18]。

語り手は終始「時間」の問題について語っている。一見すると、このくだりはとても分かりやすいことを述べている。二人とも大人になり、爪あげに興味がなくなった以上、いっしょに爪あげをすることで当時自分の犯した過ちを償えなくなったのである。

とはいえ、文面からすれば、テクストは弟が現在爪あげに興味があるかどうか明言してはいない。むしろ、それより重要なのは、語り手が提示しているこの償い方は、まさしく彼の過ちに対する遡及的な意味付けに対応しているということである。つまり、爪あげそれ自体が「愚かな」ことでもありうるし、「もっとも正当な」ことでもありうるという前提に立つからこそ、言い換えれば、爪あげそれ自体が最初からまぎれもなく「精神的虐殺行為」として規定されていないという前提に語り手は立つからこそ、彼にとって弟とともに爪をあげることが、爪あげという行為に再び意味づけていく意味での「償い」になるのである。あたかも過去の過ちを犯した特定の時点に戻り、当時自分のなしたこととは違う別の行動をとることができるかのように、彼は新たな意味付づけを行おうとする。正直なところ、それはもはや「償い」ではなく、「やり直し」というべきだろう。

したがって、この償い方に内包されている時間性は、語り手の時間性——すなわち彼が長い時を経てから、はじめて自分のやったことを「過ち」として遡及的に確立したという時間性——と一致している。ここで「過ちの時間」はあたかも消されたかのように見えるのである。

次に、語り手の二番目の償い方を見てみよう。多くの論者にとって、この部分は『爪』のなかでもっとも理解しにくい部分にほかならない。ここにおいて、語り手ははっきりと「許し」をテーマとして前面に出している。

もうひとつの償うすべを私はしらぬではない。かれに許しを乞う。「ぼく、あなたを責めるつもりは全然なかったよ」と言ってもらう。そうすれば私の心はきっと軽くなるだろう。これなら実行可能だ。ある日、ふたりが顔をあわせたとき、「生」の苦しみでおたがいが顔に皺がふえ、私の心は重かった。ぼつぼつ話が子どものころの思い出になり、私はこの話をもち出して、あのころは思慮が足りなくてね、と言った。「ぼく、あなたを責めるつもりは全然なかったよ」そう言ってくれるだろうな、そうしたら私はすぐに許されて、やっと心が軽くなるだろうなと思った。「そんなことありましたかね?・」びっくりしたように笑いながらかれは言った。まるでひとごとのようだった。彼は何ひとつ覚えていないのだ。

完全に忘れて恨みの残っていないものを、許すも許さぬもありはしない。恨みがないのに許すとは嘘をつくことだ。
このうえ何を望めよう。私の心は重くなるばかりだ。[19]

一つ目の償い方と違って、ここで語り手は当時自分が犯した過ちをはっきりした事実として認めている。過ちはまぎれもなく犯された。これは改めて意味づけられることでもなければ、やり直されることができることでもない。

しかし、興味深いことに、語り手はここで明らかに「かれに許しを乞う」と言っているにも拘らず、彼の弟への想像的予期が示しているように、実は彼が求めているのは弟の許しというより、むしろ弟の彼が犯した過ちへの否認である。文字通りに言えば、「ぼく、あなたをせめるつもりは全然なかった」という言葉の意味は、「許してあげる」というより、「別に気にしていない」に近いのである。いうまでもなく、両者は同じことではない。後者には、語り手が小さい頃にやったことはよくないが、許しを乞うほどひどいことでもない、というニュアンスがあるからである。したがって、語り手が「私がすぐに許され」ると言う時、彼の言葉が含意する「許しの時間」は、もはや彼の想像した時間、つまり弟が当時自分の犯した過ちを許してくれた過去のある時間（彼の知らない時間）ではなく、むしろ弟の過ちへの否認を通して現時点で行おうとする（自分自身から自分自身への）「許し」の時間である、といわなければならない。

そう、語り手の円満な想像のなかで、結局彼が求めているのは弟の許しではなく、むしろ弟の許しを自分の中へ回収することであり、自分において偶然的に、遡及的に確立された「過ち」への（自分からの）「許し」にほかならない。こうして築き上げられた「過ち／許し」の構造において、他者としての弟はすでに除外されてしまい、犯された過ちさえも除外されてしまう。

　繰り返しになるが、つまるところ、語り手が自分で許したいと願っているのは、二十年の間、一度も「思い出しもしなかった」、本を読んではじめて意識した「過ち」である。この意味で、たしかに客観的事実としての過ちは当時犯されたかもしれないが、この過ちは現在の彼において過ちとして現前している。というのも、過去の彼ではなく、現在の彼が自分の意識した「過ち」に苛まれているからである。語り手はこの過ちをはじめて意識したその「瞬間に」（原文は「同時」）、「心は、まるで鉛に変わったように重く重く落ちていった」からである。

　それゆえ、語り手が考え出した二番目の償い方は、実は一つ目のそれとまったく同じものになる。両者はともに許しに時間を与えていないからである。とはいえ、注意すべきは、一つ目の償い方に比べれば、語り手はここで弟の否認を予期することで、自分が確実に犯した過ちを、過去から現在へとリニアに発展してきた自分のアイデンティティに関する物語のなかへ回収しようとする、ということである。例えば、語り手が想像したのは、以下のような物語だといえよう。いまようやく昔自分の犯した過ちを意識したが、幸いなことに、この過ちは当時でも大したことではなかったため、いまの自分はいまの自分を許すことができる、と。そうすると、自分自身で自分自身を許すことは、改めて自分自身のアイデンティティを確認・強化する一環となってしまう。

　しかし、語り手が予期したのとは違って、彼が弟からもらったのは自分の過ちへの否認ではなく、単なる忘却なのである。「何ひとつ覚えていないのだ」、と弟は述べている。とはいえ、よく考えると、弟の反応は本当に語り手の予期したものと異なるといえるのであろうか。弟の答えは、逆に語り手の犯した過ちが大したものではないことを証明してくれるのではないか。しかも、すでに見たように、覚えていないと言ったのは、すでに相手を許したからだ、という可能性は十分にあるだろう。なぜ語り手はこの答えをもらって、それほどがっかりしたのか。

「横立ち」は如何に可能か

ここで、重要なのは、弟の答えは語り手にとってまさにある種の決定不可能な事態をもたらした、ということである。一方で、事態はたしかに語り手が想像したようなものであるかもしれない。つまり、彼が犯した過ちは、そもそも許しを乞うべきほどには大したことではなかったがために、彼はそのまま自分自身を許すことができ、しかも許された過ちを自分のアイデンティティに関する物語のなかに、スムーズに回収することができる。他方で、弟は彼の過ちを、彼が意識する前に、彼が自分の過ちに改めて意味づける前に、とっくに許したかもしれない。そうすると、遅れてくる語り手の意識が、彼の過ちを過ちとして遡及的に確立した現時点においては、もはや「許すも許さぬもありはしない」ものになってしまう。

したがって、語り手の有名な、まとめのような言葉——「完全に忘れて恨みの残っていないものを、許すも許さぬもありはしない。恨みがないのに許すとは嘘をつくことだ。」[20]——も、以上の決定不可能性の延長上で理解されるべきだと思われる。ここで前景化されているのは、「許しの条件」についての決定不可能性にほかならないからである。

つまり、一方で、犯された過ちは絶対的な過ちであり、許しがたい過ちでなければならない。大したものでない過ち、相対的な過ち、恨まれていない過ち、記憶されていない過ちは、許される必要もなければ、本当の意味での過ちでもない。しかも、もし過ちが被害者に記憶され、怨恨されていなければ、「許し」は他者からのものではなく、自分から自分に与えるものにすぎなくなる。同じ意味で、もし過ちを犯した人と過ちを許した人が同一人物であるならば、「過ち／許し」の構造は彼の自分のアイデンティティを確認する物語のなかに回収されてしまいかねない。彼は決して「許し」それ自体に時間を与えるはずがない。

しかし、他方で、もし過ちを犯した人が意識する前に、許しがすでに被害者から与えられたならば、許しの時間あるいは許しがもたらす時間は、加害者の予期できない時間にほかならない、といえるだろう。結局、許しの時間は他者の時間であり、時間としての他者である。加害者にとって、この時間は彼の過去にも現在にも属しない。彼は完全に許しの時間から疎外されている。というのも、彼も、彼のやったことも、彼が意識しないうちに許されたからである。彼にとって、許しはただ単に「恨みのない許し」として、つまり「嘘」としてあらわれるにすぎない。「恨みのない許し」はたしかに「嘘」なのかもしれない。ただ、ここで「嘘」もアンビバレントな言い回しである。一方で、それは、語り手の自分自身への「許し」を意味しているかもしれないが、他方で、語り手にとって許しは絶対的な他者であることを意味しているだろう。

この意味で、過去から現在へと発展してきた線的《リニア》な時間的流れが、突然他者からの許し——すなわち予期できない許し、認識できない許し——によって断絶されたのと同じように、語り手においては、自分のアイデンティティを確認する物語は、決定不可能な許しによって破壊されたのである。彼はもはや過ちを犯した過去と、許しを得ることがかなわない現在を、調和することができなくなる。「春」と「冬」は互いに調和できないものになる。彼は「春」に耐えられないが、だからといって「冬」に戻ることもできない。彼は調和不可能の場所に立たざるを得ないし、立ち尽くすしかない。

結局のところ、他者に時間を与えるために、そして不可能な許しを可能にするために、われわれは『凧』の語り手のように、自分のアイデンティティに関する物語を放棄し、調和不可能な場所、決定不可能な場所、つねに自己断裂していく場所に立たなければならないのかもしれない。たとえ語り手が過ちを犯したとき、すぐに弟の許しを乞おうとしても、そして、たとえ弟がつねに彼の過ちを覚えて恨んでいるとしても——むしろ、これはわれわれが「許し」を話すときに想像しやすい場面であり、「過ちの時間」と「許しの時間」が安定してつながっている場面である——時間的な罅はすでに加害者のところに存在している。語り手はあくまでも許しの到来を予期できないし、許しの時間を規定できない。他者からの許しの時間は、必ず他者的である。

計り知れない他者、計り知れない許し。それは決して珍しい話ではない。むしろわれわれが日常生活でよく経験していることである。

例えば、法的・政治的なレベルで許しを与えたとしても、被害者はなお加害者に対して恨みを持ち、彼（女）のことを許していないことは少なくないだろう。国際政治のことや国家間の歴史的関係のことを考えるならば、なおさらのことである。許しは、決して簡単なことではあるまい。むしろ、このような場合には、「許してあげる」といったところで、なお恨みを持っている被害者は、いつまでも加害者を本当に許すはずはないと言わざるを得ないかもしれない。許しの時間は、つまるところ許しを与える（時間を持つ）被害者においてさえも、計り知れないものにほかならない。

この意味で、『凧』は許しの問題に対して解決策を提示してくれるのでは決してない。われわれにできるのは、ただ「許しの条件」がそこで決定不可能なものにしか見えない立場にあえて耐えながら、許しを、許しの時間を、そして他者を自分のアイデンティティに関する物語のなかに回収することに、抵抗しつづけていくことでしかないかもしれないのである。

そうすると、もしわずかでも聯想することが許されるならば、われわれは以下のようにいうことができるだろう。魯迅の「横立ち」という姿勢に、彼の空虚をもって空虚に抵抗する姿勢に、つねに他者と関係していく契機が、他者のために時間を残していく契機がひそんでいるかもしれない、と。

いわゆる「横立ち」は、魯迅が三十年代に使っていた重要な語彙である。国民政府を批判しながら、一方で周揚（一九〇七―一九八九）をはじめとする共産党系の文人と論争している中、前後から敵と戦うための構えを魯迅は「横立ち」と呼んでいるのである。例えば、彼は一九三四年十二月十八日に書いた楊霽雲宛ての手紙の中で、「もっとも恐ろしいのは口は是で心は非なる、いわゆる「戦友」であることは確かです。なぜなら防ごうとしても防ぎきれるものではないからです。〔…〕背後を警戒するには、横立ちをしなければならず、敵にまっすぐ向くことができません。しかも前をみ、後ろをふりかえり、格別に骨が折れます。」と述べている。[21] しかし、文脈をすこし拡げていえば、「横立ち」はむしろ魯迅の生涯を通じて貫かれていた構えにほかならないといえよう。堪えがたい決定不可能の状況に自分を置くことで、いかなる容易い決断をも避けつつ、未来としての他者を自己認識に回収することに抵抗するこの構えを、われわれは『吶』から充分に読み取れると思われる。

ここで魯迅が『希望』という名高い散文詩のなかで述べていることを、もう一度想起しよう。

　この希望の盾で、空虚に暗夜が襲来するのを拒もうとした。盾の裏側もおなじ空虚のなかの暗夜であるにせよ。(22)

虚しい盾を持って自分を覆っている暗夜に抵抗することが、如何に無駄なのかは論じるまでもない。しかし、アイデンティティも実質的な立場も生み出し得ないこの「横立ち」の構えこそ、他者のために時間を作り、他者との新たな関係を築き上げる可能性を保っているといえるだろう。他者から許しを乞うすべてのものは――個人にせよ、集団にせよ、国にせよ――魯迅が示唆しているこの緊張感に満ちた姿勢を見逃してはいけない。

しかしながら、魯迅の個人生活に関して言えば、一九三〇年代になって上海に移住すると、彼はある興味深いテクストのなかで、とんでもない「他者」に遭遇することを描いている。それは、次章で詳しく読んでいく『阿金』に現れている人物の「阿金」にほかならない。一見すると、このテクストは『吶』(さらにいえば『野草』の諸篇)と関係ないが、実は他者との共存という問題意識からすれば、『阿金』はその延長線上に置かれるべきだと思われる。

第八章　非政治的政治へ

『阿金』を読む

周知の事実であるが、魯迅は「雑文」という独特な文体を実践し、たくさんの作品を書き残している。生涯を通じて出版された一般的な意味での「創作」——すなわち、三冊の小説集（『吶喊』、『彷徨』、『故事新編』）、一冊の散文詩（『野草』）と一冊のエッセイ（『朝花夕拾』）——と比べると、十数冊にも及ぶ雑文集の量は、いかにも異例だといってもよい。

近年、魯迅雑文に関する優れた研究が増えるにつれ、雑文が内包する独特の文学性とそこに露呈している政治と文学の複雑な関係について、そして雑文と文学生産体制の関係について、さまざまな有意義な論考が発表されている(1)。魯迅の独創的なジャンルともいうべき「雑文」は、それにひそんでいる思想的政治的潜勢力が、小説、散文や詩などの既存の文学的ジャンルの限界を越えようとしているからこそ、往々にして雑文の全体性に重点が置かれた上で、雑文は一ジャンルとして論じられる。

その一方で、それら具体的な一篇一篇の雑文が取り上げられて精読されることは少ない。そのため、数十年にわたり繰り返し精読されている、魯迅の一九三四年に書いた『阿金』は例外だといってもいい。『阿金』が繰り返し精読されるのは、単に『阿金』の小説的なナラティブが、小説として読むことを可能にするからだけでなく、『阿金』の中で並列している一連のテーマ——例えば、晩年の魯迅の著述の持つ政治性、一九三〇年代上海における半植民地的経験、そこで生活した大衆のあり様、「阿金」に代表される女性、国民党の出版物審査制度、等々——が、テクストに含まれる豊富な読解可能性を読者に開示しているからである。

以上の前提に基づき、本章は『阿金』を読み直すことで、魯迅晩年の雑文が露呈する新たな文学と政治の関係の究明を試みる。魯迅は当時、文学と政治の緊張関係が日に日に高まる状況の中にいた。その中で、『阿金』のように、一見するとプライベートな、少なくとも「非政治的な」テクストは、実は個体性や個人生活への逃避を追求する方向には進まなかった。そうではなく、むしろ新たな文学的政治性と公共性、すなわち未知の他者と共存する可能性を不断に探究するという意味での政治性が示唆されているのである。

深さのない『阿金』の遭遇

一九三五年末に、魯迅は自身の雑文を編集出版しただけの『且介亭雑文』の「附記」を書いている時、『阿金』が直面した審査のいきさつを述べている。

「阿金」は『漫画生活』に執筆した。ところが、掲載不許可になったばかりでなく、さらに南京の中央宣伝会へ送ったらしい。これは、ほんとうは、ただ漫談で、深意は少しもないのに、どうしてこんな大問題を惹き起こしたのか、わたし自身どうしても見当がつかなかった。その後、原稿を取り戻したとき、まず、第一頁に二個の紫色の印があった。一つは大きく、一つは小さく、「抽去」と記してある。大体、小さい印は上海の印で、大きい印が首都の印であろう。だとすれば、ぜひ「抽去」しなければならなかったのは、疑問がない。さらに見ていくと、多くの赤の傍線を発見した。〔…〕傍線を見て、いくつか理由のわかるところがあった。たとえば、「主人が外国人」、「爆弾」、「市街戦」等々は、もちろん、とりあげないほうがよろしい。しかし、わたしがどうしても腑に落ちないのは、なぜ、わたしが死んでも「同郷会を開かせるほどの力がないかもしれない」と言えないのかという理由である。まさか官憲の意向は、わたしが死ねば同郷会が開かれるはずだと思っているのではあるまい(2)。

これを読んでわかるように、魯迅にとって『阿金』は書いた言葉以上に深い意味のあるテクストではなかった。そのため、連想法を駆使して『阿金』に政治性を読み取るのは、少なくとも魯迅の「本意」にはそぐわないといえよう。また、一九三五年一月二九日に楊霽雲宛ての手紙の中で、魯迅は以下のように書く。「なかでも奇怪なのは、ことし二篇の小文を書き、一つは臉譜が象徴ではないことを論じ、一つは女中どうしの喧嘩は、国政や世相にいささかの関係もないことを記したのですが、いずれも掲載を許可されなかったことです」、と(3)。この「女中どうしの喧嘩」についてのエッセイは、『阿金』にほかならない。

魯迅が繰り返して言うのは、『阿金』には深さがなく、国家や政治などとは関係ない軽いエッセイにすぎない、ということである。一九三六年二月、『阿金』がようやく『ウミツバメ』二号に載った時、雑誌の編集者は「あとがき」に「この文を読めば、読者は検閲官の鋭い読解力を鑑賞できよう」とまで皮肉って書いている(4)。しかし、『阿金』に対してこれまで行われてきたほとんどの読解は、このエッセイを現実政治と無関係の「深さのない」ものとして読んではいない。むしろ、ほとんどの論者が、どのような深い政治的意味を『阿金』に見出せるかを問題にしていると思わざるを得ない(5)。

これまでの読解にしたがえば、『阿金』には深刻な政治的意味があるだけでなく、主人公の阿金も特定の社会層、すなわち半植民地の上海において外国人によって雇われる中国人を代表している、といってもよい。

他方で、阿金を社会の最下層階級の一員として把握しようとする論者も少なくない(6)。例えば、中井政喜は社会学的分析に近いアプローチで、以下のように述べている。

阿金は、経済的面から言うと、貧窮の農村から繁栄する都会へでてきた年若い女性労働者である。彼女は、倫理的面から言うと、封建的礼教的旧社会から規範の稀薄な租界都市の社会に移ってきた。彼女は、伝統的共同体としての規範がほとんど崩壊した、上海の下層階層の社会に属して働いている(7)。

いずれにせよ、以上のような読解には、『阿金』から政治的意味を読み取り、主人公の阿金をある種の普遍性または典型を代表し、表象する「個人」として理解するという措定がある。興味深いことに、阿金を女性労働者として、下層民衆の一人として、あるいは「西崽」として理解する場合、ほとんどの論者は国民党検閲官によって強調された部分に重点を置いている。竹内実は、この驚くべき一致について、以下のように解釈している。

もっとも非政治的な題材をとりあげたとき、魯迅は、これに〈政治的〉な意味をみとめていたのである。ということは、魯迅の生活が、そのような〈政治的〉な、非政治的なる極限に達していたということである。もし、そうでないなら、阿金をとらえるはずがない。上海中の市民が見慣れている現象が、どうして、国民党検閲官をいらだたしめる対象となりえよう。魯迅だけが、この現象を、対象としてとらえたのである。(8)

雑文における独特な政治性からして、竹内の説明には一理あろう。しかし、代償として、われわれは魯迅自身の説明、つまり『阿金』が深さのない「漫談」にすぎぬことを看過していくしかなくなる。実は黄楣は『阿金』読解史をめぐる考察において、この重要な違和感に触れている。

いわゆる「画竜点睛のような文」は、まさに昔国民党検閲官が赤線を引いたものにほかならない。魯迅自身は、後でこれらを読んで熟慮した結果、「理由」がなんとなくわかってきたと認めた。もし「画竜点睛」といえるなら、それは検閲官の筆でなされたものであろう。〔…〕『阿金』が本当に論者のいうような深意を持っているのなら、読者としてわれわれが「鑑賞」すべきは、魯迅の「驚くほどの概括力」と「鋭い観察力」であるもののそうすると『ウミツバメ』の編集者が書いた「あとがき」は、逆に「検閲官様」に対しての褒め言葉と魯迅に対しての皮肉になってしまう[9]。

言い換えると、『阿金』から政治的意味を読み取ろうとする研究者の意図は、構造的に自滅するやり方にほかならない。なぜなら、こうした意図は、たとえ彼らの政治に対する理解が検閲官のそれとまったく異なるとしても（実はこの点も疑わしいのだが）、彼らを国民党検閲官の立場に立たせ、『阿金』を政治的なテクストとして読んだ検閲官のアプローチへと導くからである。

たしかに、魯迅の雑文は細々したことを政治性を持った闘争のレベルにまで深刻化させ、プライベートなものをパブリックなものにする点に特徴がある。

しかし、他方で、『阿金』そのものについて、われわれは魯迅自身が認めていたことを無視できない。つまり、われわれが政治的意味を読み取る前に、魯迅はあらかじめその可能性を否認した、ということである。そのため、『阿金』を読解するとき、われわれは、『阿金』の浅さをどう理解すべきか、という問いから始めなければならないだろう。もし『阿金』に本当に何の深さもないのであれば、もしこのテクストが本当に「女中の口喧嘩」を記したものにすぎぬものならば、なぜ魯迅はわざわざこれを描き、発表したのか。そして、もしこの雑文の重点を国民党検閲官の強調した部分に置かないのであれば、われわれは『阿金』から何を見出すことができるのだろうか。

阿金、または雑音に応答する力

まず、もっとも「浅い」ところ、すなわち「阿金」というタイトルから読んでみよう。このタイトルは、一つの名前しか表していない。論者はこの名前を魯迅の名著である『阿Q正伝』における「阿Q」と比べているが、[10]面白いことに、『阿Q正伝』がはっきりとしたフィクションであるのに対して、『且介亭雑文』の目次だけをめくると、『阿金』を例えば『太炎先生についての二三事』のような記念文と見まがうことがないとは断言できないだろう。

ところが、他方で、「阿金」という名前が表しているものは、「阿Q」に比べられないほど豊富でもある。なぜなら、女中や雇い人を「阿金」と呼ぶのは当時ありふれたことだからである。「阿金」が女中の名前として文学作品に出現したのは、清代に遡るだけでなく、[11]魯迅が一年後に書いた『采薇』の中にも「阿金ねえや」と呼ばれる女中が登場する。タイトルに限って言えば、当時の読者にとって「阿金」はすでによく知られた名前であるといっていいだろう。「阿金」という名前だけを見ているだけでは、読者は情報を必要以上に獲得しながらも、一方で「この阿金」について何の情報も手に入れることができない。つまり、「阿金」という名前は、それだけでは特定の個人として限定されえないほど、あまりに普通であり漠然としている。

ナラティブが始まるまえから既に、「阿金」という名前は自分を拡散しはじめ、さまざまなテクストの内と外に、さまざまな歴史に、さまざまな社会層に、さまざまな文化的ポジションに現れている、複数の「阿金」と共鳴し、呼応しているといえよう。では、「この阿金」についてはどうだろうか。

「阿Q」という魯迅によって独創された名前と違って、一人称の語り手「私」は、「阿金」について何の解釈も施していない。このテクストは、あたかも読者がすでにこの名前とそこに集まった様々なテクストとコンテクストを知っているという前提で、唐突な形ではじまる。

ちかごろ私は、阿金がいやでたまらない。
かの女は女僕である。上海でいう娘姨、外国人のいう阿媽だ。そして阿金の主人は、その外国人なのだ。(12)

このはじまりは、読者の注意を阿金ではなく、語り手に注ぐように示唆している。「近頃」というふうに、語り手は、突然われわれを彼の生活に引き入れる。だが、もし「阿金」というありふれた名前の平凡さと、この名前が読者に喚起するかもしれない様々なテクストとコンテクストを勘定に入れるとすれば、魯迅はこの唐突な始まり方によって一般的な人物伝記の書き方を逆転させようとしているともいえよう。つまり、伝記を書くものは往々にして自分の現前性を弱化し、中立性を保つように見える姿勢で――むろん、これは文学のイデオロギーの一つだが――書くのに対して、ここで語り手はあえて自分のことを前面に出している。それは、後述するように、阿金を記すのは、阿金について描写すべき何かがあるからでなく、あくまで彼女が「私」と関係する限りにおいて、書かざるを得ないからである。

「阿金」という名前とそれに関連するテクストとコンテクストは、知らず知らずのうちに、語りが阿金を紹介する次の段落に滲みこんでゆく。再びこの文を読んでみよう。

彼女は女僕である。上海でいう娘姨、外国人のいう阿媽だ。そして阿金の主人は、その外国人なのだ。

この言い回しは必要以上に饒舌だと感じざるを得ない。阿金のアイデンティティについて、もっと素朴な言い方があるだろう。例えば、「阿金は女中であり、彼女の雇い主は外国人である」と。だが、そうすると、「阿金」の名に内包される複数のレファレンス、この名前の複数性の痕跡は、消えてしまうのである。まさにこの複数性は、「阿金」という名前と「女中」というアイデンティティの間に、ある逆説的な関係を生み出している。つまり、「阿金」はつねにすでに「女中」という述語を超えている。結果として、語り手は「娘姨」「阿媽」などの呼び方や述語に訴え、「阿金」と「女中」の間にあるそぐわなさを埋めようとする。「阿金」の不穏さは、呼び方の複数性にも読み取れるだろう。

次の段落で「私」は阿金の行為を論じ始める。

彼女には女友だちがたくさんいる。日が暮れると、次から次へと彼女の窓のところにやって来て「阿金、阿金!」と大声に呼びかける。それが夜中までつづく。ほかに男友だちも何人もいるらしい。いつか裏門のところで自説を発表したことがある。「上海まで来て、男をつくらないなんて……」[13]

われわれは阿金の生活に触れている。しかし、この文章における阿金の唯一の「行為」は、友達と一緒に騒がしくすることである。阿金の「行為」についてのナラティブは次の段落まで続いているが、語りはまた唐突な言い回しを挿入している。「それは私に関係したことではない」[14]と。興味深いことに、伝記の形式をとった語りは、徹底的に伝記の内容と意味を否認している。つまり、阿金の生活は、伝記にするに値しないのである。語り手が伝記風の文章を書くのは、彼が阿金のために伝記を書こうとするからではなく、むしろ自分の嫌っている阿金が、自分に書くように仕向けるからである。

不運なのは、彼女の住み込む家の裏門が、わが家の表門のはす向かいにあることだ。そのため「阿金、阿金!」のよび声が聞こえるたびに影響を受けないわけにはいかない。ときには文章が書けなくなるし、ときには原稿紙に「金」の字を書いてしまうことさえある。[15]

だから、「私」は阿金の伝記を書こうとしているというより、むしろ書かざるを得ないといったほうがいい。われわれが『吶喊・自序』で見たエクリチュールの生理性と強迫性は、ここに軽いかたちをもって再び現れているのである。阿金と友達が騒がしくするせいで、彼女たちの雑音のせいで、「私」の仕事は中断され、影響を受けた。少なくとも、阿金は三つの側面で「私」の措定している物書きについての区分を攪乱している。

整理しておこう。まず、「阿金」という名前が内包している複数のレファレンスは、様々なジャンルの限界を越えている。第二に、「阿金」がテクストの内と外に占めている社会的位置は、「女中」という述語の確定性を動揺させる。第三に、「阿金」の雑音は行為として物書きへと刺しこまれていき、叙述される対象と叙述することの境目を攪乱する。

あたかも自分の阿金に対する態度を合理化するかのごとく、語り手はある夜の事件を次のように描いている。

> ある夜、もう三時半を廻ったころ、私は翻訳にかかっていて、まだ起きていた。ふと外で、人をよんでいる低い声がした。よく聞き取れなかったが、阿金をよんでいるのではなかったし、むろん、私をよんでいるのでもなかった。こんなおそくに、いったい誰が誰をよんでいるのか、と思ったものだから、すぐ立ち上がって、二階の窓を開けてみた。ひとりの男が、阿金の部屋の窓を見上げて立っていた。男は私に気が付かなかった。いらぬ節介だったと後悔して、窓を閉めて引っ込もうとしたとき、はす向かいの小窓に阿金の上半身がのぞいた。そしてすぐ私に気づいて、男に何か告げ、私の方を指して男に手を振って見せた。すると男はいそいで立ち去った。悪いことでもしたように心が落ち着かなくなって、私は筆が動かなくなった。(16)

ここに書かれている内容は、基本的には前に引いた段落での阿金の「行為」と同じように見える。ただし、一つの違いに注意したい。阿金と友達が黄昏時に騒がしくすることは、「私」の仕事を攪乱するが、ここで大切なのは雑音の音量ではなく、雑音の存在そのものなのである。しかも、前に引いた段落で、阿金は彼女の友達と愛人に関係しているのに対して、ここで阿金と「小さい声」で呼びかけた人との関係は、確定できないといっていい。つまり、阿金は呼びかけてくれる人に応答しているのではなく、呼びかけそのものに応答している。なぜなら、この人が阿金を呼び掛けていないことがはっきりしているからである。阿金は雑音そのものに応答し、雑音そのものに責任を取っているかのようである。

雑音それ自体には意味がない。しかし、雑音は特定の文脈で意味作用に影響を与える。雑音は、具体的かつ有意義的なコンテクストでは確定しにくい音であり、場違いな音である。だが、われわれが有意義な音を認識・組織できるのは、日常生活のなかであらかじめ雑音を手なずけたからである。音楽史と政治経済学の発展の関係を論じるとき、ジャック・アタリ（Jaques Attali）はこう指摘している。

> 雑音とは、通信過程において、メッセージの聴取を妨げる音響、即ち、時を同じくする生の音、一定の範囲内の周波数と種々の強度をもった音の総体である。雑音はそれ故、それ自身独自に存在するのではなく、それを含んだシステムとの関係においてのみ存在する——発信、通信、受信。[17]

音声の秩序にとって、そして、社会の秩序にとって、雑音は侵略的であり暴力的である。「雑音はつねに、メッセージを構成するコードに対する破壊、無秩序、汚れ、冒瀆、攻撃等々と受け取られていた。こうして、雑音は、あらゆる文化のなかで、凶器、瀆神、災禍の観念に結びつけられていたのである」とアタリは述べている。[18]そうすると、音声を整理して秩序づけることと政治的共同体に秩序づけることは、共に有意義な音声を雑音から区別する作業に基づいているといってよいだろう。

だが、アタリによると、雑音を服従させ、音声的秩序を確立することは、一回性の作業ではなく、繰り返されなければならない営みである。いくらキチンとした秩序を確立しようとも、そこには雑音が必ず混在し、既成の秩序を攪乱する。雑音は既存の意味作用に回収されえないものでありながら、新たな社会性の可能性を示唆しているものでもある。雑音が露呈させるのは、「意味作用」の可能性の条件そのものにほかならないからである。「阿金」に限って言えば、彼女の口喧嘩、語り手の仕事を攪乱する彼女の「行為」は、日常生活における秩序と意味作用の枠組みから離れて、「私」を含めての人々を不断に不安させる。彼女の笑い、喧嘩、雑音は、穏やかにみえる語り手の生活を引き裂き、既定的秩序を動揺させる。

面白いことに、仕事を続けるよりも、自分の窓を開けたことを「後悔」した語り手は、阿金とあの男の間に起きたあの夜の出来事に責任を取るべきだと感じているようだが、他方で、「阿金のほうは、さっぱり影響を受けなかったようだ。相変わらずキャーキャーワーワーだった[19]」のである。もたもたしている語り手とは対照的に、阿金は大きな力を持っている。「阿金の出現によって周囲の空気が騒然たるものに変わってしまったのだから、その偉力たるや大したものだ[20]」。しかも、その力を受けて、「私」の「抗議などはものの数ではなく、一顧だにされなかった[21]」。抗議が全然利かなかったのは、それは抗議そのものが阿金の笑いや口喧嘩と同じように、雑音のアナーキーに陥るからである。

阿金はこの周囲の空気にまで影響を与え、騒然たるものにせしめる「偉力」にほかならない。力としての阿金に対して、抵抗できるのはまた別の力でなければならない。ある外国人は言語で無駄に抗議した結果、物理的な力に訴えるしかなくなる。「その外国人が外へとび出して、足にまかせて蹴りまくったので、連中はあわてて退散し、会議は終了した[22]」。しかし、この効果はただ「五晩か六晩つづいた」だけで、つまるところ、物理的にせよ言語的にせよ、阿金には抵抗できないのである。「そのあとは、また元のにぎやかさに戻り、しかも騒然ぶりがいっそう広がった[23]」。

たしかに、論者たちがすでに指摘しているように、一九三〇年代の「上海時期」に魯迅が書いた雑文には、都市大衆と下層民衆のあり様に触れるところが少なくない。だが、もしそのような視野からして、あたかも「阿金」の生活様式やアイデンティティが特定の社会層を表象しているかのように、彼女を民衆や下層労働者の代表として把握するならば、避けなければならない問題は、なぜ魯迅はこのような語り手を設定して、「阿金」が雑音に応答していると書いているのかになるだろう。

語りによると、「阿金」の「顔立ちはごく平凡だった[24]」ようであり、それに続けて語り手の「私」は、「平凡というのは、ありふれている、という意味だ。したがって覚えにくい。ひと月たたぬうちに、彼女がどんな顔立ちだったか、説明できなくなった」と説く[25]。平凡というのは、阿金のやっていることは深刻さを欠き、彼女が政治的深意や公共性に関与していない、ということをも指しているだろう。一九三〇年代の中国文壇で行われた「文学」と「民衆」と「典型性」をめぐる討議は、深くて多様であるものの、往々にして一つの確定した政治的アイデンティティを措定している[26]。一方で、政治的アイデンティティからして、「阿金」はあくまでも曖昧であり、確定されえないものである。彼女が語り手に「確定」されるのは、彼女のアイデンティティによってではなく、彼女が雑音を生み出し、雑音に応答していることによってである。

しかも、「私」が阿金を嫌うのは、彼女がつねに騒がしいからのみならず、もっとひどいことに、彼女は「私の三十年来の信念と主張に動揺をおこさせたからである」。この点をもう一つの「事件」と関連して読んでみよう。

愛人の腕の下は由来、安身立命の場所なのだ。イプセンの芝居に出てくるペール・ギュントだって、失敗の後とうとう愛人のスカートの後ろに隠れて、子守唄をうたってもらったほどの大人物なのだ。どうもこの点阿金は、愛情も気概もノルウェーの女性に及ばないらしい。ただ感覚だけは鋭くて、やっと男がたどりついた時には裏門はぴったり閉め切ってあった。かくて男は退路を断たれて、立ち止まるほかなかった(27)。

〔…〕

それでも私は、やはり阿金がいやだ。「阿金」の二字を思い出すのもいやだ。むろん、近所で騒ぎを起こした、というだけで怨み骨髄というわけではない。なぜいやかといえば、わずか数日のあいだに、私の三十年来の信念と主張に動揺をおこさせたからである。〔…〕男権社会では女にそんな大きな力があるはずはない、興亡の責任はすべて男が負うべきだ、と考えていた。〔…〕思いがけないことに、いま阿金は、とくに美貌でもなく、とくに才能があるわけでもない娘姨の身でありながら、ひと月もたたぬうちに、私の眼の前で四分の一里四方に騒乱をまき起こした。かりに彼女が女王、または皇后、皇太后であったなら、その影響は推して知るべし、かならずや大乱を引き起こしたにちがいない(28)。

この二つの段落は、物書きと現実の関係について、あるいはテクストの内側と外側について論じているように見える。第一段落で、阿金の行為はテクスト（ここではイプセンの劇作）に矛盾しているが、第二段落で、阿金は歴史的テクストの示唆している教訓、すなわち女性が王朝の興亡に責任を取るべきだという教訓のあかしになる。だが、すでに指摘したように、「私」が無意識に「金」の文字を書いたとき、テクストの内と外の境目はすでに崩れている。したがって、空気を騒然たるものに変え、生活の秩序を攪乱する阿金たる偉力をもとにして、以上の段落は、テクストとそのいわゆる「外部」（あるいは「現実」）の関係に触れているだけでなく、更に厄介な問題を出している。

つまり、阿金という力に面して、われわれはどうすればよいのか、という問題である。

感受力としての応答

ここで、語り手の「信念と主張」について、もう一つの読解を提案したい。すなわち、阿金を中国史上の一人の女性として読むよりも、むしろ「阿金」という「偉力」、この独特な感受力（force of sensitivity）をとおして歴史における女性たちを理解し直していくという、新しい読みだ。阿金を文学的女性の系譜に入れると、これらの女性たちを改めて感受力として把握できるようになるだろう。「阿金」という女性が象徴するのは（方法として「象徴」という言い方をあえてすれば）、ここでは、社会的アイデンティティではなく、ある種の力として、著しい特徴も迫力もないのに、また、ありふれたように見えるのにも拘らず、すでにつねに日常生活で見逃されている細かいことに応答しつつ、周囲の空気を騒然ならしめるまでに、強いものである。

これに関連して、「阿金」という力が示しているのは、文学に対する新しい理解である。つまり、政治的にいえば、社会的に重要な地位を占めてはいない女性が、既存の秩序と意味作用を動揺させ、新しい社会性と公共性を提示するほどの力を持っているように、文学も政治に対して「文学」なりの力を持っているのではないか。大切なのは、文学的に表象された女性たちが、本当に王朝の興亡への責任を取るべきかどうかでは決してない。なぜなら、文学によって媒介されたコンテクスト（空気）によると、人格や倫理的主体性や社会的アイデンティティなどの規定を必要とする「責任」（responsibility）という概念は、もはや雑音に鋭く反応できる感受力に基づいての「応答」（responsivity）という概念に取って代わられるからである。そうすると、阿金という「女性」が指しているのは、概念的にしっかりした社会的政治的アイデンティティでも、生理的特徴でもない。

もう一度先に引用した段落に戻ろう。阿金は彼女の愛人に対して反応しながらも、彼女の行動は必ずしも決まったパターンに従うとは限らない。だからといって、彼女の行為は別に新たな行動パターンを作るわけでもない。彼女はあくまで既定のパターンを攪乱するだけである。だが、そういう攪乱が、周囲の空気まで振動させるほどに強力なのである。阿金にしろ、歴史上の女性たちにしろ、彼女たちの「偉力」は、既存の社会秩序に回収できない不安定さを常に特徴としており、既存の安定した政治哲学的概念――主体、主権、責任など――は適用できないものとなっている。歴史上の女性たちは、「男権社会では」たしかに「大きな力があるはずはない」のにも拘らず、王朝を崩すほどの力をもっている。ちょうど阿金の力らしくない力によって、語り手の仕事ができなくなるのと同じように。つまり、「女性」は「阿金」のような感受力の別称になる。

しかしながら、それは決して「阿金」を抽象化、一般化するのではない。抽象化する概念そのものは、このような感受力に対して無効になったからである。付け加えるならば、もし一九三〇年代の魯迅の民衆に対する観察と評価に重点を置くと、われわれは、このような感受力を「大衆」と呼んでも差し支えないだろう。(29)

この意味で、『阿金』の次の段落は実に興味深い。

私は自分の文章の退歩を、阿金の大声のせいにするつもりはない。また、以上述べたことも、いくらか八つ当たりの気味がないとは言えない。しかしともかく、ちかごろ阿金がいやでたまらないこと、彼女が私の行く手に立ちふさがっているように思えることは事実である。(30)

この「行く手」はなにを指しているのか。すでに述べたように、あらゆる雑音に応答する感受力として、阿金は「私」の秩序的な生活――そこでは、社会組織から、人間関係、物の書き方、翻訳、政治闘争のやり方、文学の政治へのアンガージュマンに至るまで、ちょうど有意義な音声が雑音と区別されているように、すべてのものが有意義な営み(work)として規定されている――を徹底的に攪乱した。阿金の笑いと大声には何の深意もないし、規則もない。阿金の行為に関して言えば、そこには利いているもの(workable)が何一つない。彼女と愛人の関係にせよ(上海に来るのが愛人を探すためだと阿金は言ったが、彼女は愛人のことを全然気にしていない）、彼女と友達の関係にせよ（彼女たちが生み出したのは雑音だけである）、彼女と雇い主の関係にせよ（彼女は結局解雇された）。

「私」と阿金の関係には、あくまでもある種の非対称性が介在している。すなわち、「私」は阿金のせいで自分の仕事に集中できないのだが、阿金はこの責任を取るべきだとは言い切れないのである。阿金は相手にするほど大事な存在ではないからだ。まさにこの意味で、阿金は「私」の「行く手に立ちふさがっているように」見える。「私」の生活の秩序を構成する、「行く手」を可能にするさまざまな要素《エレメント》を、阿金によって動揺させられ、移動させられ、不安にさせられるからである。

たしかに、阿金には深さがないし、『阿金』というエッセイにも深さが欠けている。魯迅の認めたとおりに、この「漫談」は国家や政治などにはまったくかかわらない。すべてが表面に露呈されているだけでなく、もっとも細かいこと、もっとも無意味なこと――雑音、笑い、口喧嘩――は読者を驚かせる形で、既存の意味作用とアイデンティティ規定を破壊するために、表面的に並列されている。無秩序で無意味なものに直面すると、いくら深刻な概念または論理に訴えても役に立たない。だが、「阿金」が浅くて平凡であるからこそ、「阿金」と彼女の行為に深意がないからこそ、生活上でも文学上でも、彼女は語り手にとって厄介な存在になる。つまるところ、彼にできるのは、強迫的に「阿金」のことを刻み込むだけである。

この「私」は、文章の最後に、阿金が中国女性の「見本」にならないことを願う旨を書いている。しかし、これは文字通りの言い方ではない。直訳すると、魯迅の言い回しは、「阿金も中国女性の見本と見なされないよう願う」ということだろう。(31)

この文の難解さ(32)は、文字通りの意味で解釈しない論者が少なくないという事実からも窺える。例えば、文面とは逆だが、魯迅は「阿金」という人物を通じて「中国女性の見本」を描き出していると主張した論者もいれば、肯定的なもの（中国女性）は否定的なもの（阿金）によってしか理解されえないと述べた論者もいる。

ただし、これらの読解はこの最後の文における「も」という字を見逃している。一見余分なこの小さい字に関して、ある研究者はこれこそが『阿金』を理解する上で不可欠な文字だと強調した。すなわち「もともと「阿金が中国女性の見本として見なされないよう願う」と書いて済ませば良いものを、わざと虚詞「も」を挟むことで、読者に一連の「中国女性」の表象を思い出させるほど、文章を複雑にした」という(33)。この指摘はもっともだと思われる。

この「も」を適切に理解しなければ、『阿金』の最後の文章を把握しきれないといえよう。文字通りの意味を吟味するために、意味論的分析をもってこの文章を考えなくてはならない。

まず、もしこの文章が単なる肯定文であるのならば、われわれはこれを「阿金は中国女性の見本で、あるように」と書き換えるだろう。そうすると、「阿金」の典型性を肯定する文章になる。当然ながら、ここで「典型性」が指しているのは、特殊性と普遍性の関係や、個人と共同体の関係をも含んでいると考えるのが妥当であろう。

次に、繋辞を否定的なものに変え、「阿金は中国女性の見本でないよう願う」と書いてみよう。すると、阿金と中国女性の典型的関係は否定されるが、否定文であるにも拘らず、逆に阿金の特殊性が否定の形で浮き彫りにされる。なぜなら、否定的に「阿金」を「中国女性」に対峙させることで、われわれは逆に阿金を規定しているからである。つまり、この否定的な関係性のなかで、「阿金」はある普遍性に対峙する、特殊性をもつ個人となる。

さらに、「も」を入れると、以下のような言い回しとなる。「阿金も中国女性の見本でないよう願う」、と。ここで、阿金はもはや特殊的個人としてある種の普遍性に対峙しているのではなくなる。むしろ、「も」という字は、阿金の特殊性を取り消し、阿金その人物を現前させない複数性の中へ解消させる。すると、特殊性と普遍性の対峙は、二つの「普遍性」の対峙に変わっていく。すなわち「中国女性」と呼ばれる普遍性と「も」という字に示唆される「普遍的なもの」の対峙である。

最後に、様態を変え、「阿金も中国女性の見本と見なされないよう願う」とする。不明な、現前していない、確定できない誰か、この阿金を中国女性の見本と見なされない誰かが、「阿金」をいっさいの具体的な規定から、「私」の記述から、確定できない地平へと解放していく。

結局、一方で「阿金」は類比の意味で、つまり頻《しき》りに使われる女中の名前としての意味で、さまざまなテクストとコンテクストにつながっているが、他方で、感受力としての「阿金」は、隠喩的にも換喩的にも、何の社会層（下層労働者にしろ、プロレタリアートにしろ、女性にしろ、「西崽」にしろ）をも代表していないものになる。「阿金」をほかの現前していないテクストとコンテクストに関係させるこの小さい「も」は、何の共同的特徴も提示していないが、「阿金」を他者との偶然的共存関係に置いていく。ちょうど「阿金」が偶然的に、だが強迫的に「私」によって刻まれるのと同じように。

もし「深さ」が何らかの本質的特徴を意味するなら、「阿金」は決して彼女が偶然関係している女性表象の深さをあらわしているものではない。むしろ、共存関係を露呈するために、新しい生命と新しい政治の可能性を作り出すために、新しい秩序を確立するために、「阿金」はすべての関係——社会的関係、人間関係、文化的・政治的関係、文学と政治の関係、等々——を再び「可能性」の地平に還元する。「深さ」が意味するタテの関係をヨコのものにする。その意味で、もし魯迅の雑文はジャンルのレベルで文学を政治闘争の強度にまで推し進め、そこで日常生活を政治的なものにするのだとすれば、『阿金』のような晩年の雑文は、いまもうひとつの「政治性」、文学的政治性とでもいうべきものを提示しているといえるのではないだろうか。

『阿金』と『「これも生活……」』との関連

実際のところ、魯迅が晩年に書いた諸々の雑文のなかで、「非政治的」なものは少なくない。『阿金』を発表した数か月後、魯迅は『「これも生活……」』という奇妙な雑文を書いた。この短い雑文では、語り手の病中生活が描かれている。『阿金』と同じように、この日記に近い雑文から「深意」を読み取ることは難しい。例えば、以下の段落で、語り手は自分の部屋の様子を描写している。

街頭の光が窓からさし込んでいる。室内はほの明るいので、あらましの見当はつく。見なれた壁、壁と壁の境の線、見なれた本の山、その横には未製本の画集、さらに外部で進行しつつある夜、無限にひろがる空間、無数にいる人間、それらすべてが私と関係がある。私は存在し、生活している。そしてこれからも生活をつづけてゆく。私は、自分というものがますます確かなものに思えて、しきりに動きたい欲望にかられた――が、やがてまた睡りに落ちた。

次の日の朝、日光のもとで眺めると、やはり見なれた壁であり、見なれた本の山であり……それらは、ふだん絶えず眼にしながら、しかし一種の休息の状態で見ていたのである。われわれは、たといそれが生活中の一片であろうとも、ふだんはなおざりにしがちで、茶を飲んだり、かゆいところを掻くこと以下に、いや、もっと低く扱っているのだ。われわれは、珍しい花にばかり気をとられて、枝や葉には目を向けない。〔…〕多くの人は、こういう平凡なことを生活の滓と考えて、眼もくれない。〔…〕枝や葉をむしり取る人は、絶対に花や実をてにすることはできない。(34)


長く引用したが、きわめて面白い文章である。左翼作家聯盟が一九三五年に解散し、魯迅と周揚などの共産党幹部との関係がますます悪化していった時期である。魯迅が共産党の文化政策の代弁者たちと論争するいくつかの文章が同じ時期に発表されたことを勘定すると、このような非政治的な雑文は、なかなか場違いに見える。抗日動員のため、魯迅以外の多くの文学者や知識人が「国防文学」という包括的なスローガンを掲げ、文学に要請している一方で、魯迅や胡風は「民族革命戦争の大衆文学」というスローガンを掲げて前者と対峙していた。近代文学史上きわめて有名な「二つのスローガン」についての論争がそれである。人生最期の二年間に、魯迅は論争のための政治的エッセイを数多く書き残している。

この意味で、当時の政治状況に照らして言えば、『阿金』も『「これも生活……」』も政治的要請にかかわっていないと言わざるを得ない。これらの非政治的な雑文は、現実で文学と政治の関係が日増しに深刻化していく中で、魯迅がパブリックなレベルからプライベートなレベルまで退却し、一息入れるために書いたものだと論じている研究者はいる。だが、はたしてそうだろうか。

再び、引用文に戻ろう。語り手はここで生活の二つの側面を描いているように見える。一見、魯迅は、生活の見逃されがちな側面を看過さないように、全体的視野を持つことを読者に伝えているようである。だが、枝や葉や花などの植物的隠喩が示しているのは、生活の分かれている側面だけでなく、ある基礎なき基礎（花と実は枝に根ざしているのではないからだ）とこれによって現れるものとの関係である。夜中にいるからこそ、われわれは普段あまり現れないものに遭遇する。まさに夜の現象学である。

街頭の光のおかげで、語り手は夜中に部屋の様子を丁寧に見ることができる。これは不眠の夜ということを忘れてはならない。つまり、語り手はしばらくの間、寝ることを含んだ日常生活の秩序から逸脱した、あるいは逸脱させられたのである。見なれた屋内の壁、本の山、画集などは、普段の日常生活の秩序で現れないものとして、いま初めて姿を現す。しかも、これらのものはまさに語り手自身の存在を浮かび上がらせており、彼の関心を、意味に満ちた日常生活の営みへ導くのではなく、彼自身の存在そのものへと導くのである。「私は存在し、生活している」と、彼は感じている。

ここで、夜は昼の対立項ではない。夜、とりわけ不眠の夜は何も隠していないのみならず、開示している。何を開示しているかというと、それは生活の「もう一つの側面」ではなく、むしろ事物の存在そのものである。すなわち、事物を昼の秩序から、意味に満ちた日常生活の営みからほんの少しでも解放した先に現れてくる、意味なき存在である。事物はこうして秩序的な位置から、意味作用から、少しだけずらされ、不眠者の視線に宙づりにされながら、来るべき新たな社会関係の可能性を示唆しているのである。

それゆえ、夜の光は昼の秩序の意味作用を越えている。語り手にとって、夜を愛している人にとって、電灯をつけて「この辺をちょっと見てみたい(37)」というのは、事物の存在そのものへの視線から発する要請である。この要請が露呈させるのは、秩序が動揺するとき、意味作用がうまくいかないとき、語り手の「私」が様々な事物、他者としての事物とただ偶然的に共存していることである。ここで、すべてのものは静かに、無為に互いに関係しているが、語り手もこの規定できない関係の中へと巻き込んでいく――

無限にひろがる空間、無数にいる人間、それらすべてが私と関係がある。

言い換えると、他者との遭遇ためには、われわれは夜の光に訴えるしかない。ちょうど「阿金」が感受力として既存の秩序を攪乱すると同じように。――平凡な阿金は、夜に行動している。夜の光。それは、われわれがすでに『いい物語』で遭遇した「暗く沈んだ夜」にしか見えない幻の平面でもあるかもしれない。文学が開いてくれる可能性は、つねにすでにこの夜の平面に潜んでいる。

一九三〇年代半ばの緊張感に満ちた文学と政治の関係に面して、「阿金」のような感受力は文学的力になるほかない。魯迅が晩年の雑文によって開いた文学的空間において、雑文は細かいことを敵友の政治的闘争まで深刻化し、そうして文学に政治的強度を与える一方で、ものごとを普段の営みから離して、雑音のごときアナーキスト的空間、人々を不安にさせる空間に置きながら、来るべき新たな秩序と新たな政治的可能性、共存関係の可能性をも提示しつつあると思われる。畢竟、もしわれわれと他者との共存関係にかかわるものでなければ、われわれの新たな生活の意味にかかわるものでなければ、政治というものは何だろうか。

ここで、文学が示唆しているのは、すべての既存の政治プログラムを超えて、新たに他者との関係を想像・創造していく可能性である。このような文学的政治性は、文学の現実へのアンガージュマンに決して矛盾していない。むしろ、「非政治的政治」という角度から魯迅が晩年に書いた一連の非政治的な雑文を読み直すことは、無秩序的でありながら秩序を形作るために不可欠な鋭い感受力を要する。魯迅の雑文と向き合いなおすことは、政治的関係を作り直し、他者との共存関係を探索していく新たな読解を可能ならしめるのである。

註

はじめに

（1）竹内好『中国の近代と日本の近代――魯迅を手がかりとして』、竹内好『日本とアジア』所収（ちくま学芸文庫、一九九三年）、一一頁。彼は続けてこう言う。「魯迅を、近代文学以前であると見ることはできない。いろいろの条件を、どんなに割引してみても、かれを近代文学以前だとはいえない（概念規定から出発する方法を避けるために、近代という言葉のもつ曖昧さをここではそのままにしておく）。魯迅には、前近代的なものが多く含まれているが、それにも拘らず、前近代を含むという形で、やはりそれは近代というほかないようなものである。（中略）魯迅の出現が歴史の書きかえの意味をもっているので、新しい人間の誕生、それに伴う意識の全的な更新、という現象が歴史上におこり、それが自覚されるのは、いつも歴史的な一時期が過ぎ去った後からでなければならないからだ」、と。竹内は、ここであえて「近代」に対する概念規定を避けているが、むしろそれゆえに、魯迅文学と中国文学伝統の繫がりを断ち切ろうとする議論の姿勢を前面に出している。われわれの問題意識からして、竹内のこの姿勢が最も示唆的なのは、とくに以下のことなのかもしれない。つまり、魯迅を読む際に、例えば「近代文学」の「近代性」を定義したうえで魯迅のテクストを位置づけることはもちろん有意義な営みだが、それよりいっそう重要なのは、魯迅のテクストに内在している「新しさ」への、すなわちこれまで引き継がれてきたものとは異なる何ものかへの衝動や契機を読み取ることである。

（2）魯迅『革命時代の文学』、『魯迅全集』第五巻所収、井口晃他訳（学習研究社、一九八一年）、三一頁。魯迅は続けてこう言う。「文学は革命にとって偉大な力になると思っている人もむろんいます、だが私自身はどうも疑わしい、文学はとにかく一種のゆとりの産物であり、それはある民族の文化をあらわすことができるというのが、むろんほんとうだと感じています」。

（3）竹内好『魯迅』（講談社文芸文庫、一九九四年［一九四四年］）参照。

（4）伊藤虎丸『魯迅と終末論——近代リアリズムの成立』（龍渓書舎、一九七五年）参照。

第一章

（1）モーリス・ブランショ『文学空間』、粟津則雄・出口裕弘訳（現代思潮社、一九六二年）、五頁。

（2）胡適『文学改良芻議』、『中国新文学大系』第一巻所収、胡適編（上海良友図書印刷公司、一九三五年）、三四頁。拙訳。

（3）魯迅は『狂人日記』（一九一八）を『新青年』に寄稿することで、当時の「白話文運動」または「新文化運動」にかかわり、運動の旗手とも評価されている。ただし、魯迅のかかわり方は実に複雑である。詳しくは本書の第三章を参照していただきたい。

（4）Fredric Jameson, "Third-World Literature in the Era of Multinational Capitalism," in *Social Text*, No. 15 (Autumn 1986), pp. 65–88参照。

（5）魯迅『華蓋集・題記』、『魯迅全集』第四巻所収、相浦杲訳（学習研究社、一九八四年）、一五頁。

（6）同前。訳文は一部改訳した。

（7）魯迅『革命時代の文学』、『魯迅全集』第五巻所収、二五頁。

（8）同前。

（9）ほとんどの日本語訳はこのテクストのタイトルを「美しい物語」と訳している。だが、中国語の原文は「美的故事」ではなく、「好的故事」であるから、ここではあえて「いい物語」と直訳している。ただし、竹内好の訳文を引用する際の注釈ではタイトルを『美しい物語』のままにしておく。

（10）近年では、原文の「野草」を日本語で「雑草」と訳すべきだという指摘がでている。「野草」のほうが多くの読者に知られているため、本書は「野草」のままにしておく。この訳名について詳しくは秋吉収『魯迅――野草と雑草』（九州大学出版会、二〇一六）を参照。

（11）魯迅『美しい物語』、『魯迅文集』第二巻所収、竹内好訳（筑摩書房、一九七六年）、二九頁。訳文は一部改訳した。

（12）ここでは展開しないが、二項対立を取り上げてその構造それ自体を揺るがすことは、『野草』全体の狙いだといってもよい。

（13）魯迅『美しい物語』、二九頁。訳文は一部改訳した。注意すべきは、原文の「我在朦朧中」という表現によると、「朦朧」は語り手の意識的状態を指す一方で、客観的状況を指すこともできるということである。

（14）代表的な一例として、孫玉石『現実的与哲学的：魯迅『野草』重釈』（上海書店出版社、二〇〇一年）を挙げたい。

（15）孫歌は『いい物語』を分析するとき、『初学記』と語り手の想像との関係について、興味深い読解を提示した。「『初学記』が落ちるところだった――これはメタファーだ。もし皆さんはわたしの過剰解釈を許してくれるなら、この部分が意味するのは、魯迅は伝統的生活におけるいくつかの過ぎ去った、そして簡単に再生産され持続されることができない要素を捕まえようとする、ということかもしれない」と彼女は書いている。しかし、それらの「伝統的生活における」「要素」を『初学記』に還元できないのは、火を見るよりも明らかであろう。孫歌『絶望与希望之外——魯迅『野草』細読』（三聯書店、二〇二〇年）、一五三頁参照。

(16) 魯迅は語り手が「いい物語」を「想像した」のではなく、あえて「見た」と書いている。その理由は、受動的なニュアンスを保とうとしているからだと思われる。あるいは、「いい物語」が「見えた」と理解しても差し支えないだろう。後で述べるが、語り手の受動的な姿勢は終盤で一変する。

(17) 魯迅、『美しい物語』、二九頁。訳文は一部改訳した。

(18) 同前。傍点引用者。

(19) 同前、三〇頁。訳文は一部改訳した。

(20) 同前。訳文は一部改訳した。

(21) この点についての詳細は、例えば Maurice Blanchot, *L'Espace litteraire*（Gallimard, 1955）を参照。

(22) したがって、『野草』の諸篇でさまざまな二項対立を取り上げながら、対立物が張り合っている状況においてどの極端からもみずから身を引く魯迅は、特段「中庸」的なミドル・ポイントを見つけようとしているのではなく、むしろつねに緊張感を保ちながら、二項対立の構造よりも根本的なもの、このような構造には決して還元できない生産的なものを求め続けている。この規定できない「もの」は、「虚無」ともいい、「時間がわからないとき」ともいい、「死火」ともいう。つまり、魯迅は『野草』を通じて彼の求めているものをたえず文学的に提示している。

(23) 魯迅『美しい物語』、三〇—三一頁。訳文は一部改訳した。

(24) したがって、魯迅はこのエッセイで「いい物語」をまったく語っていないに等しい。にも拘らず、これまで多くの研究者は、あたかも「いい物語」が描かれているかのようにこのエッセイを読解してきた。繰り返して言うが、語り手が描いた風景は、「いい物語」に関するものであるものの、「いい物語」そのものではない。

(25) 先行研究の個性を示す読解として、それはそれでいいだろう。しかし、さらに「闇の深い現実社会」と「ユートピア的描写」の対立構造から、いわば魯迅の「美しさへの不屈の執着」や「戦闘的情熱」を見出すのは、どう考えても言い過ぎであると言わざるを得ない。このような読解の一例は、孫玉石『『野草』研究』（北京大学出版社、二〇一〇年［一九八一年］）、五九頁を参照していただきたい。

(26) 魯迅『美しい物語』、三一頁。訳文は一部改訳した。

(27) 詳しくは本書の第二章を参照していただきたい。

(28) 例えば、孫玉石『『野草』研究』（前掲）と孫歌『絶望与希望之外——魯迅『野草』細読』（前掲）などを参照。

第二章

(1) 汪暉『魯迅文学的誕生——読『『吶喊』自序』』、『現代中文学刊』（二〇一二年第六号）、一八頁。

(2) たとえば、竹内好は『魯迅』（一九四四）のなかで、魯迅が十年間つづけた、「古い碑文を写す」行為にこだわる生活を取り上げ、この時期が魯迅文学のある種の「無」という原点を形成したのだと論じている（竹内好『魯迅』（講談社文芸文庫、一九九四年）を参照）。一方で、汪暉は『自序』で語られているいくつかの「夢」とテクストに貫かれている魯迅の「夢」にたいする忠誠的な態度を強調することによって、竹内の読解に異議を唱えている（汪暉『魯迅文学的誕生——読『『吶喊』自序』』参照）。また、実証的研究を用いて『自序』とヴァスィリー・エロシェンコの作品を比較しながら、「鉄の部屋」の由来を探究する論者もいる（劉彬『「旧事」怎样重「提」——以「吶喊・自序」為例』、『中国現代文学研究叢刊』（二〇一九年第二号）参照）。ただし、注意すべきは、影響関係をめぐる研究は文学テクストとしての『自序』に関与する形式的な配置を過小評価しかねないことである。

（3）ここであくまで「エクリチュール」というやや硬い表現をもちいるのは、概念としての「書くこと」を表現したいからであり、これは中国語の「写作」または「書写」にあたる。あとで述べるように、「エクリチュール」にはつねにある種の強迫性が関わっている。つまり、「エクリチュール」は必ずしも文学創作を意味するのではなく、文字をもって刻む動作それ自体を強調する表現なのである。

（4）魯迅『吶喊・自序』、『魯迅文集』第一巻所収、竹内好訳（筑摩書房、一九七六年）、三頁。訳文は『魯迅全集』（人民文学出版社、二〇〇五年）にしたがって部分的に改訳した。

（5）同前、五頁。

（6）同前、十頁。

（7）同前、七頁。

（8）同前。

（9）記憶のこの分類について、ベンヤミンはたとえば以下のように述べている。「メモワール・ヴォロンテール、意志的追想…の特徴は、それが過ぎ去ったものについて与える情報に、過ぎ去ったもの自体が少しも含まれていないことにある」。一方で、「無意志的記憶の構成要素になりうるのは、はっきりと意識をもって〈体験された〉のではないもの、主体に〈体験〉として起こったのではないものである」と（ヴァルター・ベンヤミン『ボードレールにおけるいくつかのモティーフについて』、『パリ論／ボードレール論集成』所収、浅井健二郎編訳（ちくま学芸文庫、二〇一五年）、二五四、二五八頁参照）。すでに述べたように、魯迅において記憶は主体の内部の奥底にありながら、つねに非主体的な、異様なものとして、「内部的外部」として主体に迫ってくるのである。

（10）竹内好『魯迅』、六〇―六一頁。

（11）魯迅『吶喊・自序』、九頁。傍点引用者。したがって、語り手によると、ここで彼が忘れられないのは「寂寞の悲しみ」であり、「寂寞の時」と化するまえの「甘い夢」ではない。言い換えると、語り手を吶喊させ、発言させるのは、汪暉が主張するように、魯迅のもっている破れた夢そのものへの忠誠ではなく、そもそも抑圧されたはずの記憶が、あいかわらず「忘れられない」ものとして回帰してくることなのである。汪暉『魯迅文学的誕生――読「『吶喊』自序」』、二七頁参照。

（12）汪暉、前掲、二四頁。

（13）「主将の命令」について、魯迅は以下のように説明している。

私の吶喊の声が、勇ましいか悲しいか、憎らしいかおかしいか、そんなことは顧みるいとまはない。ただ、吶喊であるからには、主将の命令はきかないわけにはいかなかった。そのため私は、しばしば思いきって筆をまげた。「薬」では瑜児の墓に忽然と花環を出現させたし、「明日」でも、単四嫂子がついに息子に会う夢を見なかった、とは書かなかった」と述べている。当時の主将が、消極性をきらったせいもあるが……（魯迅『吶喊・自序』、『魯迅文集』第一巻所収、九頁）

言うまでもなく、「主将」という大袈裟な表現で魯迅が指しているのは、陳独秀をはじめとする

「新文化運動」をリードしていた連中にほかならない。

（14）この点にかんして、魯迅が『「自選集」自序』で述べていることはとても示唆的である。彼は当時の「文学革命」に「あまり情熱」を「感じていなかった」にも拘らず、「私が遵奉したのは、当時における革命の先駆者の命令であり、かつ、私自身が喜んで遵奉した命令である」と言っている。魯迅『「自選集」自序』、『魯迅文集』第五巻所収、竹内好訳（筑摩書房、一九七八年）、八五頁参照。

（15）魯迅『忘却のための記念』、『魯迅文集』第五巻所収、竹内好訳（筑摩書房、一九七八年）、一〇五頁。

（16）同前、一一九頁。

（17）魯迅『花なきバラの二』、『魯迅文集』第三巻所収、竹内好訳（筑摩書房、一九七七年）、三三三頁。

（18）唯一の例外は「日露戦争」にほかならない。繰り返しになるが、『吶喊・自序』の叙述によると、日露戦争をきっかけにして、魯迅は医学をあきらめ、文学に乗り出した。この意味で、「日露戦争」という固有名は魯迅の文学への転身に緊密にかかわる事件として、文学的にも取り上げられているといえよう。一方で、注意すべきは、『吶喊・自序』に言及されているテクストはすべて固有名で現れていることである。一般的な意味での歴史的記述のもとになる事件や年代の固有名は背景化されながら、文学的テクストは前景化されているのである。

（19）魯迅『韋素園君を憶う』、『魯迅文集』第六巻所収、竹内好訳（筑摩書房、一九七八年）、三頁。

（20）Xudong Zhang, "Agonistic Memory, Compound Temporality and Expansion of Literary Space in Lu Xun," in *Frontiers of Literary Studies in China*, Vol. 13, No. 2 (2019), p. 209 参照。

（21）魯迅『朝花夕拾・小引』、『魯迅文集』第二巻所収、竹内好訳（筑摩書房、一九七六年）、八〇頁。

（22）魯迅『傷逝』、『魯迅文集』第一巻所収、三六二頁。

（23）詳しくは、たとえば Lydia H. Liu, *Translingual Practice: Literature, National Culture and Translated Modernity: China, 1900–1937*, Stanford University Press, 1995.; 李今『析「傷逝」的反諷性質』、『文学評論』二〇一〇年第三号を参照していただきたい。

（24）魯迅『傷逝』、三六二頁。傍点引用者。

（25）魯迅『朝花夕拾・小引』、『魯迅文集』第二巻所収、八〇頁。

（26）興味深いことに、『自序』における「幻灯事件」についての説明の信憑性に対して、魯迅はひそかにひとつの留保を読者に与えているともいえる。なぜなら、このテクストにおける唯一の一人称複数は、ここで使われているからである。「むしろわれわれの最初の果たすべき任務は、かれらの精神を改造することだ」と魯迅は書いている（九頁）。

（27）ヴァルター・ベンヤミン『歴史の概念について』、『ベンヤミン・コレクション1』所収、浅井健二郎編訳（ちくま学芸文庫、一九九五年）、六六五頁。

（28）Xudong Zhang, "Agonistic Memory, Compound Temporality and Expansion of Literary Space in Lu Xun," p. 212.

（29）Ibid., p. 225.

（30）魯迅『忘却のための記念』、『魯迅文集』第五巻所収、一二〇頁。

（31）魯迅『『熱風』題記』、『魯迅全集』第一巻所収、伊藤虎丸他訳（学習研究社、一九八四年）、三六九頁。

（32）魯迅『「墓」の後に記す』、『魯迅文集』第四巻所収、竹内好訳（筑摩書房、一九七七年）、六二頁。

（33）同前、六三頁。

（34）魯迅『野草・題辞』、『魯迅文集』第二巻所収、三頁。

（35）同前。訳文は部分的に改訳した。
（36）魯迅『どう書くか——夜記の一』、『魯迅文集』第四巻所収、一七二—七三頁。訳文は部分的に改訳した。
（37）同前、一七三—七四頁。
（38）魯迅『吶喊・自序』、五頁。
（39）魯迅『藤野先生』、『魯迅文集』第二巻所収、一五二—五三頁。
（40）魯迅『吶喊・自序』、五—六頁。
（41）Marston Anderson, *The Limits of Realism*, University of California Press, 1990, p. 78.
（42）魯迅『吶喊・自序』、四頁。

第三章

（1）ポール・ド・マン『理論への抵抗』、大河内昌・富山太佳夫訳（国文社、一九九二年）、八七頁。
（2）柄谷行人『文字論』、『〈戦前〉の思考』所収（講談社学術文庫、二〇〇一年）、一五一、一五四頁参照。
（3）詳しくは、王風『周氏兄弟早期著訳与漢語現代書写語言』（『魯迅研究月刊』、二〇一〇年第六号）参照。
（4）たとえば、陳思和『中国現当代文学名篇十五講』（北京大学出版社、二〇〇三年）、朱羽『革命、寓言与歴史意識——論作為現代文学〝起源〟的《狂人日記》』（『杭州師範大学学報』、二〇一一年第九号）などを参照されたい。
（5）たとえば、李冬木『明治時代における「食人」言説と魯迅の「狂人日記」』（『佛教大学文学部論

集』第九六号、二〇二一年）、兪兆平『魯迅創作「狂人日記」探秘』（『南国学術』、二〇二〇年第四号）などを参照。

（6）いうまでもなく、「新文化運動」という呼び方は陳独秀や胡適といった当事者が作り出したものではない。それは事後に確立されたものであり、また当時文学革命の反対者たちによって発明された揶揄でもある。だが、一方で魯迅を含め多くの進歩的知識人はこの呼び方を逆手に取って自分の立場を確認しようとしていた。そのことも疑いないことである。したがって、本書ではあえて「新文化運動」という呼び方をもって、一九一〇年代半ばから一九二〇年代前半にかけて行われた文化運動を指す。俗語である〝白話〟を用いて中国文学を一新し、新たな文化を築き上げることを目指していたこの影響深い運動は、一九八〇年代以降「啓蒙運動」として再認識されるようにもなる。「新文化運動」という呼び方の成立について、詳しくは、たとえば周月峰『五四後〝新文化運動〟一詞的流行与早期含義的演変』（『近代史研究』、二〇一七年第一号）を参照。

（7）Leo-Oufan Lee, *Voices from the Iron House: A Study of Lu Xun*, Indiana University Press, 1987を参照。

（8）この点にかんしては、呉虞が一九一九年第六巻第六号の『新青年』に発表した『吃人と礼教』がもっとも有名な一例といえるだろう。

（9）ポール・ド・マン『理論への抵抗』、大河内昌・富山太佳夫訳（国文社、一九九二年）、一八四頁。

（10）同前、一八五頁。

（11）興味深いことに、「吃人」は白話である。古典中国語でいえば、「食人」というはずである。狂人が古典的なテクストの行間に白話の語彙を見つけたことは、きわめて象徴的なことだと思われる。少なくとも、この細部は「新文化運動」において古典語と現代語の複雑な関係を簡潔に提示してくれるほかはない。

一方で、当時の進歩的知識人にとって、白話は文字通り、古典語を取って代わるべきものだから、古典語が現れるすべての場合には白話は古典語を「抑圧」しなければならない。ところが、他方で、中国の歴史的真実を抉り出していく（と信じられる）白話は、事前に与えられたものではなく、むしろ古典語で書かれているテクストの「行間」にしか潜んではいない。したがって、狂人は古典テクストを注意深く読み、細部にまで深入りしなければならない一方で、古典語に囚われないために、それらのテクストを読むことを拒否しなければならない。言い換えると、彼は古典的なテクストを文字通りに読まなければならない一方で、テクストの文面から意味を読み取ることを拒否しなければならないのである。このような作業は可能だろうか。先取りしていうと、われわれの関心である「翻訳」の問題は、まさに狂人のこの読解の（不）可能性に潜んでいるのである。

とにもかくにも、狂人の〝発見〟にしたがっていえば、当時胡適などの論者が主張したのとは違って、白話はただ単に古典語に抑圧されているのではなく、古典語で書かれているテクストの余白において改めて発明されていかなければならないといえるだろう。

（12）魯迅『『中国新文学大系』「小説二集」序』、今村与志雄他訳（学習研究社、一九八四年）、二七三頁。

（13）一九一八年八月二十日に許壽裳宛、『魯迅全集』第一四巻所収、中島長文他訳（学習研究社、一九八五年）、七二頁。

（14）伊藤虎丸『魯迅と終末論——近代リアリズムの成立』龍渓書舎、一九七五年、二二六頁。

（15）魯迅『狂人日記』、竹内好訳、『魯迅文集』第一巻所収（筑摩書房、一九七六年）、十一—十二頁。傍点引用者。

（16）周作人『魯迅小説的人物』（河北教育出版社、二〇〇二年）、五五頁参照。

（17）Leo-Oufan Lee, *Voices from the Iron House: A Study of Lu Xun* 参照。

（18）魯迅『狂人日記』、一五頁。

（19）同前、一八頁。

（20）同前、二三―二四頁。

（21）同前、二五頁。

（22）同前、二七頁。ここで原文の「難見真的人！」をどう翻訳すべきかについては、丸尾常善以来、議論されてきている。文法からすれば、たしかにここで竹内の訳し方や、丸尾の主張（「ほんとうの人間に合わせる顔がない！」）には一理あるが、一方で、たとえば「ほんとうの人間はなかなか見つからない」と訳したとしても間違ってはいない（むしろ中国で後者にしたがう論者のほうが多い）。後者の訳し方を取るならば、狂人はここで中国の四千年の歴史において「まっとうな人間」が見つからないことを嘆いていることになる。丸尾常善『「難見真的人！」再考』、魯迅論集編集委員会編『魯迅研究の現在』所収（汲古書院、一九九二年）；菊田正信『「狂人日記」第十二節〝～難見真的人！〟の解釈をめぐって』、『金沢大学中国語学中国文学教室紀要』第四輯（二〇〇三年）を参照されたい。

（23）魯迅『狂人日記』、二八頁。訳文は一部改訳した。

第四章

（1）魯迅『故郷』、『魯迅文集』（第一巻）所収、八三頁。

（2）See Svetlana Boym, *The Future of Nostalgia*, New York: Basic Books, 2001, p. 1.

（3）「ノスタルジア」の文学テーマとしての展開については、たとえばカッサンの *Nostalgia: When Are*

We Ever at Home? (New York: Fordham University Press, 2016) を参照。

(4) Barbara Cassin ed., *Dictionary of Untranslatables: A Philosophical Lexicon*, translation ed. by Emily Apter, Jacques Lezra, and Michael Wood, Princeton and Oxford: Princeton University Press, 2014, pp. 938–39 参照。

(5)『故郷』に対する読解の歴史とこの小説の「経典化」のプロセスについては、藤井省三『魯迅「故郷」の読書史——近代中国の文学空間』(創文社、一九九七年)を参照。

(6) 魯迅『故郷』、八三頁。

(7) たとえば、『故郷』が発表された同年、茅盾はあるエッセイでこの小説にかんして、「『故郷』の主旨は人間同士の理解の不可能性と隔たりを悲しむことだと思う。このような隔たりは、歴史的に受け継がれている階級観念から由来する」と述べている。茅盾『評四五月的創作』、『小説月報』(一九二一年第八号)参照。「封建制度批判」という読み方に沿う読解は、たとえば銭杏邨『現代中国文学論』が一例として挙げられる。『拓荒者』一九三〇年二月十日参照。

(8) たとえば、張慧瑜は、『異郷人与〝少年故郷〟的位置——対魯迅「故郷」的重読』のなかで、『故郷』の主人公の帰郷を魯迅の「新文化運動」へ参加する前の個人生活に結びつけて論じている(『粤海風』二〇〇九年第五号参照)。

(9) 魯迅『自序』、『魯迅文集』第一巻所収、八—九頁。傍点引用者。

(10) 同前、九頁。

(11) 汪暉『魯迅文学的誕生——読「吶喊・自序」』、『現代中文学刊』二〇一二年第六号、三六頁。

(12) 魯迅『故郷』、九六頁。

(13) 同前、八三—八四頁。

(14) 同前、八四頁。

(15) 同前、八五頁。
(16) 同前、九二頁。
(17) 例えば、尾崎文昭『「故郷」の二重性と「希望」の二重性——『故郷』を読む』（『飆風』第二一号、一九九八年）；張慧瑜『異郷人与〝少年故郷〟的位置——対魯迅「故郷」的重読』；沈杏培、姜瑜『啓蒙、精神還郷、家園意識的三重潰敗』（『海南大学学報（人文社会科学版）』二〇〇四年第三号）など参照。
(18) 同前。
(19) 魯迅『故郷』、八七頁。
(20) 同前。
(21) 同前、九一頁。
(22) Barbara Cassin ed., *Vocabulaire européen des philosophies*, Seuil/Robert, 2004, p. 1124. 傍点引用者。
(23) 魯迅『故郷』、九六頁。
(24) 魯迅『希望』、『魯迅文集』第二巻所収、二二頁。
(25) 魯迅『随感録五十九「聖武」』、『魯迅文集』第三巻所収、三〇頁。
(26) 魯迅『故郷』、九六頁。
(27) 同前、九五頁。
(28) 同前、九七頁。
(29) 藤井省三は閏土の消失に気づいているが、ほかの生き物の消失には言及していない。彼はこの場面について、「主人公が希望について思いをめぐらすのは、まさに海辺の新緑の砂地を夜空の金色の満月が皓々と照らし出している幻想的風景＝少年が消失した故郷の風景においてなのであった」

と論じている（藤井省三『魯迅――「故郷」の風景』平凡社、一九八六年、五五頁）。この結論に対して、尾崎文昭は異論を唱えている。この場面は「故郷」の幻影と現実が分離しはじめることを意味し、主人公の中で「希望」を象徴するイメージとなる、と尾崎は唱えている。わたしはこの場面を「絶望」ではなく「希望」へと結びつけていく方向性において尾崎の結論に準じている。尾崎文昭『「故郷」の二重性と「希望」の二重性――『故郷』を読む』、前掲、二一頁参照。

（30）同前。

（31）竹内好『日本における魯迅の翻訳』、『竹内好全集』第三巻所収（筑摩書房、一九八一年）、三九八頁。

（32）魯迅『随感録六十六　生命の道』、『魯迅文集』第三巻所収、四〇頁。

（33）同前。ただし、この短いテクストの構造を見逃してはならない。生命の永遠の継続や希望を縷々に語っている語り手にたいして、彼の友人は以下のような反論を提起している。「これはNatur（自然）のことだ。人間のことではない。すこし注意したほうがいいね」と。そして、ここまで自信満々で自分の主張を唱えてきた語り手は、「私は、かれの言うことも、もっともだと思った」と反省している。『生命の道』は、これで終わる。単行本収録にあたって「L」と名づけられたこの友達は、雑誌発表のさいは「魯迅」とあった点を考えるならば、魯迅は二つの声を同時に取りあげることによって、明確に結論を出すことを避けようとしているのかもしれないといえるだろう。二人の生命にかんする対話がなにを意味するかは多くの研究者に論じられてきたが、ここでは一つの読解可能性を提示するにとどめよう。生命の継続を積極的に唱えている語り手の言説が「自然の視点」にもとづいているというのは、言い換えれば、この言説が（人間にとっての）未来を先取りしたことになる。そうすると、逆説的であるが、この言説は未来の生命を肯定しているかのように見えながら、実のところは生命の未来性をあらかじめ奪ってしまうことになるのである。自然の視点ではなく、人間の視点においてこそ、未来の生命の新しさが確保されているといえるだろう。ただし、ここでいう人間の視点は、いわばヒューマニズムを意味するわけではけっしてない。

(34) ヴァルター・ベンヤミン「歴史の概念について」、『ベンヤミン・アンソロジー』所収、山口裕之訳（河出文庫、二〇一一年）、三六九頁。

(35) 竹内好『中国の近代と日本の近代』、四一頁。

第五章

(1) 魯迅『魯迅著訳書目』、『魯迅全集』第五巻所収、松井博光他訳（学習研究社、一九八五年）、三八〇頁。

(2) 魯迅『蕭紅『生と死の場にて』序』、『魯迅全集』第八巻所収、今村与志雄訳（学習研究社、一九八四年）、四五五頁。

(3) 魯迅『吶喊・自序』。訳文は少し改訳した。

(4) 魯迅『こまごました事』、『魯迅文集』第三巻所収、一四〇頁。傍点引用者。

(5) 『朝花夕拾』の諸篇の結びつきを簡単に説明してみよう。『犬・猫・ネズミ』は「たしか去年から」という一言で、シリーズの出発点を読者に提示してくれる。そしてエッセイの後半で、次の『阿長と『山海経』』につながる糸を与えてくれる。『阿長と『山海経』』が「長媽媽《ママ》は前に書いたように」で始まるのは、そのためゆえである。次の『二十四孝図』は、一見すると前篇とまったく関係ないかのように見えるが、実は二つの意味で『阿長と『山海経』』とつながっている。『山海経』は「私」の子どもの頃の大好きな著書であるのに対して、『二十四孝図』は「私」が嫌った、あるいは恐れていたである。そして、『阿長と『山海経』』の末尾で、突然祈願の口調を取るのと似たように、『二十四孝図』はやはり祈願ないし呪詛で始まる。そして、『二十四孝図』の最後は「私」が恐れていたこと、絶対起きないようと望んでいたことで終わるが、次の『五猖会』は子どもたちが望んでいることで始まる。次に来るのが『無常』にほかならない。『無常』の次は『百草園から三昧書屋へ』であり、両者の間には連続性がない。『百草園から三昧書屋へ』の最後に閏土と彼の父親のことが言及され、次の『父の病気』で「私」の父親のことは詳しく描写されている。『父の病気』の最後で「衍太太」が現れ、『こまごました事』の冒頭につながっていく。次の『藤野先生』の冒頭の一文、すなわち「東京も格別のことはなかった」は、まさに前篇とのつながりを明かにする。最後の『范愛農』は、『藤野先生』と並行しており、二つのエッセイはいずれも魯迅が日本に留学するとき経験したことを描いているものである。ただ、両者の間の温度差は明確である。竹内好と丸尾常喜は、それぞれ『藤野先生』と『范愛農』を魯迅の文学の起源と見なしている点も、興味深いことであろう。詳しくは、竹内好『魯迅』（講談社文芸文庫、一九九四年）、丸尾常喜『魯迅花のため腐草になる』（集英社、一九八五年）を参照していただきたい。

（6）魯迅『五猖会』、『魯迅文集』第三巻所収、一一〇頁。

（7）同前、一一二―一一三頁。

（8）付け加えていうと、「無常」とは『五猖会』の冒頭で提起された、子どもたちが望んでいる「迎神賽会」という祭りで鮮やかに登場するキャラクターだが、この祭りと「五猖会」はまったく別のものである。父親のせいで「五猖会」への興味を失った「私」は、一方で、実は「一度も祭礼（迎神祭会のこと――引用者）と関係なく過ぎた」のである。同前、一一〇頁。

（9）魯迅『無常』、『魯迅文集』第三巻所収、前掲、一一四頁。

（10）魯迅の著作におけるさまざまな「鬼」のイメージについて、丸尾常喜『魯迅——「人」「鬼」の葛藤』（岩波書店、一九九三年）を参照していただきたい。
（11）Leo Strauss, *Persecution and the Art of Writing* (University of Chicago Press, 1988) 参照。
（12）魯迅『無常』、一一五頁。
（13）同前、一一七頁。訳文は一部改訳した。
（14）魯迅『破悪声論』、『魯迅全集』第八巻所収（人民文学出版社、二〇〇五年）、三二頁。この表現について、これまでの解釈は多岐にわたっているが、近年では注目すべき研究に汪暉『声之善悪：什么是啓蒙』（『開放時代』二〇一〇年第一〇号）がある。
（15）周作人『魯迅と范愛農』によると、二人の「主張は同じだが、話は合わない」ようである。周作人『魯迅的青年時代』（河北教育出版社、二〇〇二年）、七七頁参照。
（16）魯迅『無常』、一二三頁。
（17）竹内好『『魯迅選集』第二巻解説』、『竹内好全集』第一巻所収（筑摩書房、一九八〇年）、三七六頁。傍点引用者。
（18）魯迅『女吊』、『魯迅文集』第六巻所収、竹内好訳（筑摩書房、一九七八年）、二九五頁。
（19）同前、三〇〇頁。
（20）かつて武田泰淳は日本文学における幽霊話について、以下のように書いている。
しいたげられ、いじめつけられ、苦しみを誰にうったえる者もなき、弱くして美しき者が、幽霊となることによって、わずかに、醜くして悪なる強者に対抗できたのです。いかにも陰惨な運命、やるせない戦術です。これは善をすすめ悪をこらす物語というよりは、現世の善の弱さをなげく、低い呪いと祈りのこのようです。

そして、このような幽霊話のジャンルに対して「善悪と強弱の方程式が解かれていれば、幽霊の必要はありません」と嘆いている（武田泰淳『勧善懲悪について』、『滅亡について』所収（岩波文庫、一九九二年）、三五頁）。ただ、「善悪を考える場合、強弱をも考えあわせねばならない」のは、たとえ「何となく暗い、悲しげな雰囲気」を人々に持たせるとしても、それは決して武田が仮設したような「一時的現象」（三四頁）ではなく、むしろいたるところにある現象であろう。

（21）魯迅『女吊』、三〇二頁。
（22）魯迅『無常』、一一五頁。
（23）魯迅『女吊』、三〇二頁。傍点引用者。
（24）同前、三〇二―三〇三頁。訳文は一部改訳した。
（25）魯迅『死』、『魯迅文集』第六巻所収、二九三頁。

第六章

（1）例えば、李欧梵によると、「一九二二年に書かれた五篇、つまり『端午の節季』『白光』『兎と猫』『あひるの喜劇』『村芝居』を読んでみたら、それらは小説よりエッセイに近いと思う。もちろん、最後の『村芝居』は抒情散文としては素晴らしい」。See Leo Ou-fan Lee, *Voices from the Iron House: A Study of Lu Xun* (Indiana University Press, 1987), p. 83.
（2）何孔周『読魯迅的「社戯」』、『北京師範大学学報（社会科学版）』一九七八年十月号、五三頁参照。
（3）例えば、彭明偉は述べている。「以前の『狂人日記』『薬』『から騒ぎ』などの諸篇における批判的態度と全然異なっている」ため、ここで魯迅は「自分の「啓蒙的批判意識」及び知識人と民衆の対立関係を改めて反省しながら、知識階級と非知識階級の相互関係を強調している」、と。『愛羅先珂与魯迅一九二二年思想的転変——兼論「端午節」及其他作品』、『魯迅研究月刊』二〇〇八年第二号、三六頁。

（4）魯迅『村芝居』、『魯迅文集』第一巻所収、一八六頁。
（5）同前、一八七頁。一八八頁も参照。
（6）同前、一八九頁。
（7）同前、一八九—一九〇頁。
（8）周作人『魯迅小説裏的人物』（河北教育出版社、二〇〇三年）、一七五頁。
（9）魯迅『村芝居』、一九〇頁。
（10）例えば、魯迅は一九一九年に書いたエッセイ『我々はいまいかにして父親になるか』の中で、以下のように述べている。「実際問題として、中国の古く理想とされた家族関係や父子関係などは、実はもう崩壊している。これとて、「今がひどい」のではなく、「昔もそうだった」のである。いつの代も「五世同堂」の表彰に力を入れて来たことからして、同居が実際にはむずかしかったことがよくわかる。孝行を奨励するのに懸命になっていることからして、実は孝行者が少ないのだということがよくわかる。しかもその原因は、一に嘘の道徳の提唱にのみ専心して、ほんとうの人間感情をないがしろにしたことにある」（『魯迅全集』第一巻所収、伊藤虎丸他訳（学習研究社、一九八四年）、一九六頁）。
（11）魯迅『村芝居』、一九〇—九一頁。
（12）同前、一九二頁。

(13) 同前。
(14) 同前、一九一頁。
(15) 同前、一九二頁。
(16) いうまでもなく、多くの研究者は魯迅の子どもに対する関心に重点を置き、その視点から『村芝居』を読解しようと試みてきた。例えば、近年では郜元宝は、『村芝居』において「子供の楽しさや子供が無意識に演出した児童の喜劇は、思いがけない意味と美しさを上演中の村芝居に与えている。とにかく、子供たちには彼らなりの世界がある」、と論じている。郜元宝『劇在台下：魯迅「社劇」重読』(『首都師範大学学報(社会科学版)』二〇一九年第一号)、一一〇頁参照。無論、このような読解はテクストの言おうとすることに符合する。ただ、さらに問うべきは、いわば「子どもの世界」を生理的な意味での子どもに還元してはいいかどうか、ということであろう。逆にいえば、もしここでいう「子ども」は必ずしも生理的な意味でのものでなければ、われわれは「子どもの世界」から「子ども」の意味を見出していくべきである。すると、最も肝心なのは、ここで現れてくる「子どもの世界」はどんな世界なのか、という問題になる。
(17) 魯迅『村芝居』、一九五頁。
(18) 同前、一九六頁。
(19) 同前、一九八頁。原文より少し改訳。
(20) 同前、一九九頁。訳文は少し改訳した。
(21) 同前。
(22) 同前。原文より少し改訳。
(23) 同前、二〇〇頁。

(24) 同前。
(25) 同前、一九九頁。

第七章

(1) ジャック・デリダ『世紀と赦し』、鵜飼哲訳、『現代思想』第二八巻第一三号（二〇〇〇年）、九頁。
(2) 魯迅『傷逝』、『魯迅文集』第一巻所収、三三六頁。
(3) 同前、三五〇―三五八頁。訳文は少し改訳した。
(4) 同前、三五八頁。
(5) 涓生は子君と別れようとして、彼女にまた啓蒙的言説をしゃべってみる。しかし、彼女は彼が予想したように改めて別れの決意を示すどころか、ただ「でも……涓生、あなた、このごろ変ったわね。そうじゃない？ ねえ――正直に言ってよ」と答えた。彼女の話を受けて、涓生は「頭に一撃くらったような気がした」（同前、三五四頁）。
(6) 近年では『吶』に関する研究は、例えば張潔宇『独醒者与他的灯――魯迅「野草」細読与研究』（北京大学出版社二〇一三年）、一三五―一四四頁；趙天成『無地彷徨：淪陥的回憶或粛殺的厳冬』、『魯迅研究月刊』二〇一四年第一号；郜元宝『二十年来話「風箏」』、『天涯』（二〇一九年第七号）などがある。
(7) 『吶』のフィクショナリティについて、詳しくは片山智行『魯迅「野草」全釈』（平凡社、一九九一年）参照。
(8) 銭理群『対比解読魯迅先生的「我的兄弟」和「風箏」』、『文学教育』（二〇一〇年第一号）参照。
(9) 魯迅『ひとりごと・私の弟』、『魯迅全集』（第十巻）所収、伊藤虎丸他訳（学習研究社、一九八六年）、一四六頁。ただ、この短いテクストには、『吶』に記されていない興味深い細部がある。それは父親の死に関する内容である。例えば、語り手は直後にこう述べた。「私の父親が死んでから、家には銭がなくなった。弟がどんなに一生懸命でも、一つの吶も手に入れられなかった」、と。すなわち、父親の死とそれがもたらした家の経済状況の悪化は、弟の吶あげに対する「私」の厳しい態度を説明できるかもしれない。

(10) 魯迅『吶』、『魯迅文集』第二巻所収、二五頁。

(11) 同前。

(12) 同前、二八頁。訳文は一部改訳した。

(13) 丸山昇『魯迅』（平凡社、一九六五年）、一八六頁。

(14) 魯迅『野草・題辞』、『魯迅文集』第二巻所収、四頁。訳文は少し改訳した。

(15) 許しが実際に現れるとき、不可避的にさまざまな条件に関わることになる。詳しくは、Jacques Derrida, *Cosmopolites de tous les pays, encore un effort!*（Galilée, 1997）を参照。

(16) 魯迅『吶』、二七頁。傍点引用者。

(17) 同前、二六頁。

(18) 同前、二七頁。

(19) 同前。

(20) 同前。

(21)『魯迅全集』第一五巻所収、竹内実他訳（学習研究社、一九八五年）、五七〇頁。訳文は少し改訳した。

(22) 魯迅『希望』、『魯迅文集』第二巻所収、二〇頁。

第八章

（1）例えば、Xudong Zhang, "The Becoming Self-Conscious of *Zawen*: Literary Modernity and Politics of Language in Lu Xun's Essay Production during his Transitional Period," in *Frontiers of Literary Studies in China*, Vol. 8, No. 3, pp. 374-409；李国華『生产者的詩学——魯迅雑文一解』、『中国现代文学研究丛刊』（二〇一五年第一号）を参照していただきたい。

（2）魯迅『附記』、『魯迅全集』第八巻所収、今村与志雄訳（学習研究社、一九八四年）、二四六—四七頁。

（3）『魯迅全集』第十五巻所収、竹内実訳（学習研究社、一九八五年）、六三七頁。

（4）薛羽「観看与誘惑：「上海経験」和魯迅的雑文生産」、『現代中文学刊』（二〇一一年第三号）より孫引き。

（5）例えば、早くに一九四一年に、ある論者は阿金を外国人のために働いている女中として理解し、彼女が「半植民地の中国における〝西崽〟のあり様」を代表すると指摘している（孟超「読「阿金」像——魯迅作品研究外篇」、『野草』第三巻第二期（一九四一年）参照）。また、ある論者は「魯迅は［阿金という］上海植民地における下女から、ある「中国女性の見本」を読み取った」と書いている（黄楣「談「阿金」」、『中国现代文学研究丛刊』一九八二年第五号から引用）。そのほか、何満子は「阿Qと阿金」という文で、以下のように書いている。「魯迅の作品の中で、二人の人物はもっとも中国人の魂をしっかり捉えている。一人は男であり、一人は女である。男は阿Qであり、女は阿金である。ここで言っているのは性別的な違いではない。女は阿Qになれるし、男は阿金になれるからだ。社会にひそんでいる文化的含意から言うと、阿Qのほうはもっと封建的・半封建的であるのに対して、阿金は封建的・半封建的でありながら、半植民地的である」、と（『上海灘』一九九六年第二号参照）。
（6）例えば、黄楣は述べている。「阿金はあくまでも圧迫されている女性労働者の一人である。〔…〕だから、われわれは彼女のことが嫌いであるが、彼女のこれからの運命に同情しながら心配してやまない」、と。黄梅『談「阿金」』、一一三頁。
（7）中井政喜『魯迅「阿金」覚え書』、『名古屋大学中国語学文学論集』二三巻（二〇一一年）、八九頁。中井によると、『阿金』を書いた魯迅の「意図」は、「一九三四年頃の租界都市上海の一部の、外国人に雇われた下層の民衆・女性労働者の姿を描きだし、阿金をめぐって起こる一連の事件を描いている」ことにある。そうすると、「阿金は一九三四年頃、租界都市上海に出現していた一つの典型を示すもの」（九二頁）という結論を下すのも不自然ではなかろう。
（8）竹内実「阿金考」、『魯迅と現代』所収、佐々木基一、竹内実編（勁草書房、一九六八年）、一六五頁。
（9）黄梅「談「阿金」」、一一〇、一一二―一一三頁。
（10）例えば、前に引用した何満子「阿Qと阿金」を参照していただきたい。
（11）薛羽が指摘したように、清代の小説『九尾亀』には「阿金」という女中が現れている。有名な『海上花列伝』にも「阿金」という人物がある。一九三〇年代の上海に、「阿金」と呼ばれる女中はありふれている、という。「「阿金」という呼び方は、ある典型性を示している」、と薛羽は指摘している。薛羽「観看与誘惑：「上海経験」和魯迅的雑文生産」参照。
（12）魯迅『阿金』、『魯迅文集』第六巻所収、竹内好訳（筑摩書房、一九八三年）、一一六頁。
（13）同前、一一六頁。

(14)同前。
(15)同前。傍点引用者。
(16)同前、一一七頁。傍点引用者。
(17)ジャック・アタリ『ノイズ　音楽／貨幣／雑音』、金塚貞文訳（みすず書房、二〇一二年）、四七―四八頁。
(18)同前、四八頁。
(19)魯迅『阿金』、一一八頁。
(20)同前。
(21)同前。
(22)同前。
(23)同前。
(24)同前、一二〇頁。
(25)同前。
(26)一九三〇年代に胡風と周揚の間に起こった、「典型性」と「典型的人物」に関しての論争について、金浪『阿Q在抗戦中――抗戦時期左翼文学批評中的「典型」問題』、『文芸理論与批評』（二〇一七年第一一号）参照。ただ、「典型性」についての集中検討は、一九四〇年代に展開される。
(27)魯迅『阿金』、一一九頁。
(28)同前、一二〇―一二一頁。
(29)興味深いことに、かつて代田智明は別の角度から「阿金」を「悪役的民衆の原像」と呼んでいる。例えば、。例えば、代田はこう論じている。「その阿金は、「悪役的民衆の原像」、つまりあるがままの民衆のリアルな認識を担う人物として措定されつつ、作者自身との対立的な、だが認知される関係性を、密かに結んでいたのだ。「密かに」というのはテクスト内部にとって言うので、作者の文章の読者にとっては、あからさまにと言ったほうがよいかもしれない。テクストの内部から外部にまで伸びていく関係性。」代田智明『魯迅を読み解く――謎と不思議の小説10篇』（東京大学出版会、二〇〇六年）、二六九頁参照。

（30）魯迅『阿金』、一二二頁。

（31）同前。訳文は一部改訳した。原文は「愿阿金也不能算是中国女性的标本」、ということである。

（32）魯迅はここで「典型」でなく、「見本」（標本）という語彙を使っていることに注意したい。なぜなら魯迅がこの語彙を使い始めたのは、一九三〇年代以降のことだからである。例えば、一九三三年に書いた『偽自由書』の「前記」のなかで、魯迅は自分。例えば、一九三三年に書いた『偽自由書』の「前記」のなかで、魯迅は自分の創作を論ずるとき、「標本」という言い方をしている。

これらの短評は、個人の感情に発したものもあれば、時事に触発されたものもある。意味するところはどれもきわめてあたりまえのことだが、口ぶりは往々にして晦渋である。私は「自由談」は決して同人雑誌ではないし、ましてや「自由」はむろん反語にすぎないことを知っているので、この欄で跳びはねようとは思わない。私が寄稿したのは、一つは友人との付き合いのため、一つは寂寞者のために吶喊の声を上げようとしたためで、やっぱり自分の昔からの性癖によるものだ。しかし私の欠点は、時事を論ずるときに情け容赦なく、宿弊を攻撃するときに常に類型を取り上げることで、しかも後者はとりわけ時勢に合わない。思うに、類型を描くとは、悪いところはちょうど、病理学上の図のように、かりにそれができものであれば、その図は一切の同じできものの標本でなければならず、甲のできものにも似ていれば、乙のできものにも似ているように描くわけだ。（魯迅『偽自由書・前記』、『魯迅全集』第七巻所収、丸山昇他訳（学習研究社、一九八六年）、一二三頁）

いうまでもなく、腫物の図という表象はまさに「典型」であろう。それは決してある特定の腫物の表象ではないからだ。胡風と周揚の間におこった「典型性」についての論争は、ある意味で魯迅のいう「標本」に関係しているにも拘らず、簡単に「典型性」の論理をもって魯迅のいう「標本」を読解してはならないだろう。腫物の例さえ、「典型性」の論理に収斂されえない要素を含んでいるからである。興味深いことに、この医学図はわれわれを魯迅の有名な記念文『藤野先生』へ引き戻す。『藤野先生』の中で、魯迅は当時自分の描いた解剖図が藤野先生に訂正された経緯を述べている。魯迅が書き違えた血管のディテールについて、ラリッサ・ハインリッヒは啓発的な読解を提示している。「解剖された身体に関するイメージにおいての事物の「ありのまま」の様子を、主体的理解に服従させる権利に、魯迅は固執している」、と彼女は書いている（Larissa Heinrich, *The Afterlife of Images: Translating the Pathological Body between China and the West* (Durham, N. C.: Duke University Press, 2008), p. 145参照）。これに基づいて、リュユはミメーシスとリアリズムの関係を改めて展開している（Lydia H. Liu, "Life as Form: How Biomimesis Encountered Buddhism in Lu Xun," in *The Journal of Asian Studies*, Vol. 68, No. 1 (2009), pp. 21–54参照）。ハインリッヒのいわゆる「医学的リアリズム」への批判とリュウの「バイオ・ミミーシス」に関する議論に沿って、改めて魯迅の医学図を通じて「標本」へ接近してみよう。簡単に言うと、表象されている腫物は、特定の病症の「一般化」または「総体化」ではなく、むしろこの表象は病症を可視化している。病理図が医学的表象として役立つために、大事なのは表象されている腫物が「本当の」腫物に似ているかどうかでなく、病を位置し、病症を検査や分析できるようにする構造（grid）があるかどうか、ということである。この構造的規定は、病が可視的なものか、それとも不可視的なものかを決めるばかりでなく、医者のロールや治療の方法や病の分類などの様々な要素を形作り、特定の効果をもたらす。つまり、あたかも病症の表象と病症が、「自然的」かつ「リアリズム的」な関係で結ばれているように見せる。そのため、医学図における腫物の表象は、「典型」より、むしろある種の腫物を表象しながら、構造的に「典型」として規定されていると言ったほうがいい。いずれにせよ、魯迅が「標本」を言うとき、往々にして否定的なレトリックを使い、「不適切」な読解を指摘するのにとどまっていることに注意しよう。

(33) 薛羽「観看与誘惑：「上海経験」和魯迅的雑文生産」参照。
(34) 魯迅『「これも生活……」』、『魯迅文集』第六巻所収、二八三―八四頁。
(35) 同前、二八三頁。

初出一覧

第一章：書き下ろし

第二章：「エクリチュールと記憶の弁証法――魯迅『吶喊・自序』を読む」（『中国―社会と文化』（三六）、二〇二一年七月）

第三章：「翻訳的誘惑――重読『狂人日記』」（『現代中文学刊』二〇一二年第六号）

第四章："How Not to Have Nostalgia for the Future: A Reading of Lu Xun's 'Hometown'," (Frontiers of Literary Studies in China, 2016, 10(3))

第五章：書き下ろし

第六章：書き下ろし

第七章：「論寛恕的時間――重読魯迅『風箏』」（『現代中文学刊』二〇二二年第三号）

第八章：「邁向一種非政治的政治：魯迅晩期雑文的一個向度――以『阿金』為中心」（『文学評論』二〇一九年第一号）

あとがき

魯迅は孤独だった、と思われる。彼は世を辞した直後に「神聖化」されたものの、「はじめに」でも触れたように、一九三六年に魯迅はほぼ完全に孤立された知的環境のなかで亡くなった。時には文壇の盟主と評価・揶揄されていたが、彼は国民政府の検閲と共産党系の文人による攻撃を受けながら、いわゆる「二つのスローガン」をめぐる論争の最中に死去している。逆説的なことに、この激しい論争は魯迅の死をきっかけとして終息したのである。

たしかに、魯迅は生前に多くの知り合いにこのように評価されている——「付き合いにくい人だ」、と。生涯をかけて、魯迅は数え切れないほど多い論敵と論争し、時折かつて仲が良かった人々と決別していた。

しかし、魯迅の孤独は、ただ単に彼の僻んだ性格から由来するものではけっしてない。彼の「付き合い難さ」は、むしろ彼が組織や人間関係に対して持っていた根本的な不信感にもとづいている。しかも、その不信感はまた直接に彼の文学的・政治的なコミットメントにつながっている。というのも、このような不信感は、魯迅においては、「現在」が「未来」を生み出すことに対する不信感であるからである。知識人として自分自身の役割は、来るべき未来の・未知の世代のために新しい道を切り拓くことにある、と彼は繰り返し強調していた。思うに、これは謙虚な話でも尊い話でもなく、「時代遅れ」の感覚を最後まで背負っていたひとりのおじさんが身をもって実感したことかもしれない。

ゆえに、恐らく「魯迅文学」の世界は明るいものではない。『朝花夕拾』に収録されている、もっとも優しく見える一連の思い出に関するエッセイにも、ある種の明言しがたい寂しさと切なさが漂っている。よって魯迅を読むことは、われわれが自分の孤独に直面し、社会との違和感を吟味するきっかけを手にしうるかもしれない。

いったん周囲との関係を宙吊りにして、外部の要素《エレメント》に影響されず、ただひとりでテクストを読むという、近代以降の読者の基本的姿勢には、魯迅のテクストが非常に相応しいといえよう。このような孤独から、新しい世界のイメージが浮かび上がるかもしれない。少なくとも、テクストを通じて、魯迅の孤独と読者の孤独が響き合うことは確かだと思われる。

一方、このような孤独の共振は、決して何らかの統一性や全体性へと転じることがない。——わたしはいつもこのように信じている。

わたしは子どものころから読書好きなわけではなかった。中学校一年生のとき、偶然のキッカケで『吶喊』を手に取って読んだのは、わたしの人生の軌道を決めた事件だといっても過言ではない。あれから何度も魯迅を読み直したが、わたしの「読み」は「ひとりでテクストを読む人」の姿勢を終始崩さないでいる。

ネットがこの上なく発達している時代においては、われわれは昔の人なら想像できないほど簡単にさまざまなテクストを読めるようになっている。しかし、ほんとうにわれわれの人生に伴ってくれるテクストが実は極めて限られているという事実は、残念ながら依然変わっていない。本書で読者たちに示してみせるのは、わたしが魯迅文学を通して見たビジョンにすぎない。繰り返しになるが、それは決して魯迅文学そのもののビジョンではない。わたしは本書で展示されたビジョンはより多くの読者にとって魯迅文学への誘いとなるように、と祈るしかない。

本書は、二年前に東京大学教養学部の後期課程で開講した『魯迅を読む』という授業の講義にもとづいている。一部の内容は、かつて英語版または中国語版で学術誌に掲載した。それらを本書に収録するにあたり、全面的に手を入れ、改稿を施した。本書の原稿を整えるにあたって、数多くの友人に付き合ってもらい、多くの貴重なアドバイスをいただいた。この場を借りてお礼を申し上げたい。原稿を何度も読んだうえで、いろいろなアドバイスとコメントをくださった高山花子さん、一部分を読んで修正の意見をくださった建部良平さん、佐藤麻貴さん、崎濱紗奈さんに対して、そして何よりも、本書の企画から出版まで熱心に付き合ってきた春秋社の極めて優れた若い編集者の林直樹さんに対して、心から感謝する。

末筆ながら、この本を両親に捧げたい。

二〇二二年八月　東京にて

王　欽

索引

（魯迅の作品については末尾に掲載）

あ行

か行

さ行

た行

な行

は行

ま行

や行

ら行

〈魯迅の作品〉

著者略歴

王　欽（おう　きん／ Wang Qin）

1986年、中国上海生まれ。2017年、ニューヨーク大学比較文学部にて博士号（Ph.D.）取得。現在、東京大学大学院総合文化研究科准教授。専門は近代中国文学と批評理論。著書に『*Configurations of the Individual in Modern Chinese Literature*』（palgrave）、中国語での訳書にジャック・デリダ『野獣与主権者 I（獣と主権者 I）』と『贈与死亡（死を与える）』、リチャード・J・バーンスタインデ『根本悪（根源悪の系譜）』、ヴィッド・ハーヴェイ『新自由主義簡史（新自由主義——その歴史的展開と現在）』などがある。

魯迅を読もう

〈他者〉を求めて

2022年10月19日　第1刷発行

著　者———王　欽

発行者———神田　明

発行所———株式会社　春秋社
〒101-0021 東京都千代田区外神田 2-18-6
電話　03-3255-9611
振替　00180-6-24861
https://www.shunjusha.co.jp/

印刷所———株式会社　太平印刷社

製本所———ナショナル製本　協同組合

装　丁———本田　進

ISBN 978-4-393-46135-8 C0098

定価はカバーに表示してあります